For Josiah

해태 HAETAE

2024년 2월 10일 (2024년 설) 초판 1쇄 발행

지은이 조 메노스키(Joe MENOSKY)
번역 박산호
책임편집 정길정
편집 이선영, 신지수
디자인 맹정환
일러스트 쿠쉬(@kushgraphic)
마케팅 김소영(Sonya KIM), 진소율

발행처 핏북
발행인 정성원
출판등록 2015년 1월 27일 제2015-000021호
주소 서울특별시 마포구 잔다리로48, 정원빌딩 3층
전화 070-7856-0100 팩스 0504-096-0078
전자우편 fitbookcom@naver.com
인스타그램 @fitbook_story
블로그 blog.naver.com/fitbook_ing

ISBN 979-11-985465-1-7 (책값은 뒤표지에 있습니다)

해태

HAETAE

Joe MENOSKY

해태

HAETAE

When I was very young, I had an aunt who travelled the world working as a schoolteacher. From each country she visited she would send me a child's hat fashioned in the local, traditional style. As a result, I was made aware of Korea and half a dozen other nations before I had heard of New York or Los Angeles. Certainly, I was the only kid in my neighborhood run-ning around with a gat on his head.

I fell in love with the original Star Trek series before it even premiered. An advertisement for the upcoming new show came over the radio, and when they announced the title—Star Trek—I shouted "This is it!" Nothing else I had read or seen would have such an impact on my imagination. As a modern mythos itself, Star Trek also inspired my lifelong pursuit of mythology and folklore.

That included, down the years, collections of Korean folk tales. Then, in 2007, I saw Story of the First King's Four Gods and went on to read its source material, Samguk yusa.

So a few years later, when I visited Korea for the first time researching my first novel, I already had Korean mythology and folklore in the back of my mind. In Seoul,

작가의 말

Author's note

제가 아주 어렸을 때, 학교 선생님 자격으로 전 세계를 여행하던 이모가 계셨어요. 이모는 방문하는 나라마다 현지 전통 스타일로 만든 어린이용 모자를 보내주셨어요. 그래서 어린 시절에 저는 뉴욕이나 로스앤젤레스를 알기도 전에 한국을 비롯한 6개의 나라를 알게 되었습니다. '갓'을 쓰고 돌아다니는 아이는 아마도 우리 동네에서 저 밖에 없었을 겁니다.

저는 오리지널 스타트렉 시리즈가 방영되기도 전에 사랑에 빠졌습니다. 곧 방영될 새 TV 프로그램의 광고가 라디오를 통해 흘러나오며 '스타트렉'이라는 제목을 듣자마자 "바로 이거야!"라고 외쳤답니다. 지금까지 그 어떤 것도 저의 상상력에 그렇게 큰 영향을 미치지는 못했죠. 현대의 신화 그 자체인 스타트렉은 제가 평생을 추구하게 될 신화와 민속에 거대한 영감이 되었습니다.

몇 년 동안 한국의 전래동화 모음집도 읽었어요. 그러던 중 2007년에 한국TV드라마 〈태왕사신기〉를 보고 원천소스라고 생각되는 삼국유사까지 죽 읽었죠. 그리고 몇 년 후에 첫 소설을 구상하기 위해 한국을 처음 방문했을 때는 이미 제 마음에 한국의 신화와 민속이 자리 잡고 있었습니다.

one is confronted by haetae—the very literal face of
Korean mythology and folklore—at every turn. Not just
the monumental pair in front of Gyeongbok Palace. But
flanking government buildings and bank offices, next
to officetels and inside the airports, on top of Namsan
Mountain and adorning the doors of taxis. It is, in fact,
the official mascot of the city of Seoul, represented as
an anthropomorphized Haetae referred to as "Haechi"
Despite this ubiquity and the multitude of ways in which
it is depicted, the creature never loses its charm—and I
was most definitely charmed. The same day I finished the
first draft of a King Sejong the Great story, I started my
first pass at a story about the haetae.

I consider this novel to be science fiction as much
as fantasy. Despite the gods and the goblins, all such
monstrous creatures dwell in an actual—or at least
philosophically proposed—place: the Imaginal World
of French scholar Henry Corbin. This theologically
speculated location, Corbin claimed, is accessed by
way of religious mysticism, a realm that is both created
by the human imagination and simultaneously exists
independently of it. But in addition to the angelic
beings of Corbin's Imaginal World, I proposed we shove
everybody in there: Santa Claus included. All figures of
mythology and folktale and legend therefore "exist" in
this space halfway between matter and thought.

Then it's a question of how to get such entities to
temporarily leave their home base and pay a visit to ours.

서울 어디를 가든 해태와 마주치곤 했습니다. 경복궁 앞의 기념비적인 해태 한 쌍뿐만 아니라 정부청사, 은행 사무실 옆, 오피스텔 옆, 공항 내부, 남산 꼭대기, 심지어 택시에서도 만날 수 있었죠. 서울시의 상징 캐릭터인 '해치'는 해태를 인간의 모습으로 형상화한 것이기도 하죠. 흔하게 볼 수 있었지만 해태는 너무나 매력적이었고, 저는 그 매력에 푹 빠졌습니다. 이렇게 다양한 방식으로 표현되어 널리 퍼져있음에도 불구하고 해태는 본연의 매력을 잃지 않았고, 저는 그 매력에 푹 빠졌습니다.

세종대왕 이야기의 초고를 완성한 날, 바로 해태 이야기를 시작했을 정도였죠.

저는 이 이야기가 판타지이자 공상과학이라고 생각합니다. 이야기의 주인공인 신과 도깨비는 어떤 공간에 사는 존재입니다. 프랑스의 학자 앙리 코빈이 말한 상상의 세계에서 살아가는 존재들이죠. 코빈은 인간의 상상력에 의해 만들어진 세계이지만 동시에 종교적 신비주의를 통해 접근할 수 있는 독립적으로 존재하는 영역이라고 주장한 바 있습니다.

11

저는 코빈의 상상 세계에 등장하는 천사 같은 존재들 외에도 사람들까지 그곳에 밀어 넣으면 어떨까 생각했습니다. 산타클로스까지 포함해서요.

물질과 생각의 중간에 있는 이 상상의 공간에 신화나 민담, 전설 속에 등장하는 모든 것들이 '존재'합니다. 저는 그런 존재들이 일시적으로 그들의 본거지를 떠나 어떻게 우리에게 오게 할 수 있을까 고민했습니다. 저는 한국의 무속신앙에서 해답을 찾았습니다.

For that, I proposed a version of Korean shamanism as the conduit. I wanted to see what would happen if two very different mythologies were thrown together in the same location or on the same battlefield—Seoul, today.

As there is not a large corpus of tales about this legendary figure, it was the statuary alone that got me intrigued. Haetae is a fortress on four legs. But its rounded shape and oversized facial features lend a puppylike aspect to what might be otherwise only monstrous. Instead, it is a beast that manages to be both intimidating and cute.

Consider the signature smile. Halfway between a snarl and a grin, the typically overlarge teeth evoke the sense of being simultaneously comical and dangerous. Or at the same time principled and a loose cannon. As a Dungeons & Dragons characterization alignment, haetae would be "Lawful Chaotic"—which is an unallowable combination. So if all mythological beings are by definition impossible, haetae is an IMPOSSIBLE impossible being, composed of unresolvable contradictions and therefore unique. It is my hope the reader might see in these pages even a glimpse of the same creation of the collective Korean imagination that I encountered in its natural habitat.

Joe Menosky

전혀 다른 다른 두 개의 신화가 오늘의 서울이라는 같은 장소, 같은 전장에서 만났을 때 어떤 일이 벌어질지 보고 싶었습니다.

전설적 존재인 '해태'에 대해 그동안 많은 스토리를 접하기 어려웠기 때문에 조각상을 보는 것만으로도 매우 흥미로웠습니다. 해태는 마치 네발로 서 있는 요새처럼 보입니다. 머리를 살펴보면 보면 괴물처럼 보일 수 있는 해태를 동글동글한 모양과 커다란 얼굴로 표현해 마치 강아지처럼 보이게도 합니다. 해태는 위협적이면서도 귀여운 매력을 동시에 지닌 존재죠. 특유의 미소를 한번 생각해 보세요. 반은 으르렁거리면서도 반은 씩 웃는 듯한 표정, 특유의 큰 이빨도 위험하면서도 코믹한 느낌을 받습니다. 우스꽝스러우면서도 예측할 수 없는 존재죠.

'던전 앤 드래곤'에도 해태가 등장합니다. 게임 속에서 해태는 '법의 혼돈'에 해당하는 캐릭터인데 법과 혼돈은 서로 허용할 수 없는 조합입니다. 모든 신화 속의 존재를 본질적으로 정의내리기 불가능하다지만, 해태는 그 자체가 모순인 존재이기에 더욱 특별한 존재라고 할 수 있습니다.

실제 서울 한복판에서 해태가 사람들과 함께 숨 쉬며 돌아다닌다고 상상한 것처럼, 이 책을 읽는 모든 분들도 저와 같은 상상을 한번 해보시기를 바랍니다.

조 메노스키

Joe Menosky

1. 해태의 탄생

고고학적 분류 번호

B19.10. 신화에 나오는 호랑이

A1414. 불의 기원

L111.4.4. 학대받는 고아 주인공

S31. 잔인한 계모

F1. 환상 속 이세계 여행

D1133. 마법의 집

D1138. 마법의 텐트

J952.1. 사자 무리에 둘러싸인 건방진 늑대

D494. 변신: 인간에서 괴물로

H1558. 우정 테스트

이제는 땅보다 하늘에 더 가까운 나이가 되어 보이는 여인이 누군가에게 연신 말을 걸었다. 낮은 목소리로 웅얼거려 잘 들리지 않았으나 무슨 말인지 그녀에게 되짚어 질문을 하는 사람 하나 없었다. 허공을 향한 그녀의 눈이 누군가를 보는 듯했지만, 사람들의 눈에는 보이지 않았다. 여인의 소리는 끊어질 듯 끊어질 듯 이어졌다.

"내 이름은 윈디. 서울에 살지. 혹시 옛날이야기 좋아하나? 내 재밌는 이야기 하나 해 줄까?

옛날 옛적 호랑이가 담배 피우던 시절이야… 나도 들은 얘기지만, 우리 한국 사람들은 이렇게 말하는데 영국 사람들은 '아주 오래전에'라고 간단하게 말한다더군. 후후…. 그리고 헝가리에서는 '오래전, 7개의 나라를 가로질러, 유리로 만든 산들을 지나, 꼬리가 동그랗게 말린 돼지가 먹이를 찾아 땅을 헤집고 다니던 시절에'라고 말한다더라고.

아무튼 옛날 옛적 호랑이 담배 피우던 시절에 불이 이 땅에 왔어. 아참. 불은 또 어떻게 생겨났는지 아는가? 그 옛날 미륵이 세상을 다스리던 시절에는 불이 없었어. 인간들이 날 것을 먹고 살았거든. 미륵은 날것만 먹던 인간을 가여워했어. 미륵도 인간들에게 불이 필요한 건 알았지만, 불이란 걸 어떻게 만들어야 하는지는 몰랐지.

미륵은 동물들이 그 비밀을 알고 있지 않을까 생각해서 짐승들을 잡아다 불을 만드는 비밀을 말하라고 윽박질렀지만 다들 입을 꾹 다물었지. 그런데 그때 쥐 한 마리가 입을 열었어. 아니, 고것이 입을 열었다기보다는 미륵이 무서워 도망칠 궁리를 하다 몸을 날렸는데 하필 석영 조각 위로 굴렀던 거야. 흩어진 석영 조각이 데굴데굴 굴러가다 땅 위로 삐죽 솟아 있던 운철하고 탁! 부딪쳤지. 그때 불꽃이 '확'하고 피어올랐던 거야. 미륵은 그 순간 불을 만드는 비밀을 알게 된 거지. 그 후 고대 한국인들은 불을 사용하게 됐어.

그런데 서태평양에 있는 캐롤라인섬에서는 불을 어찌 얻었는지 알아? 작은 새 한 마리가 불타는 가지를 물고 지구로 가져왔다더군. 정말 사랑스럽지?

아참, 지금 당신들은 신에게서 불을 훔쳐 왔다고 알고 있지? 그건 그리스 이야기야.

그리스에서는 반신반인인 프로메테우스가 불을 훔쳐 인간에게 가져다줬다고 하잖아. 불을 어디서 훔쳤는지는 여러 이야기가 있지만 말이야. 아무튼 인간을 사랑한 프로메테우스가 제우스의 불을 훔쳤거나 대장장이의 신인 불카누스의 대장간에서 불을 훔쳐 인간에게 준 걸로 알지. 그 전에는 어떻게 살았을까? 물론 모든 걸 날로 먹었겠지.

내가 스물다섯 살일 즈음일걸? 사람들은 많이 배우지도 못한 내가 불에 관해서는 어떻게 모든 걸 다 알고 있는지 궁금해했어. 세계 각국의 다양한 설화나 전설, 신화까지 전부 알고 있었으니까. 그런데 말이야, 나는 어쩔 수 없었어. 불에 관해서는 모든 걸 배우고 익혀야 했거든. 그게 나 자신을 지키기 위한 일이었으니까.

내가 갓난아기였을 때 불에 타 죽을 뻔한 적이 있었어. 물론 내가 지금까지 살아 있는 걸 보고 그때 죽지 않았다는 걸 눈치챘지? 후후… 불과 싸워서 내가 이겼단 말이지. 나랑 같이 있었던 엄마. 내 친엄마는 그날 연기를 너무 많이 마셔서 그만 하늘나라로 가 버리셨지만.

아빠는 어떻게 됐냐구? 그때 아빠는 딴 여자랑 있었어. 엄마가 아닌 다른 여자가 있었거든. 아빠 성씨가 '이(李)'가야. 난 가끔 우리 아빠가 예전 왕들과 같은 성씨라는 이유로 당신이 왕인 줄로 착각한 것이 아닐까 생각할 때가 있었어. 엄마가 살아 있을 때부터 다른 여자를 또 하나의 부인으로 두고 있었으니까. 그런데 참 하늘도 무심하시지, 그 덕분에 아빠는 죽지 않았어. 그 후 아빠는 나에 대한 죄책감에 평생 마음 편히 살지 못했지. 죽기보다 사는 게 힘들었을 거야.

결국 그 여자는 내 새엄마가 됐어. 새엄마는 강아지를 데려왔는데 그 강아지는 자기가 팥쥐인 줄 아는지 나만 보면 물어뜯을 기세로 짖어 댔어. 강아지마저 나를 무시하고 싫어했던 거야. 신데렐라 이야기를 보면 알 수 있잖아? 새엄마는 국적 불문하고 악명이 높은 것 같아. 새엄마는 다 그런가 하고 생각했어. 더하면 더했지 덜하지는 않았을 거라고 봐. 그 여자는 나를 부엌에 딸린 창고 방에 가두곤 했어. 아직 초등학교도 가기 전인 어린애를 말이야. 그 방에서는 사고가 종종 생겼지. 밖에서 문을 잠가 놓으니 자다 일어난 나는 화장실에 갈 수 없었거든. 그대로 방에 실례를 하는 그런 작은 사고 말이야. 아마도 몇 년 동안 그랬던 것 같아."

2

사람들은 옛이야기를 할 때면 '호랑이가 담배 피우던 시절의 이야기'라고 모호하게 말했지만, 윈디의 옛날이야기는 날짜가 명확했다. 그녀는 1998년 4월 7일 밤 8시 29분에 무슨 일이 있었는지 정확하게 알았다. 고대 로마인들이 '신화는 과거에 일어났던 일이 아니라 지금 여기에서 일어나는 일'이라고 믿었던 것처럼, 윈디의 옛날 옛적 호랑이들은 항상 담배를 피웠다. 1998년 그날 밤에도 그랬다.

윈디는 경복궁 정문 앞 한 쌍의 해태 석상을 보며 마치 광화문을 지키기 위한 경계 근무자 같다고 생각했다. 밤에 보면 더 그런 느낌이 들었다. 호랑이랑 코뿔소가 결혼해서 아이를 낳으면 해태 같은 아이가 나오지 않을까. 아무리 봐도 얼굴은 호랑이나 사자를 닮았고 머리는 코뿔소처럼 보였다. 비늘로 덮인 근육질의 다부진 몸은 그림 속의 용처럼 보였는데, 얼핏 보면 괴물 같아도 은근하고 귀여운 미소의 소유자였다. 윈디의 눈에는 웃고 있는 해태가 마치 이상한 나라의 앨리스에 나오는 체셔 고양이처럼 보였다. 체셔 고양이의 미소를 지닌 해태가 신화 속의 불을 먹는 존재였다는 걸 윈디는 한참 후에야 알았다.

1998년 4월 7일 밤 8시 29분.

늙은 호랑이 한 마리가 경복궁 인근의 서촌에 나타났다.

어슬렁거리며 걸어가던 호랑이는 10층짜리 현대식 오피스텔 현관으로 미끄러지듯 들어갔다. 한발 한발 걸을 때마다 발아래에서 연기가 스멀스멀 솟아나며 붉은 카펫에 발자국 모양의 흔적이 검게 남았다.

거대한 몸집의 호랑이가 갑자기 복도 끝에 있는 커다란 창문을 향해 몸을 날렸고, 허공으로 날아간 호랑이의 흔적은 삽시간에 사라졌다.

멀리서 사이렌 소리가 들려왔다. 소방차들이 비명을 지르며 달리는 것처럼 보였다. 소방차 경광등의 붉고 노란 불빛이 돌로 만든 해태의 눈동자에 부딪혀 튕겨 나갔다. 순간 해태의 눈은 돌이 아니라 황금으로 변한 듯 금빛으로 물들었다. 마치 해태 안에 있는 뭔가가 깨어난 듯했다.

현장에 도착한 소방대가 제일 먼저 본 것은 무시무시한 불길에 휩싸인 오피스텔이었다. 매번 마주하는 불길 앞에서 허 대장과 소방대원들은 사상자가 없기를 간절히 소망했다. 소방대원들은 큰 소리로 신호를 주고받으며 군사 작전을 펼치는 군인들처럼 불타는 건물 속으로 돌진했다. 현장에서 잔뼈가 굵은 허 대장이 그들의 뒤를 바짝 따라붙었다.

허 대장에게는 귀신같은 탐지 능력이 있었다. 꼭 누가 알려 주는 것처럼 화마에서 살아남은 사람들의 흔적을 직감적으로 찾아냈다.

허 대장이 조심스럽게 발걸음을 옮겼다. 2인 1조로 투입된 그의 파트너 김종남 대원은 맞은편 계단으로 올라가고 있었다. 계단으로 발을 내딛는 순간 허 대장의 귀에 강력한 폭발음이 들렸다. 머리 위에서 들리는 걸 보니 바로 위층에서 폭발이 일어난 모양이었다. 소리가 나자마자 창문들이 박살났다. 밖에서 불타는 오피스텔을 안타깝게 지켜보는 사람들의 비명이 건물을 타고 올라와 허 대장의 귀에까지 다다랐다. 외부의 비명 소리는 인이어(in-ear earphones)에서 들리는 서장의 고함 소리에 묻혔다. 건물 밖에 있는 서장의 목소리가 허 대장의 고막을 찢을 듯이 파고들었다.

"10층 일부가 날아갔다! 근처에 있는 대원들은 철수하라!"

소리치는 서장을 향해 101팀 대원들의 목소리가 들렸다.

"7, 8, 9층에 생존자가 있습니다!"

101팀을 지원하라는 서장의 급박한 지시가 떨어지기 무섭게 김종남 대원은 서둘러 움직였다.

오피스텔 방안은 연기로 가득했다.

허 대장이 막 발걸음을 옮겼을 때, 그의 동물적인 감각이 발목을 잡았다. 한 치 앞을 분간할 수 없는 공간에 꼬물거리는 작은 생명체가 보였다. 겨우 한 살 정도 됐을까. 아기였다.

"생존자가 있다! 10층에 생존자가…, 아… 갓난아기다."

소파에서 의식을 잃은 채 쓰러진 여자가 아기의 엄마인 모양이었다. 아기가 꼼지락대는 사이에도 덩굴 모양의 연기가 방 안으로 스며들었다. 연기는 마치 생명을 앗으러 온 독사처럼 갓난아기를 둘러쌌다.

순간, 아기가 콜록거리며 기침을 했다.

불길 속에 살아남은 생존자가 아직 있다는 허 대장의 말을 들은 서장은 대원들이 생존자를 구출할 수 있을지 판단해야 했다. 갓난아기와 대원들의 목숨이 그의 머릿속을 오갔고 그의 뇌리에는 온통 갓난아기만 남았다.

"107-1, 김종남 대원 10층으로 올라가!"

김종남 대원이 10층으로 방향을 틀었을 때, 불길이 거세지더니 10층에서 폭발음이 들렸다. 그 충격으로 그가 서 있던 계단이 산산조각 났다. 부서진 계단과 함께 아래로 굴러떨어지던 그는 눈에 보이는 것을 가까스로 붙잡았다. 겨우 남은 아래층의 난간이었다.

허 대장은 본능적으로 갓난아기를 덥석 안아 들었다.

뚫어져라 오피스텔 설계 도면을 바라보는 서장의 눈에 핏발이 섰다. 빨리 탈출 경로를 시뮬레이션해야 했다. 그의 판단에 어린 생존자와 대원들의 목숨이 달렸다. 매섭게 오가던 눈길이 설계도의 한쪽 끝에 고정됐다.

"102팀, 104팀 북동쪽 다용도 엘리베이터를 타고 10층까지 올라간다!"

대원들이 서장의 명령을 복창하며 달려갔다.

다행히 서장이 말한 공간은 아직 불이 번지지 않아 밖에서 구조용 사다리를 올려 보낼 수 있었다. 아기를 안은 허 대장이 사다리를 향해 자욱한 연기를 헤치며 달려갔다.

"아기는 내가 안고 있다! 지금 북동쪽에 있는 다용도 엘리베이터로 가는 중이다."

허 대장이 사다리가 있는 쪽으로 모퉁이를 도는 순간 불로 만든 벽이 그의 앞을 막아섰다. 날름거리는 불길을 뚫을 방법을 생각하던 허 대장은 자신의 품에 안긴 아기를 내려다보았다. 혼자였으면 불길을 뚫어 보려고 시도라도 하겠지만 아기는 죽을 것이다.

"빌어먹을."

인이어를 통해 그의 말이 모두의 귀에 꽂혔다. 허 대장과 아기에게 문제가 생긴 것이다.

서장은 직감적으로 상황이 악화된 걸 알았다.

"무슨 일인가? 허 대장! 어떤 상황인가? 보고해! 허 대장!"

허 대장이 서장의 떨리는 목소리를 들은 순간, 지금까지의 폭발음보다 더 강력한 소리가 바로 뒤에서 들렸다. 쾅 하는 소리와 함께 조금 전에 그가 올라왔던 계단이 불길로 사라졌다. 치지직, 하는 소리가 들렸는데, 허 대장은 계단이 타들어 가고 있다는 걸 직감했다. 치직치직 소리는 화마가 그를 비웃는 소리처럼 기분 나쁘게 들렸다.

서장이 그의 귀에 대고 연신 고함을 쳤다. 허 대장이 마른 침을 삼켰다.

"서장님… 앞으로 갈 길이 없습니다."

순간 서장의 머리 위에서 북동쪽 구석의 창문 유리창이 폭발하기 시작했다. 오피스텔이 마치 원통형 폭죽이 터지듯 불길이 위로 솟구쳐 올랐다. 허 대장의 인이어에 대원들의 소리가 들렸다.

"아… 엘리베이터가 사라졌어요."

도면을 노려보던 서장이 10층으로 가는 계단과 다용도 엘리베이터에 펜으로 가위표를 쳤다. 순간 폭발한 엘리베이터에서 금속이 뒤틀리며 내는 소리가 들렸다. 건물 안의 대원들은 불에 휩싸인 엘리베이터가 수직으로 떨어지는 모습을 보았다. 엘리베이터 철판이 뒤틀리며 연신 비명을 질러 댔다. 거대하고도 엄청난 열기를 뒤집어써 불귀신처럼 보이는 엘리베이터가 바닥으로 떨어지며 터져 불길이 솟구쳐 올랐다.

이제 누구도 10층으로 갈 수 없고, 10층의 누구도 아래로 올 수 없다. 10층으로 향하는 모든 길이 사라졌다. 10층의 복도 끝에 겨우 몸을 피한 허 대장은 어디로도 갈 수 없다는 걸 알았다. 물론 그의 품에 안긴 아기도.

불길은 마치 먹잇감을 향해 서서히 다가가는 포식자처럼 천천히 움직였다. 엄청난 열기와 귀를 찢는 폭발음에도 아기는 울지 않았다.

"대견하네. 너는 울지도 않는구나."

허 대장의 낮은 목소리가 모두의 귀에 또렷이 전달됐다. 그들의 머릿속에 곧 닥쳐올 미래가 보였다. 이제 그들은 선배이며 동료인 허 대장을 다신 보지 못할 것이다. 허 대장도 자신이 마주한 이 불길이 그의 마지막 세상의 모습이라고 생각하자 품 안의 아기에게 시선이 갔다. 허 대장은 몇 분 아니 몇 초라도 아기의 생명을 연장할 수 있기를 바라며 자신의 품 안으로 아기를 당겨 안았다.

"괜찮아, 괜찮을 거야. 아가….”

잠시 불꽃을 바라보던 허 대장이 눈을 감고 기도했다. 그의 품에 안긴 아기는 바깥세상이 궁금하기라도 한 듯 동그란 눈으로 주변을 살펴보려고 했다. 울거나 몸부림을 치지도 않았다. 대신 뭔가 기다리고 있는 것처럼 보였다. 아기의 눈이 불길에 머무르자 갑자기 불꽃이 맹수처럼 거세게 그들을 향해 달려들기 시작했다. 거칠게 포효하며 먹잇감을 향해 거침없이 달려드는 포식자처럼 삽시간에 다가왔다. 순간 아기의 검은 눈동자가 흰자위를 밀어냈다. 깊은 어둠인지 고요한 밤바다인지 모를 알 수 없는 어둠이 그 눈에 내리는가 싶더니, 허 대장의 귀에 태풍같이 세차게 휘몰아치는 바람 소리가 들렸다. 새까만 거울처럼 검게 반짝이는 아기의 눈에 불길이 휘리릭 지나는 모습이 비쳤다. 그 모습은 마치 겁에 질려 도망가는 듯이 보였다. 포효하던 불꽃은 비명을 내지르며 마침내 잦아들었다.

허 대장이 눈을 떴을 때는 불길이 완전히 꼬리를 내린 후였다. 방금까지도 그를 덮칠 것 같았던 무서운 기세의 불꽃은 완전히 사라졌다. 허 대장은 순간적으로 품에 안긴 아기가 괜찮은지 살펴봤다. 아기는 무사했고 어떻게 된 일인지 털끝 하나 다치지 않았다. 허 대장도 무사했다.

갑자기 아기가 연붉은 입술로 작게 트림을 했다. 작은 입에서 덩굴 모양의 연기가 피어올랐다.

그의 품에 안겼던 아기의 이름은 윈디였다.

안타깝게도 아기의 엄마는 1998년 4월 7일 그날 밤 세상을 떠났다.

윈디의 아빠는 재혼을 하고 약수동으로 이사했다. 구불구불 골목길을 넓힌 길이 이어진 언덕배기에 빛바랜 아파트가 즐비하게 늘어선 곳이었다. 그중에서도 칠한 지 오래된 듯 유난히 낡은 아파트가 윈디네 집이었다.

윈디가 다른 아이와 다르다는 걸 처음 알게 된 건 어느 날 밤이었다.

사방이 고요한 밤, 집안 어딘가에서 무언가 부딪치고 떨어지는 소리가 들렸다. 잠결에 놀라 일어난 아빠와 새엄마가 불을 켰다. 부엌이었다. 도둑이 든 줄 알고 살금살금 부엌으로 간 두 사람은 놀라운 광경에 맞닥뜨렸다. 어린 윈디가 눈을 반쯤 감은 채로 부엌을 오락가락하며 걸어 다니는 것이었다. 걸어 다니며 잠을 자는 것 같았다. 식탁에 몸이 부딪히고 냄비가 바닥에 떨어져 큰 소리가 나도 윈디는 반쯤 감은 눈을 뜨지 못했다. 마치 유령처럼 움직였다. 그 모습에 아빠와 새엄마는 놀라서 움직이지 못했다.

새엄마 옆에서 떨어지지 않고 졸졸 따라다니는 강아지도 윈디를 보며 사납게 짖기 시작했다. 새엄마가 윈디의 등을 짝 소리가 나게 때렸지만, 아빠는 멍하니 윈디를 바라보기만 했다. 새엄마의 손이 어찌나 맵던지 윈디는 등에 불이 붙는 줄 알았다. 그 매운 고통이 그녀를 잠에서 끌어냈다. 눈을 뜬 윈디는 새엄마를 바라보았다. 그녀의 텅 빈 눈과 새엄마의 매서운 눈길이 마주쳤다.

"난 쟤가 저런 표정 짓는 거 너무 싫어."

새엄마가 진저리를 치며 아빠의 팔을 끌고 안방으로 들어갔다. 윈디는 멍하니 그 모습을 바라보았다. 곧 집안의 불이 모두 꺼졌다.

그날 이후 꽤 오랫동안 윈디의 몽유병 증세는 계속되었다. 소동이 몇 번 있고 나자 새엄마는 부엌에 딸린 다용도실에 윈디를 가두었다. 윈디는 쌀 포대와 참기름, 고추장 단지가 줄줄이 놓인 선반 아래에 새엄마가 던져 준 얇은 방석을 깔고 작은 몸을 눕혔다.

잠을 자다 화장실에 가고 싶은 마음이 든 윈디가 밖으로 나가려고 했지만, 문이 열리지 않았다. 지난번처럼 돌아다닐까 봐 새엄마가 아예 문을 잠가 버린 것이었다. 문고리를 잡은 채 다리를 비비 꼬던 윈디는 발밑이 뜨뜻해지는 걸 느꼈다. 작은 물웅덩이가 생겼다.

다음 날 이른 아침, 새엄마는 윈디의 젖은 옷을 홀딱 벗기고 팬티만 입히고는 대충 만든 '키'를 머리에 뒤집어씌우고 밖으로 내몰았다.

"가서 소금 얻어 와! 어서 가!"

새엄마의 앙칼진 소리가 아파트를 울렸다. 윈디는 자신이 키를 쓰고 나가면 지난 밤에 오줌을 쌌다는 사실을 온 동네 사람들이 안다는 걸 알았다. 소금을 얻어 가지고 가야 집으로 돌아갈 수 있다는 것도 알았다. 만약 윈디가 새엄마의 명령을 듣지 않으면 또 어떤 일이 벌어졌을지 알 수 없었다. 키를 쓴 채 밖으로 나갔지만, 윈디가 갈 수 있는 곳은 많지 않았다. 어디서 소금을 얻을 수 있을지 어린 윈디는 가르쳐 주지 않아도 알았다. 가장 만만한 곳이 동네 구멍가게였다. 아침 일찍 문을 연 구멍가게에 윈디가 들어서자 주인도 손님들도 말을 멈췄다. 요즘 이런 꼴을 어디에서 본단 말인가.

"그런 꼴로 밖에 나오면 어떡해! 네 엄마한테 가서 말해! 한 번만 더 이런 짓을 시키면 경찰에 신고한다고. 지금이 조선 시댄 줄 알아? 이게 벌써 몇 번째니? 그냥 가!"

가게 주인이 손님들에게 미안한 눈치를 보이며 윈디에게 큰소리를 쳤지만, 윈디는 들은 척도 하지 않고 말없이 손에 들린 작은 종지만 바라볼 뿐이었다. 가게 주인이 나가라고 다그쳐도 윈디는 꼼짝도 하지 않았다.

"아이고, 불쌍해라. 소금 좀 줘서 보내요. 요즘 엄마도 이런 짓을 하나."

가게에 들어온 할머니가 안쓰러운 표정으로 윈디를 보았다. 그 말에 주인이 겨우 몸을 일으키며 오만상을 찌푸렸다. 작은 종지에 하얀 소금이 반쯤 담겼다.

"대체 키는 어디서 구했다니? 너희 엄마 자꾸 이런 짓 하면 내가 아동 학대로 신고할 거라고 해. 내가 콩밥 먹게 해 준다고 꼭 전해."

윈디는 그 말이 무슨 뜻인지 정확하게는 몰랐지만, 새엄마를 욕하는 말이라는 건 느낄 수 있었다. 하지만 윈디가 오줌싸개라는 걸 동네 사람들이 모두 알게 될 때까지 새엄마는 윈디의 머리에 '키'를 씌웠다.

세월이 지날수록 어느 날의 기억은 마치 어제 일인 듯 선명하게 느껴지는데, 윈디에게도 뇌리에 선명하게 박제된 날이 있다. 열 살 정도 되었을 무렵의 어느 날이었다. 아빠는 집에 없었고 윈디는 거실에서 TV를 보고 있었다. 그런데 윈디 옆으로 새엄마가 휙 지나가며 종이 한 장을 떨어뜨렸다. 고개를 돌려 보니 새엄마가 색바랜 종이 더미를 안고 가는 모습이 보였다. 윈디는 발 앞에 떨어진 노랗게 색이 바랜 종이를 집어 들었다. 빛바랜 사진 속에는 웃고 있는 젊은 여자가 보였다. 여자는 갓난아기를 안고 있었는데, 순간 윈디는 그 아기가 자기라는 걸 알았다. 그렇다면 사진 속의 젊은 여자는 친엄마일 것이다.

새엄마가 엄마의 흔적을 지우려 한다는 걸 알아차렸다. 윈디는 새엄마가 베란다에서 막 라이터에 불을 붙여 종이를 태우려 하는 것을 보았다. 라이터 불꽃이 닿은 종이는 순식간에 화라락 타올랐고 동시에 윈디의 눈이 검게 물들었다. 검은 눈동자가 순식간에 팽창하며 흰자위가 사라진 것이다. 1998년 그날 밤, 불길 속의 갓난아기처럼.

느닷없이 베란다로 세찬 바람이 불었다. 마치 아파트 안에 거대한 진공청소기가 돌아가는 것처럼 거센 바람이 불며 불이 순식간에 꺼졌다. 새엄마가 놀란 얼굴로 윈디를 보았다.

태우려 했던 종이 쪼가리들이 윈디를 향해 빨려 들듯이 날아갔다. 새엄마 옆에 붙어서 졸졸 따라다니던 강아지가 거센 바람으로 인해 허공에 둥실 떠올랐다. 윈디가 팥쥐라고 이름 붙인 강아지가 허공에서 그녀를 보며 으르렁거렸다.

2-3분이나 지났을까. 윈디의 눈은 원래의 모습으로 돌아왔지만 그녀의 정신은 아직 돌아오지 않았다. 자신에게 무슨 일이 일어났는지 혼란스러운 듯 멍한 표정으로 어지럽혀진 바닥을 바라보았다. 수십여 장의 엄마 사진과 윈디가 어릴 때 그렸던 그림들이 흩어져 있었다. 불길에 가장자리가 그을리는 바람에 검은 줄을 그린 모양이 됐지만 불 속에서도 살아남았다. 윈디는 사진과 그림을 조심스럽게 한 장 한 장 주워 모았다. 고개를 들자 윈디를 바라보고 서 있던 새엄마와 눈이 마주쳤다. 겨우 열 살이지만 윈디는 순간 새엄마가 자신을 두려운 존재로 여기게 됐다는 걸 알았다. 강아지 팥쥐도 주인의 공포심이 전이됐는지 전의를 잃고 새엄마의 발밑에서 낑낑거렸다.

새엄마는 그날 이후 그녀를 보기만 하면 움찔거렸다. 근처에도 오지 않았고 똑바로 쳐다보지도 못했다. 윈디는 자신이 새엄마와의 전투에서 완전히 승리했다는 걸 알았다.

또한 불과의 싸움에서도.

그날 자신이 불을 먹을 수 있다는 사실은 알았지만, 어떤 방법으로 그렇게 했는지는 몰랐다.

"알고 보니 내가 불을 먹을 수 있더라고요. 먹는다는 표현이 맞는지는 모르겠지만요. 물론 불을 먹는 건 내 안에 있는 해태가 한 거지만. 아니, 정확하게 말하면 해태가 내 안에 있는 건 아니에요. 어디엔가 있던 해태를 내가 세상으로 불러오는 거죠. 무당처럼 내가 해태의 숙주나 세상을 향한 문이 되는 것 같아요. 해태는 마치 좋아하는 간식을 먹는 것처럼 불을 우적우적 씹어 먹었어요."

훗날 윈디는 그날의 일을 이렇게 기억했다.

3

윈디는 버스 창가에 앉아 창밖으로 검은 먹구름이 다가오는 걸 바라보았다.

'먹구름이 몰려오는 걸 보니, 비가 오겠네....'

갑자기 장대비가 후드득 소리를 내며 떨어지기 시작했다. 윈디는 가방 안을 살펴봤다.

도서관에서 대출받은 책 서너 권과 얌전히 접힌 채 바닥에 깔린 3단 우산 그리고 동네 구멍가게에서 산 과자 봉지가 보였다. 평소에 군것질을 많이 하는 편도 아닌데 구멍가게에만 가면 왜 꼭 과자를 집어 나오는지 무언가에 홀린 게 틀림없다고 생각했다. 가게를 나서려고만 하면 봉지에 그려진 귀여운 동물 모양의 과자 회사 로고가 그녀를 붙잡는 것 같았다. 신화 속에 나오는 불을 먹는 상상의 동물 해태 그림의 로고가 정말 귀여웠다.

그 사이에 빗줄기는 점점 거세졌다. 며칠째 계속되는 폭우로 아스팔트 바닥이 군데군데 파여 도로는 점박이 무늬 옷을 입은 듯 보였다. 버스 안 TV 모니터 화면으로 사람들의 시선이 쏠렸다. 기상 캐스터가 날씨 소식을 전하고 뉴스가 이어졌다. 앵커는 굳은 표정으로 최근 계속되는 서울의 화재 소식을 전했다.

지난 3개월간 강북과 강남에서 각각 일어난 두 건의 초대형 화재로 많은 연기와 먼지가 발생했습니다. 그 영향으로 오늘 많은 비가 내렸습니다. 작년 같은 기간 대비 두 배 이상 늘어난 수치입니다. 오후의 강수량도 예년에 비해 60% 이상 증가할 것으로 보입니다.

윈디는 폭우를 뚫고 학교에 오느라 도자기 실기 수업이 시작된 후에야 도착했다. 작업 치마를 입고 젖은 머리를 털며 강의실에 들어서니 가마 앞에는 강사와 학생들이 모여있었다. 학생들이 물레로 성형한 도자기를 가마에 구우려고 강사가 가마에 불을 붙이려던 중이었다. 지각한 윈디를 본 강사는 한숨을 쉬었다. 그가 불을 붙였지만 이내 불이 꺼졌다. 강사가 몇 차례나 다시 불을 붙이려고 애썼지만 자꾸 꺼지기만 할 뿐이었다. 그는 뒤에 서 있던 윈디와 눈이 마주치자 밖으로 나가라는 고갯짓을 했다. 윈디는 강사가 했던 말을 떠올렸다.

"이상해. 왜 네가 수업에 들어오면 가마에 불이 안 붙는지 모르겠어. 불을 붙일 때는 좀 나가 있을래?"

그녀는 오래도록 강의실 밖의 복도를 서성였다. 수업이 끝나고 학생들이 밖으로 우르르 몰려나오자 그녀의 방황도 끝났다. 윈디는 앞치마를 벗어 던지고 곧장 도서관으로 갔다. 아마 도서관에서 만나는 사람들은 매일 도서관을 찾는 그녀를 보며 독서광이라도 되는 줄 알겠지만, 알고 보면 그녀는 글자만 보면 두통을 앓는다. 어릴 때부터 책만 펴면 머리가 아팠다.

도서관을 찾은 그녀는 늘 그렇듯 서가로 향했다. 그저 손에 걸려든 책을 두세 권 골라잡았다. 오늘 그녀에게 선택된 책은 〈고대 코리아의 설화〉라는 제목의 책이었다. 표지에 지금은 쓰이지 않는 19세기의 영문 철자법으로 표기된 Corea 라는 이름이 선명했다.

윈디에게 이 책은 아무 의미가 없었다. 그저 전리품처럼 손에 닥치는 대로 잡힌 책 중의 하나일 뿐이었다. 그녀는 책의 중간 어디쯤을 펴 놓고 마치 집중해서 읽는 듯 흥미진진한 표정으로 책장을 넘겼다. 아주 어릴 때부터 책을 읽지 않고 읽는 척했던 메소드 연기였다.

책장을 넘기며 윈디는 무언가를 찾아 주변을 흘깃거렸다.

'오늘은 안 나오셨나? 어디 아프신가?'

홀로 걱정을 쌓아 가는 윈디의 눈에 중년 여인이 들어왔다. 쿵쾅댔던 그녀의 심장이 다시 제자리를 찾았다. 윈디가 매일 오후에 도서관을 찾아온 건 바로 저 여인 때문이었다.

'엄마랑 나이가 비슷하시겠지? 키도 비슷하실 듯하고. 엄마가 살아 계셨으면 저기 저렇게 서 계실까?'

새엄마가 태워 없애려 했던 그 종이에는 친엄마의 직장 이력도 적혀 있었다. 윈디는 엄마의 흔적을 찾아 이 학교에 왔고, 엄마의 흔적이 남았을지도 모를 도서관에 앉아 엄마를 생각했다. 내 책을 대출해 주고 나에게 웃어 주고 좋은 하루를 보내라고 말하는 사람이 엄마라고 생각하면서 시간을 보냈다. 윈디는 읽는 척했던 책들을 들고 일어섰다. 사서 앞으로 다가서자 그녀가 윈디를 보고 웃었다.

"이윈디 학생 또 왔네. 이러다 졸업할 때는 여기 도서관 책을 다 읽는 거 아니니?"

윈디는 가방에 있던 책을 꺼내 반납하고, 오늘 선택한 대여섯 권 정도되는 책을 대출해 배낭에 밀어 넣었다.

"안녕하세요, 엄마."

'으앗, 실수'

"…사서 쌤."

윈디는 재빨리 고쳐 말한 뒤 무거운 가방을 다시 어깨에 멨다.

"윈디 학생이 엄마가 보고 싶은가 보네. 빨리 집으로 가야겠다."

윈디는 고개 숙여 인사한 뒤 서둘러 도서관을 나왔다.

한 동네에서 오랫동안 살아온 윈디는 골목 구석구석을 잘 알았다. 이십 년 가까이 늘 걷던 길인데, 오늘은 이상한 느낌이 들었다. 버스 정류장에서부터일까, 아니면 핫도그를 파는 노점상 앞에서부터였을까. 누군가 그녀를 따라오며 지켜보는 것 같았다. 핫도그 노점상의 풍경이 조금 달라졌다. 지금까지 그 가게에는 동네 꼬마들이나 떼를 쓰는 아이를 달래느라 핫도그 한두 개를 사가는 어른들이 대부분이었다. 그런데, 오늘은 튀김기에서 갓 나온 핫도그를 양손에 하나씩 들고 있는 젊은 여자가 보였다. 윈디보다 두세 살 정도 많아 보이는 여자는 우걱우걱 핫도그를 입에 욱여넣었다. 두 개를 순식간에 털어 넣고도 모자랐는지 또 갓 나온 핫도그를 집으려던 여자와 그녀의 눈이 마주쳤다.

순간, 윈디는 그 여자가 자기를 지켜보고 있던 게 아닐까

하는 생각이 들었다. 모른 척하고 걸어갔지만, 등 뒤가 따가웠다. 감시를 당하는 느낌이었다. 윈디는 앞만 보고 걸었다. 지금 뒤를 돌아보면 그 여자가 다 먹은 핫도그 꼬치로 윈디의 뒷덜미를 찌를 것 같았다.

최양미는 무거운 가방을 메고 걸어가는 윈디를 물끄러미 바라보았다. 핫도그를 두 개 먹고 한 개를 더 집을 때 양미는 윈디도 자기를 보고 있다는 걸 알았다. 그녀를 보는 윈디의 눈동자가 살짝 흔들렸다. 평소 전생에 굶어 죽은 귀신이 붙었다며 놀림을 받는 양미는 핫도그를 세 개나 먹었지만 여전히 배가 고팠다. 핫도그를 튀기는 향긋한 기름 냄새를 한껏 들이켜고 다시 핫도그를 집어 들었다. 가게 주인이 놀란 얼굴로 그녀를 바라보다가 이내 못 본 척 고개를 돌렸다.

윈디가 아파트 정문으로 들어가는 걸 양미가 확인했을 때, 고급 캐딜락의 뒷문에서 김범준이 걸어 나왔다. 그를 본 가게 주인은 놀라 눈은 휘둥그레졌고 입까지 벌어졌다. 양미는 가게 주인이 미국 대통령이 탄다는 값비싼 캐딜락을 보고 놀란 것인지, 아니면 굉장히 힙한 스타일로 옷을 차려입은 범준의 미모를 보고 놀란 것인지 궁금해졌다. 양미가 핫도그 값을 계산할 때까지도 가게 주인의 입은 다물어지지 않았다.

핫도그를 입 안에 가득 넣고 우물대는 양미는 보지도 않고, 범준은 윈디가 사라진 아파트 정문을 바라보았다.

"쟤가 정말 우리 일원이라 생각해? 이렇게 낮이고 밤이고 여기서 진을 치는 것을 보면 확실하지 않은 거야. 그치?"

양미가 물었다.

"별로 할 일도 없으면서 뭐가 불만이야?"

범준은 어깨를 으쓱하며 말했다.

"밥을 못 먹잖아. 밥. 밥. 밥."

범준은 양미의 입가에 아슬아슬하게 붙었다 떨어지는 핫도그 가루를 보았다.

"며칠 굶은 사람처럼 말하는데, 네 얼굴을 보니 핫도그 열 개는 먹은 것 같다?"

"아니, 겨우 다섯 개밖에 못 먹었거든. 내 말은 진짜 음식 말하는 거야. 식당에서 제대로 먹는 거. 곱창 먹고 싶다고."

"나랑 교대하고 가서 먹어, 이 근처에 곱창 맛집 있다던데."

"혼자 먹으러 가기 싫어. 심심하다구. 게다가 사람들이 나 혼자 다 먹은 줄 안단 말야."

"그럼 박 기사랑 같이 가든가."

범준이 캐딜락 운전석 옆에 꼿꼿하게 서 있는 삼십대 중반 정도로 보이는 여자를 쳐다보았다. 전형적인 리무진 기사의 제복을 입은 그녀는 진지하게 주변을 살피고 있었다. 화강암처럼 딱딱한 캐딜락과 박 기사는 어딘가 묘하게 닮아 있었다.

"난 박 기사가 꼭 난공불락의 요새처럼 보이더라."

범준이 박 기사를 바라보았지만 그녀는 항상 그렇듯이 무표정이었다. 양미의 말처럼, 박 기사는 아름다웠으나 쉽게 말을 걸기 어려운 호위 무사 같은 분위기를 풍겼다. 범준이 눈짓을 하자 박 기사가 캐딜락의 뒷문을 열었다. 양미는 캐딜락에 올라타면서도 갓 튀긴 핫도그의 김이 올라오는 모습을 보며 침을 삼켰다.

양미가 떠나고 범준은 바로 옆의 오래된 상가 건물의 1층 유리문 안에 자리를 잡았다. 유리창에 붙어 밖을 바라보던 범준은 몸을 쭉 펴고 스트레칭을 시작했다. 올림픽에 나가는 운동선수처럼 온몸의 근육을 꼼꼼하게 자극했다. 이 정도면 앞으로 사흘 밤낮을 새울 수도 있을 것이다. 외벽의 실금이 거미줄처럼 엉킨 오래되고 낡은 아파트가 그의 눈에 들어왔다.

'너도 정말 우리 종족인 거냐.'

집안에 들어선 후에도 윈디는 핫도그를 먹던 여자의 눈빛이 마음에 걸렸지만 그 생각을 털어 내려 큰 소리로 외쳤다.

"다녀왔습니다!"

아빠와 함께 소파에 앉아 TV를 보던 새엄마가 움찔하며 볼륨을 낮췄다. 윈디의 인사에 답하는 두 사람의 모습은 마치 첫 무대에 올라선 신인 배우들처럼 어색하고 부자연스러웠다.

아빠는 그녀의 눈치를 봤고 새엄마는 그녀를 두려워했다. 윈디가 새엄마와 불을 한꺼번에 제압한 이후 새엄마는 그녀를 볼 때마다 미소를 짓곤 했는데, 입꼬리는 올라가도 눈꼬리는 절대 웃지 않았다. 새엄마의 가식적인 미소 아래에는 그녀에 대한 공포심이 있다는 걸 윈디는 잘 알고 있었다. 그녀는 새엄마가 자기를 무서워하는 게 싫지 않았다. 싫다니, 아주 좋았다.

그리고 윈디는 아빠가 자기를 보며 죄책감에 시달린다는 걸 알게 됐다. 아빠에게 윈디는 하나뿐인 소중한 딸이지만, 자신이 불륜을 저지르는 동안 아내가 죽었음을 상기시키는 존재이기도 했다. 그녀를 보는 것만으로 아빠는 그날 자신이 저지른 죄를 기억해야만 했다. 아빠는 평생 용서를 구하며 살 겠다고 했지만, 그녀는 절대 아빠를 용서할 마음이 없었다.

신발을 벗어 던진 윈디는 두 사람이 앉아 있는 사이에 비 집고 들어가 앉았다. 윈디의 팔이 스치자 새엄마는 또 움찔했 다. 윈디는 자신의 사소한 행동이 그들을 얼마나 불편하게 하 는지 잘 알고 있었다. 그래서 매 순간 그들을 불편하게 만들 기 위해 최선을 다했다.

"나 더블 프라이드치킨 먹을래."

그녀가 큰 소리를 지르자 아빠와 새엄마는 흠칫 놀랐지만 이내 가식적인 미소를 지었다. 주문하고 얼마 지나지 않아, 그녀가 주문한 치킨을 손에 든 배달 기사가 초인종을 눌렀다.

윈디가 치킨을 먹으며 아빠와 새엄마를 바라보자, 그들은 마지못해 그녀 곁으로 다가와 치킨을 손에 들었다. 아빠와 새 엄마의 인생이 끝나는 날까지 야식으로 치킨을 주문하고 먹 이는 것이 윈디의 복수 중 하나였다. 그녀에 대한 죄책감과 두려움으로 아빠와 새엄마는 먹기 싫은 치킨도 즐겁게 먹는 척하며 윈디가 내리는 벌을 받는 중이었다.

최선을 다한 윈디의 복수는 그녀가 제일 좋아하던 더블 프 라이드치킨이 메뉴에서 사라지며 자연스레 막을 내렸다.

4

북극권 한계선에서도 북쪽으로 250km나 떨어진 라플란드의 하늘에 햇살이 환하게 빛나고 있었다. 하얗게 눈이 덮인 언덕에 크리스마스 엽서를 그대로 옮겨 놓은 것 같은 나무들이 마찬가지로 눈을 뒤집어쓴 채 서 있었다. 그 사이로 밧줄로 줄줄이 묶어 놓은 썰매가 관광객들을 기다리는 모습이 보였다.

엄마는 할코를 사랑한다고 습관처럼 말하며 아들과 더 많은 추억을 쌓고 싶어 했다. 물론 그도 엄마가 자신을 얼마나 사랑하는지 잘 알았다. 매 순간 최선을 다해서 아들을 사랑하려 한다는 걸 너무나도 잘 알았다. 하지만 이제 그는 10대가 아닌가. 엄마와 살가운 인사를 하며 사랑한다는 말을 할 만한 나이는 아니라고 생각했다.

아들은 엄마를 사랑한다고 말하지도 않았고, 잘 웃어 주지도 않았다. 사실 엄마에게 웃으며 답을 해 주는 건 정말 쉬운 일이었다. 자신이 무엇보다 잘할 수 있었던 일을 하지 않았다는 걸 평생 후회하며 살게 될 줄 알았다면 그렇게 매정하게 굴지 않았을 것이다.

마시어스 할코는 막 사춘기에 접어든 10대 소년 특유의 부루퉁한 얼굴을 하고 썰매 위에 앉아 있었다. 그러고는 관광지에 왔으니 순록 썰매를 타 보자는 엄마의 제안이 세상에서 가장 하기 싫은 일이라는 듯 투덜거렸다.

순록 한 마리가 끄는 나무 썰매에 앉은 할코의 귀에 나무가 삐걱대는 소리와 순록이 뱉는 거친 숨소리가 들렸다. 엄마가 다정하게 아들의 어깨에 팔을 두르려 했지만, 할코는 뚱한 표정을 지으며 귀찮다는 듯 엄마의 팔을 뿌리쳤다. 하지만 엄마는 그 모습조차 사랑스럽다는 듯 아들을 보며 웃었다. 항상 그럴 것처럼.

순간 할코는 얼핏 거대한 그림자가 머리 위로 지나가는 느낌이 들었다. 마치 거대한 날개를 가진 새가 바로 위에 있는 듯한 느낌이 들었을 때, 순록이 갑자기 스르르 멈췄다. 가이드 두 명이 라프어(노르웨이, 스웨덴, 핀란드 북부와 러시아 콜라반도에서 쓰는 언어-옮긴이)로 뭐라고 소리쳤지만, 할코는 알아듣지 못했다. 그는 핀란드 말만 쓰고 자랐기 때문에 라프어는 한마디도 몰랐다. 무언가 이상하다는 생각이 머리를 스치며 엄마를 보자, 엄마의 얼굴이 고통으로 일그러져 있었다. 처음 보는 표정이었다. 가이드가 알아듣지 못하는 소리로 또 큰소리를 치자, 사람들이 썰매 주위로 몰려들었다. 엄마의 고통은 점점 더 극심해졌다. 할코는 엄마가 죽어 가고 있다는 걸 알아차렸다.

엄마가 바닥에 쓰러지자 사람들이 달려들어 심폐 소생술을 했지만, 엄마의 몸은 나무처럼 보였다. 미동도 없이 누워 있는 엄마의 모습이 현실 같지 않았다. 그 모습을 멍하니 바라보던 할코는 무서운 일이 닥치리라는 걸 직감했다. 어디선가 푸드덕하는 소리가 들렸다. 그건 새가 날아오르기 전에 날개를 퍼덕이는 소리였다. 새를 보려고 고개를 든 할코는 강렬한 햇살이 눈을 찔러 하늘을 보지 못했다. 눈을 깜빡이다가 겨우 실눈을 뜨니 하늘에 떠 있는 커다란 새가 보였다. 여객기가 하늘에 떠 있는 게 아닐까 하는 생각이 잠시 들었지만, 하늘의 거대한 물체는 분명 새였다. 거대한 새는 공중에서 잠시 멈췄다가 곧 사라졌다. 할코의 귀에 노랫소리가 들렸다. 그것은 분명 새의 노래였다. 아름다움과 갈망으로 가득 찬 소리 없는 노래를 들었을 때, 아니 새가 하늘 저편으로 사라졌을 때 엄마도 세상을 떠나 하늘로 돌아갔다.

엄마가 라플란드의 썰매 위에서 세상을 떠난 뒤 20여 년의 세월이 흘렀다. 10대 소년이었던 할코는 30대 후반이 되었고, 핀란드에서도 저명한 민속학 전문가가 되었다. 그는 이제 자신이 어린 시절에 본 거대하고 아름다운 새가 저승에서 온 투오넬라의 백조라는 걸 알고 있다. 그날 저승의 새가 엄마의 영혼을 거두어 가기 위해 온 것이었다.

알토 대학교 민속학과 교수가 된 마시어스 할코는 오늘의 강연이 민속학자로서의 자리를 지켜 줄 매우 중요한 행사라는 걸 인식했다. 그래서 다른 어느 때보다 더 열심히 강연을 준비했다. 강연장까지 가는 도중에도 쉬지 않고 발표 내용을 중얼거렸다.

"100년도 훨씬 전에, 한 소녀가 뉴욕 신문사에 편지를 한 통 썼어요. 소녀가 물었죠. '세상에 산타클로스가 있나요?' 100년도 훨씬 전에, 한 소녀가 뉴욕 신문사에 편지를 한 통 썼는데….”

대본을 거듭 외우며 호텔로 들어간 할코는 핀란드어와 영어로 나란히 써 놓은 안내문을 보았다.

국제 민속학 협회에 오신 걸 환영합니다.

강연장에는 마시어스 할코의 이름과 오늘 발표할 주제를 쓴 현수막이 걸려 있었다.

잠시 후 빨간 산타 모자를 머리에 쓴 할코가 오늘의 주제를 발표하기 시작했다.

"그러자 이제는 유명해진 신문 사설에서 이렇게 대답했죠. '그래, 버지니아. 세상엔 산타클로스가 있단다.' 세상에 산타클로스가 없다면, 사는 게 참 지루할 거라면서요. 그거야 말로 사람들의 보편적 감정에 호소하는 논리적 오류라고 할 수 있겠죠."

할코는 잠시 말을 멈추고 일반인들은 잘 모르지만 학계에서는 유명한 농담을 던졌다. 하지만 아무도 그의 농담에 웃지 않았다. 그는 연단에서 고개를 들었다. 200여 석의 자리를 드문드문 채운 사람들은 겨우 대여섯 명 정도였다. 물론 모두 민속학 전문가들이었다. 그의 명성에 비해 모인 사람들의 수는 너무나 적었지만, 할코는 굴하지 않고 강연을 이어 갔다.

"우리의 감각이 감지하는 일상적인 세계와 우리의 지성이 감지하는 순수하게 관념적인 세계 사이에 중간 지대가 있습니다. 이미지와 관념으로만 이루어진 본질적인 세계가 우리 가까이에 존재합니다. 인간의 마음 밖에 있으며 적극적이고 능동적인 상상력을 통해서만 감지할 수 있는 세계. 종교적 신비주의를 연구한 사람들은 이 세계를 상상의 왕국이라고 불렀습니다. 오늘 저는 그 상상의 세계가 바로 신화와 전설에 나오는 인물들의 활동 영역이자 그들이 사는 곳이라는 이론을 제안하고자 합니다."

전문가들의 지지를 호소하며 강연이 끝났다.

"민속학자로서, 이제 우리는 이런 인물들이 실제로 존재한다는 사실을 인정해야 한다고 봅니다. 신화와 전설에 나오는 존재들은 우리의 상상에만 있는 게 아니라 상상의 세계에 실제로 있다가 가끔 우리 세계로 넘어오기도 합니다. 그래. 버지니아. 세상에 산타는 있단다. 다만 북극에 살지 않을 뿐이야."

그가 다시 농담을 던졌지만 이번에도 웃는 사람은 없었다. 박수를 보내는 사람도 없었다. 객석에 남은 사람은 단 한 사람, 그는 지난 15년 동안 할코의 스승이 되어 준 핀란드의 노학자였다. 할코는 연단에서 내려와 텅 빈 객석을 손으로 가리키며 애써 밝은 표정을 지었다.

"국제 협회는 아직 제 의견을 받아들일 준비가 안 된 것 같네요."

자기 딴에는 농담이라고 했지만, 노학자의 표정은 여전히 어두웠다.

"우리 민속학에서 해야 할 연구 분야는 아주 많아. 인류학적 자료 연구, 비교 분석, 손에 흙을 묻히고 싶다면 현장 연구를 해도 되고. 아니면 이따위 헛소리 할 시간에 밈에 관한 책이라도 쓰든가."

"하지만, 이게 진실인걸요."

"자네가 말하면 다 진실이야? 그럼 내게 단 한 명의 산타라도 지구에 있는 굴뚝으로 내려온 적이 있다는 증거를 대 봐. 신화와 전설에 나오는 단 한 명의 인물이라도 진짜 현실에 나타나 세상을 바꿨다는 증거를 보여 달라고. 자네는 지금 요정의 마법 가루를 쫓아다니느라 여태까지 쌓아 왔던 자네 경력을 망치고 있는 거야."

말을 마친 스승이 서둘러 강연장을 떠나자, 텅 빈 회의실에 할코 혼자 남았다. 무심코 머리에 손을 올리자 산타 모자가 잡혔다. 모자를 벗을까 했던 할코는 이내 마음을 고쳐먹고 계속 쓰고 있기로 했다. 학계는 물론 오래된 스승도 자신의 발표를 받아들이지 않았다.

이럴 때 사람들은 스스로를 바보라고 생각하며 의기소침할지도 모르지만, 그는 그렇지 않았다. 오히려 그의 심장이 투지로 불타올랐다.

5

신기술과 새로운 사업 방식을 도입한 타이타니스는 한국의 주목받는 스타트업 중에서도 첫 손에 꼽힐 정도였다. 최근 타이타니스는 기존의 사업 방식과 충돌하며 내부적으로 산통을 겪고 있었다. 이런 분위기는 대표가 참석한 회의에서도 고스란히 드러나곤 했는데, 회의실 한편은 굳은 표정의 나이 든 이사들이 포진해 있고 맞은 편에는 차세대 젊은 이사들이 자리하고 있었다. 그 사이에 앉은 대표는 마치 전통과 혁신이라는 양쪽 세계에 발을 하나씩 걸치고 있는 듯 보였다.

"우리 타이타니스의 다음 단계는 국가와 인류를 위한 사업입니다. 우리가 개발한 패스트-푸시 기술은 스마트폰의 다운로드 속도를 한 자릿수로 높였을 뿐 아니라 로봇 공학, 의료 기술, 재료 과학 같은 분야에서도 돌파구를 찾을 수 있게 되었습니다. 우리의 최신 제품은 과학 기술 전문가들과 공상가들이 오랫동안 꿈꿔 온 소망을 이뤄 낼 것입니다. 무에서 유를 창조하는 것이죠."

타이타니스를 이끄는 CEO 강인화는 엔지니어 출신의 카리스마 넘치는 젊은 청년이었다. 그의 말을 들으면 얼핏 공상가라고 생각할지도 모르지만, 그는 자신의 견해를 합리적으로 설득할 줄 아는 이성적인 달변가였다. 그의 말에 순식간에 압도된 사람들이 그를 바라보다가 갑자기 홀린 듯이 박수를 보냈다. 의견에 동조하지 않았던 이들도, 그가 무슨 말을 하는지 제대로 이해하지 못하는 사람들도 얼떨결에 박수 세례에 동참했다. 하지만 그런 사람들 사이에서 박수 치지 않고 질문하는 사람이 하나 있었다.

"우리 회사의 실험실과 개발 부서에서는 그런 발명을 시도한 적이 없는 걸로 아는데요. 어떻게 한다는 말씀인가요?"

"제가 지난 2년 동안 다닌 무수한 출장에서…."

대표가 상대방을 설득하려고 말을 꺼냈지만, 이사는 그 말에 계속 토를 달았다.

"그건 휴가가 아니었습니까? 유럽, 아마존, 시베리아 등등. 또 어디를 가셨더라…."

"휴가가 아니라 연구입니다. 제가 그곳에 간 건 다양한 연구를 위한 거였고, 마침내 결과물을 얻었습니다."

인화는 진열장 속에 전시된 유물을 일일이 손으로 가리켰다. 작은 테라코타 조각상, 청동 조각상, 대리석 조각상까지 사람들의 손이 닿지 않도록 잘 보관하고 있었다.

"이게 뭔지 아십니까? 수만 년 전에 살던 인류가 제사를 지낼 때 사용하던 제의 용품입니다. 이사님들은 옛것이 다시 새것이 된다는 말 아시죠? 저는 우리의 핵심 기술을 그저 '발명'하려는 게 아닙니다. 특별한 수단을 통해 얻어 낼 생각입니다."

"수단이라니요? 그게 지금 우리가 하는 일과 무슨 관계가 있는 건가요?"

그의 말에 인화의 굳은 얼굴이 슬슬 풀리기 시작했다.

"그건… 기밀입니다."

"강 대표! 여기 있는 사람들은 회사 임원들입니다. 세상에 임원에게도 말하지 않는 기밀이 있습니까?"

"네, 있습니다. 저는 지금 여러분께 인내심을 가지고 조금만 기다려 달라고 부탁드리려고 합니다. 또한 저에 대한 전폭적인 신뢰도 부탁드립니다. 제가 지금까지 이사님들을 실망시킨 적이 있었나요? 이번에도 물론 그럴 일은 없을 겁니다."

그의 말에 잠시 회의실에 적막이 흘렀다. 그러다가 누군가 먼저 손뼉을 치자 그 소리를 시작으로 모두 박수 치기 시작했다. 그것은 대표에 대한 무한 신뢰, 무한 지지를 보내는 소리처럼 들렸다. 이번에는 자리에 모인 사람 모두, 한 사람도 빠짐없이 박수를 보냈다.

다음 날 인화는 최첨단 비디오카메라들과 모션 캡처 기기 그리고 지진계를 포함해 각종 첨단 장비가 즐비한 컴퓨터 콘솔 앞에 서 있었다. 녹화 중인 카메라 화면에는 굿을 하는 무당이 보였다.

무당 매화는 지금 서울 위에 서 있다. 네 개의 산으로 둘러싸여 있고 도시를 가로질러 큰 강이 흐르는 서울은 인간이 살아가기에 완벽한 공간이었다. 인화는 화면 속의 서울을 바라보며 오늘따라 서울이 평소보다 훨씬 더 아름답다고 생각했다. 푸른 하늘엔 조각구름이 떠 있고, 푸른 강에는 유람선이 흘러갔다. 마천루를 자랑하는 도심은 깨끗하고 투명하다 못해 비현실적으로 보일 정도였다.

도심 한가운데인 명동 롯데 백화점 앞의 대로에 거대한 신발 하나가 보였다. 만신 매화의 신발이었다. 매화는 북과 피리

소리에 맞추어 시내를 가로지르며 춤을 추었다. 빙글빙글 도는 매화의 춤은 단순한 춤이 아니었다. 그녀는 굿을 하는 중이었고 카메라가 그 장면을 한순간도 놓치지 않고 포착했다.

인화는 작은 마이크에 대고 무당이 들을 수 없게 낮은 목소리로 말하고 있었다. 무언가를 기록하는 것처럼 보이기도 했고, 일종의 선언처럼 보이기도 했다.

"신화는 우리의 조상들이 이해할 수 없는 사건을 이해하는 하나의 방식이었습니다. '천국'을 '대체 우주'로, '신'을 '외계인'으로 바꾸어 본다면, 아마 과거에 일어났던 일의 진상을 파악할 수 있을 겁니다."

형형색색의 옷을 입은 매화가 빙글빙글 돌며 춤을 추었다. 화면 속의 매화는 온갖 색이 어우러지며 호를 그리면서 팽이처럼 돌아갔다. 매화의 춤사위가 잠시 멈추더니 그녀의 발이 건물을 걷어차려는 듯 쓱 훑었다. 하지만 그녀의 발은 건물을 그대로 뚫고 지나갔다. 건물은 실제가 아니라 홀로그램이었다. 타이타니스가 만든 격납고 바닥에는 온통 서울 풍경이 펼쳐져 있었고 매화는 그 위에서 춤을 추었다. 모든 것이 홀로그램이었고 연주자들과 매화만이 살아 있는 현실이었다.

"중요한 것은 미래에 일어날 일을 미리 아는 것입니다. 수천 년 전에 인류에게 세상을 바꿀 만한 기술을 선물로 안겨 준 누군가가 살았을지도 모릅니다. 아니 살았을 겁니다. 그렇다면 우리도 그들에게 새로운 기술을 받아서 놀라운 발전을 할 수 있을 겁니다. 어떻게 하냐구요? 그들을 다시 부르는 거죠. 과거에 살았던 그들을 지금 우리가 사는 이곳으로 불러오는 겁니다. 지금 하는 이 작업은 과거의 초월적인 존재를 현재에 불러 우리에게 필요한 기술을 얻어 내는 프로젝트입니다."

매화가 이번엔 한 손에 단검을 들고 다른 한 손에는 알록 달록한 부채를 들고 연신 흔들며 춤을 추기 시작했다. 만신 매화의 눈이 어딘가 다른 세상으로 간 듯, 무아지경에 빠진 듯 보였다. 그와 더불어 그녀의 춤사위는 걷잡을 수 없이 격렬해졌다. 연주자들의 소리도 절정으로 치닫고 있었다.

"앉아서 기다릴 수만은 없습니다. 여러 개의 우주 사이에 있는 문을 우리 쪽에서 열어 그들을 초대해야 합니다. 제 가설은 다음과 같습니다. 만신의 움직임은 우주의 다양한 문과 시공간을 통과하는 관문입니다. 만신의 몸이 시공간을 뛰어넘어 여러 우주 사이를 오갈 수 있는 도구가 되는 것이죠. 지금 이것은 우리가 그들을 맞이할 준비가 끝났다고 선언하는 행위입니다. 그들에게 이제 우리 세계로 건너오라고 초대장을 보내는 거죠. 태초에 우리 조상들이 했던 방법으로 그들을 불러오는 겁니다. 인류의 가장 오래된 정신 문화유산인 무속 신앙에 그들이 응답할 것입니다. 그들은 반드시 올 것입니다."

매화가 한 점 위를 빙빙 돌고 있는 것처럼 보였다. 연주자들의 소리는 음률을 넘어 비명처럼 들렸다. 빙글빙글 돌아가던 매화가 갑자기 움직임을 멈추었다. 그러더니 단검과 부채를 허공에 푹 찔렀다. 음악이 순식간에 멈추었다. 그녀의 손끝이 어딘가를 가리켰다. 매화의 발아래에 펼쳐진 서울의 한 지점, 그곳은 사람들로 북적거리는 도심 속의 춤추는 대형 분수였다.

'바로 저기군.'

매화의 손끝을 보고 있는 강인화의 눈빛이 유난히 반짝였다.

다음 날 인화는 두 사람의 조수와 함께 분수대 주위를 왔다 갔다 하면서 주변을 두리번거렸다. 조수들은 무언가를 확인하려는 듯 오가는 사람들을 살펴보았지만, 별다른 점을 찾지 못했다. 그들의 눈에 실망하는 빛이 어렸다.

　　"여긴 대리석과 물밖에 없는데요? 기름이 있어야 하는 거 아닌가요?"

　　인화는 그 말을 귓등으로 듣는 것 같았다. 그의 생각에도 이곳이 맞는지 의심스러운 구석이 있었다. 하지만 그는 알고 있었다. 확실한 해결책이 보이지 않을 때는 영감이 스스로 올 때까지 기다리면 될 것이다. 인화가 어떤 순간을 기다리고 있을 때, 갑자기 음악 소리와 함께 분수 쇼가 시작됐다. 멈췄던 분수가 순식간에 물을 위로 솟구쳐 올리며 음악에 맞춰 춤을 추고 있었다.

　　분수를 보러 온 사람들이 모두 SNS에 사진을 올리기 위해 자세를 잡는 순간, 분수 뒤에서 비치는 햇빛에 후드득 떨어지는 물방울들이 반짝이면서 마치 불길이 타오르는 것처럼 보였다. 인화가 분수를 보며 환하게 웃었다.

　　"그래, 바로 이거야."

6

그들은 벌써 며칠째 순번을 정해 윈디의 집을 지켜보는 중이었다.

오늘 담당자는 삼십 대 초반의 미남 전동주.

낭만적인 성격으로 종종 공상에 빠져들고 상상을 펼치는 바람에 시인이라는 별명으로 불린다. 그는 버스 정류장의 벤치에 앉아 하늘의 초승달을 바라보며 생각에 잠겨 있었다. 인적이 드문 늦은 시간이라 오가는 버스도 거의 없었다. 막차로 보이는 버스 한 대가 정류장 앞에 섰지만 그가 탈 생각이 없어 보이자 가 버렸다.

버스가 멀어진 뒤 거리에는 적막한 어둠만 남았다.

잠시 후, 아무도 없는 길에 누군가 나타났다. 도로 건너편에서 흐느적거리며 걸어오는 사람이 보였다. 얼굴이 자세히 보이지 않자 동주는 휴대 전화의 카메라를 확대해 상대의 얼굴을 확인했다. 윈디였다. 그녀는 눈을 반쯤 감은 채 꿈을 꾸며 걷고 있는 듯했다. 그가 윈디를 미행하려 길을 건너려는 순간 그녀가 갑자기 휙 돌아서더니 다시 아파트로 돌아갔다. 동주는 허탈해 피식 웃었다.

그 시각, 양미는 대형 TV로 먹방 영상을 보며 라면을 먹고 있었다. 엄마가 어마어마하게 많은 양의 음식을 만들면 20대 아들과 남편이 그걸 먹는 프로그램이었다. 양미는 무언가를 먹을 때마다 먹방을 틀었다. 먹으면서 먹는 영상을 보면 마치 두 배로 먹는 느낌이랄까. 특히 이렇게 가족들이 대량의 음식을 먹어 치우는 영상은 네 배로 먹는 기분이 들었다. 양미는 먹방을 보며 라면을 먹는 와중에도 배달 음식 앱을 열어 다음에 먹을 메뉴를 검색했다. 먹는 데 진심으로 심취한 그녀 주위에 '가족'이라고 부르는 이들이 모였다. 가족이라고 말하기에는 참으로 기이한 조합이었다.

삼십 대 중반의 윤일서는 숫자를 잘 다루는 꼼꼼한 전형적인 회계사처럼 보였다. 그는 이 기이한 가족들이 가져오는 각종 문서를 검토하고 행정, 회계 업무를 본다. 지금도 태블릿 PC를 들여다보며 스프레드시트로 작업을 하는 중이었다. 십 대 청소년인 기민준은 컴퓨터를 기가 막히게 잘 다루지만, 아직 솜털이 보송보송한 소년이다. 그는 지금 거실 구석에서 80년대에 생산된 구형 컴퓨터 게임 콘솔을 분해하고 새롭게 개조하는 데 몰두해 있다.

최양미와 교대로 윈디를 감시했던 권범준은 30대 초반의 근육질의 강인한 남성미를 자랑하는 운동 마니아다. 특히 유도는 국가대표급이라고 양미는 생각했다. 느긋한 표정으로 팔 굽혀 펴기를 하는 그의 헐렁한 윗도리 사이로 펄떡이는 근육이 얼핏 보였다.

양미가 라면의 국물까지 싹 해치운 후에 일서의 옆에 가서 앉았다.

"일서야. 넌 정말 걔가 우리랑 같은 종족이라고 생각해?"

"믿을 수 없다는 말툰걸. 하지만 걔를 자세히 봐 봐. 피는 속일 수가 없어. 우리랑 같은 피야. 난 확신해."

"어떻게 확신하는데? 사람들은 보통 잘못된 판단도 하고,

실수도 하는 법이잖아. 네 판단이 완전 100% 확실하다는 걸 어떻게 알아?"

"난 알아, 왜냐면 난 '보통 사람'이 아니거든."

일서의 단호한 말투에 양미가 마지못해 인정하듯 고개를 끄덕였다. 그때 갑자기 TV 전원이 꺼졌다. 양미는 일서에게 향한 화를 다른 데 풀려는 듯 버럭 화를 냈다.

"누구야? 나 보고 있는데?!"

동주가 리모컨을 들고 서 있었다. 다들 각자 하는 일에 집중하느라 동주가 들어온 걸 몰랐다.

"미안, 근데 아주 중요한 얘기가 있어. 오늘 밤에 윈디가 밖으로 나왔어."

"나올 수도 있지 뭐, 밤에 산책하는 게 뭐 이상한 일인가?"

양미가 심드렁하게 대꾸하자, 동주가 눈을 반짝 빛냈다.

"둔주(감당할 수 없는 스트레스나 내적 갈등으로 인해 기억력과 정체성이 상실되는 증세-옮긴이)상태로 보였어. 물론 내가 본 건 1분 정도였지만… 따라가려는데 갑자기 다시 집으로 가더라고."

"내가 말했잖아. 걔는 그냥 몽유병에 걸린 여자애일 뿐이야. 뭐랄까, 나한테 촉이 와. 걔는 우리 종족이 아니라고. 여자의 직감, 너희도 알지?"

양미가 확신에 차서 말하자 범준이 양미를 쏘아보았다. 민준은 대놓고 비아냥거리며 야유를 보냈다.

"남자의 직감으로 보자면, 너는 그냥 이 집안에 다른 여자가 들어오는 게 싫어서 그러는 거 아냐?."

"아니, 정반대거든. 여기 봐라. 다들 남잔데 여자가 들어오면 내 편이 하나 더 생기잖아. 내가 왜 싫어하겠냐? 여성이라면 언제든 두 팔 벌려 환영이야."

다들 와글거리자 동주가 손뼉을 치며 그들의 주의를 환기시켰다.

"근데 좀 흥미로운 장면을 봤어. 걔는 뭐랄까, 마치 무언가에 맞서서 싸우는 것 같더라고…."

동주가 말을 이어 가려는데 범준이 그의 말을 잘랐다.

"그게 그렇게 이상한가?"

민준은 두 사람을 쳐다보며 두 사람 사이에 흐르는 경쟁적인 기운을 감지했다. 둘은 자주 서로 상대방의 말에 토를 달고 사사건건 반대를 했다. 이럴 때 두 사람을 중재하는 일도 일서의 몫이었다.

"나만 그렇게 생각하고 있는 건 아닌 것 같아. 너희는 그런 생각 안 해 봤어? 우린 확실히 전과 좀 달라졌어. 뭔가 빠진 듯한 느낌이 들지 않아?"

"일서야! 그렇게 생각하지 마. 네가 너무 예민하게 생각하는 것 같은데, 너 아직 괜찮아."

양미가 일서의 어깨를 다독이자, 민준이 진지한 표정을 지으며 양미를 보았다. 녀석이 이런 표정을 지을 때는 애어른 같은 느낌이 들었다.

"누나! 항상 그런 식으로 넘어가려고 하지 마. 그게 어떤 식으로 우리 안에서 작동하고 있는지 정작 우리는 아무것도 모르고 있잖아. 그래서 오늘 형이 본 건 뭔데? 구체적으로 뭘 봤는데 이렇게 호들갑을 떠는 거야?"

"너희도 걔 표정을 보면 알아차렸을 텐데. 걔는 벼랑 끝에 서 있는 것 같았어. 앞에 뭔가 비어 있는 공간이 있고 그 공간으로 들어가고 싶은 욕망이 너무 커서 그 자리에서 얼어붙어 버리는 것 같기도 했지. 할 수 있는 능력이 있지만, 행동으로 옮기지 않았던 것뿐이라는 그런 얼굴이었다고."

동주의 눈빛이 공상에 빠진 듯 아련해졌다.

"야, 동주 시인! 너 또 상상한 거지? 네가 진짜 본 거야? 아니면 너의 낭만적인 뇌가 그렇게 봤다고 착각한 거 아니고? 밤에 멀리서 보고 어떻게 아냐고."

범준이 도발하듯 빈정거렸지만, 동주는 확신에 찬 표정으로 범준을 바라보았다. 그의 말투가 지나치게 차분해서 오히려 범준의 말문이 막혔다.

"내가 핸드폰 카메라로 확대해서 봤거든."

양미는 윈디가 눈을 감은 채 거리를 걸어가는 장면이 바로 앞에 보이는 것처럼 으스스한 느낌이 들었다. 그런 마음을 잊기라도 하려는 듯, 양미가 리모컨을 뺏어 들었다. 불쾌한 생각을 잊어버리려고 그녀는 다시 먹방에 집중했다.

하지만 일서는 태블릿 PC 화면에 보이는 데이터를 뚫어지게 들여다보았다. 그러고는 마른침을 삼키고 말했다.

"유전자와 유전적 부동 원칙에 따라 데이터를 추출한 결과야. 윈디는 우리 종족인 게 확실할 뿐만 아니라, 지금까지 나타난 우리 종족 중에서도 가장 강한 능력의 보유자라고 나와."

모두 숨을 멈춘 채 일서를 보았다. 동주를 향해 빈정대던 범준도 진지해졌다.

"만약, 네가 한 말이, 아니 그 데이터가 사실이라면 걔를 혼자 두면 안 돼. 누군가 걔를 지켜야 해. 우리가 지금 여기 다 모여 있으니까, 걔 지금 혼자 있는 거 아냐?"

동주가 흥분한 범준을 달랬다.

"걱정하지 마. 지금은 박 기사가 지키고 있으니까."

다들 안도의 숨을 쉬었지만, 양미의 표정은 달랐다.

"안 돼. 이런 식으로는 걔를 지킬 순 없어."

양미를 보며 일서가 고개를 끄덕였다. 그리고 안경을 코 위로 밀어 올렸다. 그가 말을 하기 전에 안경을 밀어 올리는 건 극도로 초조하다는 의미였다. 그런 다음 하는 얘기는 가족의 미래를 결정하는 심각한 내용이라는 뜻이기도 했다.

"그래 맞아. 이런 식으로 계속할 순 없어. 이제 우리가 결단을 내려야 하지 않을까. 누가 지원할 사람 없어?"

좀전의 심각한 표정을 지우며 동주가 피식 웃었다.

"내가 지원하면 좋겠지만, 다들 알다시피 나처럼 잘생긴 사람이 그랬다간 다른 사람들한테 발각되지 않을까 걱정되어서 안 되겠는걸."

"뭐 부정할 수는 없지만, 너의 그 압도적인 미모를 보면 걔가 겁을 집어먹을 수도 있겠지."

사실이지만 잘난 체하는 꼴이 짜증 나 양미는 신경질적으로 말을 받아쳤다. 범준도 지금까지와는 다르게 그저 어깨를 으쓱할 뿐 각을 세우지 않았다. 대신 한쪽 손을 번쩍 들었다.

"그럼 내가 할게. 객관적으로 내가 확실히 저 녀석보다는 좀 덜 생겼으니까."

양미가 두 사람을 노려보다가 한심하다는 듯이 한숨을 내쉬고 발코니 문을 열었다. 기가 막힐 정도로 아름다운 서울의 야경이 펼쳐졌다. 서울의 전경이 한눈에 보이는 높은 언덕에 그들의 저택이 있었다. 현대 건축가가 설계한 한옥 스타일의 건물에는 여러 개의 발코니와 멋진 옥상 테라스가 있었다. 이 독특한 디자인의 건물은 가히 작품이라고 할 만했다. 이곳 베란다에 서면 경복궁, 남산 타워, 한강과 남쪽 경치를 한눈에 볼 수 있었다.

건물의 동쪽이 종로였다. 그곳에는 〈올림포스 타워〉라는 건물의 신축 공사가 한창이었다. 사방이 뻥 뚫리고 황량한 철제 구조가 어두운 밤하늘에 밝게 빛났고, 구조물에 매달린 타이타니스 로고가 선명하게 보였다.

양미는 불현듯 그 로고를 보는 순간 어깨가 짓눌리는 기분이 들었다. 엄청난 책임감과 묵직한 부담감이 그녀를 압도했다. 그녀와 지금 이 집 안에 있는 사람들이 이 도시를 지켜야 할 의무를 졌다는 것을 확실하게 깨달았다.

7

엄마가 화재 사고로 세상을 떠난 날 윈디의 인생이 뒤집힌 것처럼, 인생이 뒤집힌 또 한 사람이 있었다. 당시 화재 현장에 허 대장과 같이 출동한 김종남 소방대원은 9층의 층계가 무너질 때 잔해물에 하반신이 깔리는 지옥을 경험했다. 바닥에 깔린 채 덮쳐 오는 불길을 무력하게 바라보던 그는 불길이 보이지 않지만 믿을 수 없는 어떤 힘에 이끌려 격렬하게 후퇴하는 모습을 지켜보았다. 오피스텔 어딘가에서 토네이도 같은 강한 회오리바람이 불면서 불꽃을 끌고 가는 것 같았다. 그런데 신기한 것은 그 바람이 오직 불길만 끌고 갈 뿐, 내부의 어느 것도 건드리지 않았다는 것이었다. 그게 무슨 현상이었는지, 그때 자신이 어떤 상황에 놓였었는지 당시에 그는 알지 못했다.

사람들은 거대한 불길에서 생명을 건진 것만도 기적이라고 했다. 그는 자신이 본 광경이 현실인지 상상인지 오래도록 생각했다. 그때 눈앞에 벌어진 신기한 광경은 하반신을 짓누르는 극심한 고통도 잊게 할 만큼 너무나 비현실적이었다. 하지만 시간이 흐를수록 그날 본 게 현실이라는 확신이 들었고 그것이 무엇인지 알아내겠다고 결심했다.

하반신을 쓸 수 없게 된 그는 평생 휠체어를 타야 했지만, 내근직 소방대원인 수사관으로 돌아왔다. 대원들 사이에는 화재 사고 담당 김종남 수사관이 기적적으로 살아나 다시 소방대로 돌아온 이야기를 모르는 사람이 없었다.

휠체어를 타고 사무실 안으로 들어온 종남은 팀원들을 소집했다. 팀원이라고 해야 최 수사관과 조 수사관 단 둘뿐이다. 대형 모니터에 서울 지도가 펼쳐졌고 그 위로 화재가 발생한 곳이 붉게 표시되었다.

"지금까지 살다 살다 이런 걸 본 적이 없다. 두 달 동안 대형 화재가 두 건 발생해서 수백억 원의 손해가 발생했지만, 인명 피해가 하나도 없단 말이야. 이거 좀 이상하지 않아?"

"첫 번째 화재는 강남에 있는 레드 미러 빌딩이고 두 번째는 홍대 화이트 보트 주차장에서 일어났어. 근데 문제는 이게 끝이 아니라는 거지."

두 사람이 의아한 얼굴로 그를 보았다.

"단순 화재가 아니라는 말인가요? 그런데 팀장님이 두 건 다 우발적인 사고라고 말씀하셨잖습니까?"

"공식 브리핑에서 그렇게 말씀하신 걸 제가 현장에서 들었고, 언론 발표도 그렇게 하시지 않았습니까?"

두 사람이 항의하듯 선배 수사관에게 따지고 들었다.

"그래, 그때는 내가 그랬었지."

종남의 말에 두 사람은 잠시 말을 잃었다. 우리한테 거짓말을 했다고?

"방화범을 잡고 보니 소방대원이었다는 사례, 너희도 알지? 난 1%의 가능성도 그냥 넘길 수 없었어. 그래 이런 말 들으면 기분 나쁠 거라는 거 안다. 하지만 너희가 내 입장이라도 그랬을 거다. 내가 할 수 있는 말은 이 말밖에 없다. 미안하다. 용서해 주기 바란다."

종남이 진심으로 머리를 숙였다.

"그런데 그 얘길 지금 하시는 이유가 뭡니까?"

화가 난 최 수사관이 퉁명스럽게 물었다. 종남이 갑자기 휠체어를 밀고 가더니 사무실 문을 잠갔다. 둘 다 어안이 벙벙했다.

"지금 이 시각부터 다음 화재가 일어날 때까지 우리 모두 함께 있을 거다. 바로 이곳에서. 집에 연락해. 당분간 비상 걸려서 못 간다고."

두 사람은 황당한 표정을 지었지만, 종남이 하라는 대로 할 수밖에 없었다. 이번 화재가 얼마나 심각한지 두 사람은 누구보다 잘 알았다. 종남이 데이터에 숫자를 입력하자, 모니터에 숫자와 타임 코드들이 하나둘 나타났다.

"이걸 잘 봐. 이건 화재 경보가 울린 시간과 화재 경보 시스템이 연기와 불길을 감지한 시간이야."

종남의 말에 담긴 의미를 최 수사관이 단박에 알아차렸다.

"화재가 시작되기 2분 전에 누군가 경보기를 작동시켰군요. 두 사건 모두요."

"그 덕에 거기 있던 사람들은 안전하게 대피할 시간이 충분했던 거네요. 인명 피해가 발생하지 않았던 이유가 그거였어요."

조 수사관이 의아하다는 듯 고개를 갸우뚱했다.

"그래, 이상하지? 아니 많이 이상한 일이지. 이렇게 큰 대형 화재에서 사상자가 나오지 않는 건 드문 일이야. 한 건은 운이 좋아서 그럴 수 있다고 치자. 하지만 두 건 다 똑같다는 건 많이 이상하잖아. 죽거나 다친 사람도 없었어. 게다가 경보도 먼저 울렸어. 이게 무슨 뜻일까?"

"이건 단순한 화재가 아니라, 누군가 의도적으로 벌인 일일 수도 있어"

"방화범 중에 인명 피해를 최소한으로 줄이고 싶은 놈이 있을까?"

"글쎄요. 제가 알기론 이 세상에 그런 방화범은 없을 것 같은데요."

최 수사관이 붉게 칠해진 두 개의 이미지를 손으로 가리키며 말했다.

"사상자도 없이 건물만 전소되다시피 했길래 건물주나 건설사에 원한을 가진 사람이 아닐까 생각했거든요. 그런데 그것도 두 사건 다 그렇다는 게 말이 안 되더라고요. 두 사건의 방화범이 같은 놈이라면 두 건물 간에 연결 고리가 있어야 한다는 건데, 재정적으로도 설계상으로도 관련성이 전혀 없습니다."

최 수사관의 얘기를 심각하게 듣고 있던 조 수사관이 무언가 골똘히 생각에 빠져 있다가 혼잣말처럼 중얼거렸다.

"혹시 이게 방화범이 보내는 메시지라면요? 그럴 가능성도 있잖아요?"

"그렇지. 그럴 가능성도 배제할 수 없지. 무언가 메시지가 있는 걸로 가정하고 생각해 보자고. 대체 무슨 말을 하고 싶었을까?"

종남은 범인을 특정하지 못해 헤매고 있는 것은 정보가 부

61

족하기 때문이라고 생각했다. 앞으로 더 많은 정보를 알게 된다면 범인은 반드시 잡힐 것이다. 종남이 어금니를 깨무는 소리가 후배 수사관들의 귀에까지 들렸다.

그 무렵, 마시아스 할코도 자신의 서재에 앉아서 무언가를 읽고 있었다. 지구 곳곳에서 일어나는 사건 사고와 주요 뉴스를 휴대 전화로 훑어보는 것이 요즘 그의 취미였다. 홍콩에 본사가 있는 신문사의 영문판 뉴스가 그의 관심을 끌었다.

서울에서 또 화재 발생

또 화재라니, 호기심이 발동한 그가 기사 링크를 클릭해서 연관 기사를 계속 검색했다. 화재는 이번이 처음이 아니었다. 그런데 기사 내용 중에 흥미로운 문장이 그의 관심을 끌었다.

서울에서 지난 두 달 동안 대형 화재가 두 번이나 발생했는데 두 번 다 재산상으로는 상당한 피해를 보았지만, 인명 피해는 없는 것으로 보도됐다.

할코의 손놀림이 바빠졌다. 그는 '서울, 화재'로 검색어를 넣었다. 포스팅이 여러 개 떴는데 그중 제일 윗단의 기사를 재빨리 훑어봤다.

한화로 수백 억에 달하는 피해를 본 것으로 추산됐지만, 사상자는 없었고….

그때 마지막 포스팅이 그의 눈길을 끌었다.

'그래서 그 불은 누가 껐을까?'

'누가 껐냐니, 누가….'

혼자 중얼거리며 할코는 영어 기사뿐만 아니라 한국어 기사도 뒤지기 시작했다.

내 여동생의 남편의 사촌이 소방관인데요. 소방대원들이 뭘 하기도 전에 불이 꺼졌다더라고요.

할코는 그 문장이 눈에 콕 박혔다. 다른 포스팅 속에서도 소방관들이 조치를 취하기도 전에 순식간에 불이 꺼졌다는 시민들의 인터뷰가 계속 이어졌다. 그중 어느 블로그의 포스팅에는 또 이런 말이 있었다.

소방관들이 갔을 때 이미 불이 꺼져 있었대. 두 번 다 그랬다는데? 언론에는 말할 수 없었을 거야. 왜냐하면, 대박!!! 불을 끈 게 해태였을지도 모르니까! 하하하.

할코는 방금 읽은 내용을 곰곰이 생각해 보다가 서재에 꽂힌 책을 찾았다. 한참 살펴보다가 〈고대 코리아의 설화〉라는 19세기 구식 영어 철자로 적힌 제목의 책이었다. 색인을 펼치고 거기 나온 목록들을 죽 손가락으로 훑어 내리다가 '해태, 49페이지'를 발견했다. 페이지를 넘기자 개와 사자를 합친 것처럼 생긴 한국의 전설 속 동물이 나왔다. 목판화로 찍은 해태의 판화들과 그림들은 단순했지만, 눈을 뗄 수 없을 정도로 강렬했다.

해태는 마치 별미를 먹는 것처럼 불을 먹어 치운다고 알려져 있다. 그렇게 서울이 생긴 이래 계속 그 도시를 대화재로부터 구해 왔다. 심지어는 그전에도 그랬다.

책을 덮었지만, 그의 마음은 서울을 향해 줄달음치고 있었다. 이 얼마나 대단한 행운인가. 흥분한 그는 재빨리 항공사 사이트를 방문해 인천행 비행기표를 예약했다.

8

원디는 늘 그렇듯이 오늘도 읽지 않을 책을 가방에 잔뜩 넣고 집으로 가는 버스를 탔고, 버스 기사도 늘 그렇듯이 버스 안 티브이에 뉴스를 틀어놓았다. 화면에는 최근 가장 주목받는 인물인 타이타니스의 강인화 대표가 번쩍이는 빌딩에서 나오는 모습이 보였고 그의 앞으로 기자들이 마이크와 카메라를 들이대는 장면이 나왔다. 담당 기자는 현장에서 마지막 멘트를 하는 중이었다.

...타이타니스의 강인화 대표는 신제품 발매에 관한 루머가 사실인지 아닌지에 대해 답변을 거부했습니다. 다만 시중의 모든 추측은 '시기상조'라는 말만 남기고 현장을 떠났습니다. 타이타니스는 사옥 신축을 계속하고 있는 것으로 밝혀졌습니다.

보도하는 기자 뒤로, 신축 중인 초고층 빌딩의 철골 구조물이 보였다. 하지만 뉴스 화면에 주목하는 승객은 거의 없었다. 원디의 관심도 다음에 내릴 버스 정류장에만 쏠렸을 뿐이다.

원디는 무거운 가방을 들고 낑낑거리며 아파트로 들어가는 계단 입구를 올라갔다. 그때 누군가 그녀 앞을 휙 스쳐 지나갔는데, 원디는 가방이 무겁다고만 생각했지 앞에 오는 사람이 누군지 살펴볼 여유가 없었다.

아파트 밖으로 걸어 나가며 범준은 윈디가 자신을 한번쯤 바라보기를 바랐다. 하지만 그가 바로 앞을 지나는데도 그녀는 눈길 한번 주지 않았다. 아파트 앞에 잠시 걸음을 멈춘 범준은 윈디가 자신을 쳐다보지 않자 실망했다. 동주처럼 잘생기지 않아서 자신을 쳐다보지 않는 걸까, 생각하다가 이발이라도 하고 올 걸 하는 후회마저 들었다.

집에 도착한 윈디는 현관에 꽂힌 명함을 보았다. 반짝이는 모양이 금박을 입힌 것 같았다. 하지만 명함을 만져 보니 금박을 입힌 것이 아니라, 진짜 황금 명함처럼 묵직했다. 그리고 현관문이 무언가 이상했다. 잠겨 있지 않았다.

윈디는 명함을 손에 들고 안으로 들어갔다가 집안을 보고 기절할 듯 놀랐다. 집은 텅 비어 있었다. 모든 물건이 사라졌고 남은 거라곤 그녀의 소소한 물건들뿐이었다. 윈디는 물건들 사이에서 아버지가 급하게 쓴 메모를 발견했다. 치킨 배달을 할 때 딸려 온 냅킨에 급하게 휘갈겨 쓴 글이었다.

'미안하다. 월세는 이번 달까지 냈다.'

윈디는 순간적으로 화가 치밀어 올라 눈물이 날 것 같았다. 어린 시절 불길 속에 그녀를 버리고 떠난 것처럼 아빠는 이번에도 그녀를 두고 떠났다. 이번엔 글자 그대로 그녀를 버린 것이다. 무엇을 해야 할지 모른 채 한동안 멍하니 서 있던 윈디는 갑자기 뭔가 생각난 얼굴을 하고 밖으로 뛰쳐나갔다. 그러고는 버스를 타고 다시 학교로 갔다. 아직 문을 닫지 않은 도서관을 향해 달렸다.

사서를 찾느라 윈디는 도서관을 이 잡듯이 뒤지고 다녔다.

아버지에게서 다시 버림받은 그녀는 믿을 수 있는 낯익은 얼굴을 보고 싶었다. 물론 그 얼굴이 진짜 친엄마가 아니라 엄마에 대한 환상이라는 걸 잘 알면서도 윈디는 그녀가 보고 싶었다. 도서관을 한 바퀴 돌고 다시 돌아와 대출 코너 앞으로 왔을 때, 사서가 앉았던 그 자리에 처음 보는 젊은 남자가 앉아 있었다.

"저기요. 우리 사서 선생님 어디 가셨어요? 여기 있는 여자분이요. 오늘 낮에도 여기 계셨는데, 매일 여기 있는 분인데… 도서관에 오면 꼭 볼 수 있는 분이에요."

윈디가 쉴 새 없이 말했다. 곧 발작이라도 일어날 듯 호흡이 점점 빨라졌지만, 그 말을 듣는 남자는 천하태평이었다.

"사서님은 집에 급한 일이 있다고 퇴근하셨어요. 도움이 필요하시면 제가 도와드릴까요?"

남자와 눈이 마주치자 윈디는 소리 없이 말하는 그의 소리를 들어 버렸다.

'새끼 새가 둥지를 떠나지 않는다면, 둥지가 새끼 새를 떠나게 하면 되는 거지.'

윈디는 자신을 잡아 주고 있던 세상의 마지막 닻이 끊어진 걸 느꼈다.

도서관 밖으로 나오자 윈디는 문득 황금 명함이 떠올랐다. 주머니에서 나온 명함은 여전히 황금색으로 반짝였다. 윈디는 충동적으로 그걸 깨물어 봤다. 진짜 금인지 확인하고 싶었다. 마치 치과에서 밀랍 교합 덩어리를 깨물었을 때처럼 명함에 그녀의 잇자국이 선명하게 남았다. 그제야 윈디는 자신의 앞니 모양이 선명하게 찍힌 명함 속의 글자를 보려고 양미간에 주름을 잡았다.

이윈디 님. 귀하를 초대합니다. 클럽 H.

클럽 H. 한 번도 들어 본 적이 없었다. 이런 곳에서 왜 나에게 초대장을 보냈을까, 그녀는 재빨리 휴대 전화를 열어 검색창을 열었다. 하지만 클럽 H에 대한 건 찾을 수 없었다. 윈디는 전화를 해 보기로 했다.

윈디의 전화를 받은 범준은 클럽 H가 서울에서 가장 오래되고 가장 배타적인 사적 클럽이고, 초대를 받아야만 들어올 수 있는 곳이라고 알려 주었다. 그러면서 명함을 받는 것도 어려운 일인데 축하한다며, 온갖 감언이설로 가입하라고 설득했다.

윈디는 범준과 클럽 H의 멤버들을 익선동 남쪽의 종로의 포장마차 거리에서 만나 보기로 했다. 한창 신축 중인 타이타니스 건물의 그림자가 드리운 포장마차 거리에는 해가 지기 시작할 무렵부터 오렌지색 천막이 등장하고 그 아래 플라스틱 의자들이 늘어섰다. 하루아침에 동네가 바뀌는 서울에서도 이곳만은 수십 년 동안 변치 않고 그대로였고 사람들도 여전히 많았다. 윈디는 오가는 사람들이 이리 많으니 납치를 당할 일은 없을 것 같다고 생각했다.

윈디는 소주병과 맥주병이 즐비한 테이블을 앞에 두고 클럽 H의 멤버라는 윤일서, 전동주, 권범준, 최양미, 기민준 다섯 사람과 마주했다.

일서는 윈디가 묻지도 않은 말을 먼저 꺼냈다.

"우린 항상 이렇게 대여섯 명 정도 모여. 명함 멋지지? 하하 그거 순금이야."

포장마차 주인이 작은 석쇠에서 뭔가 굽고 있었는데, 숯불이 자꾸 꺼져서 애를 먹고 있는 것 같았다. 동주와 범준은 윈디를 흘깃 보며 의미심장하게 웃었다. 윈디는 그들의 웃음에 짜증이 났다. 그보다 더 짜증 나는 일은 웬일인지 두 사람을 보자마자 바로 지켜 주고 싶다는 마음이 들었다는 것이다. 일서가 윈디에게 자리에 앉기를 권했지만, 그녀는 앉지 않았다. 그 자리에 앉고 싶은 마음이 도무지 들지 않았다. 일서는 신경 쓰지 않고 신입 회원을 위한 간단한 설명을 시작했다.

"물론 생활비는 클럽에서 대 줄 거고, 용돈도 줄 거야. 은퇴 자금도 준비될 거고, 네 몫으로 매달 일정한 금액이 입금될 거야."

"'물론'이라… 왜 그렇게 해 주는데?"

윈디는 의심스러웠고 궁금했다. 도대체 나한테 왜?

하지만 이달 말까지만 월세를 냈다는 아빠의 쪽지가 떠올랐다. 그녀는 선 채로 테이블의 빈 소주잔을 들어 올렸다. 그러자 민준이 일어나 그녀의 잔에 소주를 따랐다. 윈디는 민준을 빤히 보았다. 십 대 초반이나 됐을까 싶었다.

"넌 뭐니? 열 살은 넘었니? 이런 데 다니는 거 엄마는 아시니?"

늘 듣는 말인 듯 민준은 어깨를 으쓱하며 말했다.

"쳇, 나 열다섯 살이거든. 술 안 먹고 사이다 먹는데 뭐가 문제야. 그리고 추가로 말하자면 내가 이 클럽의 가장 오래된 회원으로 봉사 중이거든."

윈디는 혼란스러웠다. 무슨 말이야 그럼 신생아 때 가입한 거라고? 봉사? 그럼 여긴 자원봉사 단체란 말인가.

"사실이야. 얘는 태어나자마자 가입한 셈이니까. 그리고 우리가 가끔 시민의 의무를 실천할 때가 있어서 봉사한다고 하는 거지."

"무슨 자선 단체 같은 거야?"

양미가 웃음을 터뜨렸다.

"왜 웃는 거지? 내가 웃긴 말을 했나?"

윈디는 미간을 찡그리며 회원이라는 사람들을 둘러보았지만, 다들 미소를 띠고 그녀를 바라볼 뿐이었다. 윈디는 범준과 동주 쪽을 바라보지 않으려고 노력했다. 그들의 잘생긴 얼굴을 보면 홀린 듯이 회원 가입을 하겠다고 할 것만 같았기 때문이다.

"근데 왜 하필 나야?"

일서가 서류 가방에서 종이 뭉치를 꺼냈다. 고문서처럼 보이는 필사본 두루마리와 한문, 알파벳처럼 보이는 이상한 글씨로 쓴 책들이었다. 흘깃 본 그의 가방 안에는 최신형 노트북과 태블릿도 보였다.

"제발, 좀 앉지."

"싫어. 아직은. 무슨 얘긴지 다 듣기 전엔 절대 앉지 않을 거야."

"그래 그건 맘대로 해. 우리 혈통은 백제까지, 아니 그 이상 거슬러 올라가. 거의 2천 년 전인 거지. 우리라는 말에는 너도 포함이야."

일서는 그녀의 경계심이 당연하다는 듯 말했다.

"그럼 내가 왕족이란 말이야?"

윈디의 말에 다들 이를 드러내며 웃었다. 양미가 깔깔대며 배를 잡았다.

"왕족? 그거 마음에 드네. 그럼 난 공주 할래. 앞으로 다들 나를 공주님이라고 부르거라."

일서가 양미를 노려보고는 윈디를 향해 심각한 표정을 지었다.

"2천 년 동안 아주 드물게 왕족에게 우리 혈통이 이어질 때도 있었지만, 항상 그런 건 아니야."

일서가 고문서 속의 사람들 이름들을 손가락으로 쭉 가리켰다. 알 수도 없는 글자들이 마치 그림처럼 보였다.

"그러니까 이게 다 뭐냐고. 왕족도 아니고 가족도 아니라면 이 사람들을 하나로 연결하는 혈통이란 건 뭔데?"

"단순해. 그건 우정이야. 우리 조상들은 권력 같은 정치판에 끼지 않고 오직 우정에만 충실했어. 지금 우리도 그래."

"우정? 그게 2천 년이나 이어졌다고?"

그 사실을 믿지 못하는 윈디에게 일서는 몇 세기에 걸쳐 내려온 각각 다른 '클럽 하우스'들을 묘사한 그림과 목판화, 사진들을 보여 줬다. 고대 유적에서 본 듯한 그림도 있었다. 앞에 보이는 그림들을 물끄러미 바라보던 윈디의 불신 본능이 가동하기 시작했다. 그가 말하는 게 전부가 아니라는 느낌이 들었다. 무언가 이것 말고 또 있었다. 그게 뭘까 싶어 그들을 둘러보았다.

참지 못한 양미가 소주를 따르더니 연거푸 두 잔을 마신 뒤 심호흡을 했다.

"윈디. 네가 알고 싶은 거 내가 말해 줄게, 우린 해태야, 너도 해태 알지? 불이 날 때 불을 끄는 신화적인 존재. 이 나라에 불이 나잖아? 그럼 그 불을 우리가 끄는 거야. 알았어?"

양미가 너무나 직설적으로 말하는 바람에 다른 사람들은 짜증이 났다. 부루퉁해진 사람들의 얼굴을 찬찬히 살펴보던 윈디가 터지는 웃음을 참지 못하고 픕 하는 소리를 냈다.

"픕! 해태? 경복궁 앞에 있는 그 석상 해태? 과자 회사 로고 해태 말하는 거야? 대한민국 어디에나 해태는 있다구! 근데 그게 너희들이라고?"

일서는 순간 당황했지만, 감정을 억누르며 답했다.

"그래, 그 해태. 대한민국 어디에서나 볼 수 있는 그 석상. 경복궁 앞에도 덕수궁 앞에도 큰 빌딩 옆에도 있는! 또 과자 봉지에도 있는 그 해태 맞아. 그리고 너희들이 아니라, 우리야. 너를 포함해서."

윈디는 숨을 길게 내쉬었다. 신화 속의 해태는 안다. 하지만 우리가, 아니 내가 해태라니 이게 무슨 말도 안 되는 소리인지. 그렇다고 이들이 거짓말을 하는 것 같지도 않았다. 혹시 자신을 상대로 사기를 치는 거 아닐까 생각했지만, 가진 것이라고는 몸뚱어리 하나뿐인 가난하고 불쌍한 여대생을 상대로 사기를 쳐서 얻을 것이 없다는 데 생각이 미쳤다. 게다가 순금 명함까지 건네는 사람들이 어디 있을까 싶기도 했다. 윈디는 명함이 들어 있는 셔츠 주머니를 톡톡 두드렸다.

"나한테 준 게 정말 순금 명함인 거지? 그럼 이건 다시 안 돌려준다."

윈디의 말을 들은 범준이 불쑥 끼어들었다.

"우리 모두 걷는 법을 배우기 전부터 자면서 걸어 다녔어. 넌 그게 무슨 말인지 알지?"

윈디는 말을 멈췄다. 그리고 범준을 빤히 바라봤다.

범준의 말을 듣는 순간 자기 안에 있던 무언가가 해제되는 느낌을 받았다. 그녀는 그저 자신이 어린 시절 너무나 큰 충격을 받아서 몽유병 환자가 되었다고 생각했다. 그런데 그게 다른 이유가 있다니, 그녀와 같은 사람들이 여기 모여 있다니… 일서는 윈디의 표정이 미세하게 변하는 걸 알아차렸다.

"아마도 너는 몽유병이라고 생각했을 거야. 하지만 그건 반쯤 의식을 잃은 '둔주 상태'라고 해. 우리 몸이 해태를 맞아들일 수 있는 상태가 되는 거야, 일종의 염력 상태인 거지. 엄밀하게 말하면 해태는 현실 세계로 들어올 수 없는 존재야. 오직 우리만이 의식을 치르지 않고도 해태를 불러들일 수 있어. 마치 접신을 하는 무당과 비슷하다고나 할까. 이렇게 이해하면 더 쉬울 거야. 네게도 그런 일이 일어났던 거지. 그렇지?"

윈디는 그가 하는 말을 되새겼다. 그리고 자신에게 일어났던 일이 그가 말하는 것과 같다는 걸 알았다. 찰나의 순간, 윈디의 머릿속에 다양한 일들이 떠올랐다. 윈디가 갓난아기였을 때 그녀를 둘러싼 채 활활 타오르는 불길과 새엄마가 사진을 태우려고 했을 때 베란다에 났던 불. 그걸 보며 검은 눈동자가 삽시간에 커지던 일들이 한꺼번에 머릿속으로 밀려들어 왔다. 윈디는 고개를 흔들었다.

"아니. 아니, 아니야, 난 그런 경험 없어. 그런 일은 일어나지 않았어."

그녀는 최대한 태연한 척했지만, 양미는 그런 윈디를 빤히 바라보았다.

"너 좀 이상하다. 아니란 말은 왜 그렇게 많이 해?"

"괜찮아. 우리 모두 다 알아. 우리도 겪은 일이야. 그러니까 네가 하고 싶은 말을 우리한테는 전부 말해도 괜찮아."

민준의 말을 듣는 순간 그가 열다섯 소년이 아니라 마치 무엇이든 포용하는 나이 든 할아버지 같다는 느낌을 받았다. 순식간에 윈디의 가슴을 짓누르고 있던 불신감이라는 덩어리가 쪼그라들었다. 모두 그녀가 자신의 이야기를 할 수 있도록 용기를 북돋워 주려는 것처럼 미소를 지었다. 단 한 사람, 양미만 빼고.

동주는 테이블에 놓인 화로의 숯불을 바라보았다. 그의 표정은 신비롭기도 했고 한편으로는 투명해 보이기도 했다. 윈디는 자기도 모르게 그가 매력적이란 생각이 들었다. 동주는 부젓가락을 집어 숯불을 쑤셔 댔다. 그러자 불꽃들이 튀어 올랐다.

"내가 어렸을 때 말이야, 우리 할머니는 불이 꺼지려고 하면 이렇게 부지깽이로 아궁이를 쑤셨어. 그러면 불꽃이 화르르 날리고 할머니는 나를 보시면서 여기 좀 봐라, 불새들이 날고 있단다… 그렇게 말씀하셨어. 정말 그래 보이지?"

그의 말처럼 불꽃들이 튀어 올라서 마치 작은 불새들이 날개를 펴고 공중으로 날아가는 것처럼 보여서 윈디는 그 모습에 넋을 잃었다. 작은 불꽃들이 허공으로 날아올랐다가 사라졌다. 그러면 그는 다시 불을 쑤셨고, 불 속에서 '작은 불새들'이 다시 나타났다.

"나는 불새들이 날아가는 모습을 오랫동안 지켜봤어. 작은 불새들은 허공을 날다가 사라졌지. 그 불새들은 어디로 가는 걸까. 아마도 내가 볼 수 없는 어딘가로 가는 거겠지. 가끔은 나도 불새들이 가는 곳으로 같이 날아가고 싶어."

윈디의 눈에 작은 불꽃들이 가득 날아올랐다. 불꽃에 집중한 그녀의 귀에 동주의 목소리가 부드럽게 울렸다.

"그들은 어딘가로 갔어. 그들이 날아갈 때 나도 같이 갔지."

그의 말소리가 마치 자장가처럼 감미로웠다. 윈디의 눈이 스르르 감겼다.

그녀는 어딘가를 걷고 있었다. 초록 풀이 무성한 언덕은 완만하게 경사졌고, 시냇물은 졸졸 소리를 내며 흘렀다. 고인돌들이 드문드문 보였다. 꿈속의 윈디는 이곳이 고대 한반도의 어디쯤이라는 걸 자연스럽게 알았다. 거대한 고인돌 위로 '작은 불새들'이 날아왔다. 불꽃은 곧 나비처럼 사랑스럽고 섬세한 불새가 되었다.

그때 갑자기 거대한 무언가가 나타났다. 그 물체가 주둥이를 턱 벌리며 허공으로 튀어 올라 딱 소리를 내며 불꽃을 물었다. 그러자 불나비들이 사방으로 흩어졌다. 윈디가 얼핏 본 거대한 동물은 마치 사자와 코뿔소를 합쳐 놓은 듯한 모양이었는데, 입꼬리를 올리며 미소를 짓고 있었다. 윈디는 꿈속에

서도 그것이 해태라는 걸 곧 알아차렸다. 잠시 후 해태가 주둥이를 닫으며 딱! 하고 소리를 냈다.

윈디는 그 소리에 놀라 화들짝 잠에서 깨어났다.

주위를 둘러보니 그녀는 여전히 포장마차에 있는 테이블 앞에 서 있었다. 주변엔 아무도 없었다. 어리둥절하던 윈디와 그녀를 지켜보던 주인의 눈이 마주쳤다. 윈디는 당연히 그들이 돈을 내지 않고 먹튀했을 거라고 생각하며 주인에게 물었다.

"걔들 돈 안 내고 날았죠?"

주인은 무슨 소리냐며 당연히 돈을 내고 갔다고 했다. 윈디는 한바탕 요란한 꿈을 꾼 것 같았다. 그들을 다시 만날 수 있을까 잠시 생각하다가 그녀는 텅 빈 집으로 다시 돌아왔다. 아무것도 없는 바닥에 앉아 결코 읽을 일이 없을 책들에 둘러싸인 채 프라이드치킨 한 상자를 먹어 치웠다. 아직 초저녁이었지만 길고 기이한 하루를 보내선지 윈디는 깜빡 졸았다.

완만하게 경사진 초록색 언덕들, 졸졸 흐르는 시냇물들, 테이블처럼 쌓여 있는 고인돌들이 보였다. 두세 개의 키가 큰 돌덩어리들 위에 길고 거대한 바위가 얹혀 있었다. 포장마차의 부지깽이에서 나온 그 작은 불새들이 여기로 날아왔다. 하지만 그들은 이제 나비처럼 사랑스럽고 섬세한 불꽃이 되었다. 그때 갑자기 엄청나게 큰 동물이 주둥이를 떡 벌리고 허공으로 뛰어올라 딱 소리를 내며 그 불나비들을 물자, 그들이 사방으로 흩어졌다.

마치 사자와 코뿔소를 합쳐 놓은 것 같은 웃는 얼굴의 환상적인 동물이 불꽃을 막 잡아먹을 때 윈디는 깜짝 놀라 눈을 떴다. 해태였다.

윈디는 자신이 둔주 상태에 빠질까 봐 겁이 났다. 반쯤 잠이 든 채 거리를 헤매고 다닐까 봐 두려웠다. 이젠 주위에 아무도 없이 말 그대로 혼자가 됐으니 스스로를 보호해야만 했다.

혹시 아빠가 두고 간 것 중에 쓸 만한 것이 있을지 온 집안을 뒤졌다. 윈디는 텅 빈 창고 방에서 낡은 마분지 상자를 발견했다. 그 안에는 오래된 체인과 맹꽁이자물쇠 세 개, 쭉쭉 늘어나는 고무밴드, 망치, 다양한 크기의 못과 강력 테이프가 들어 있었다. 윈디는 현관 문손잡이에 체인을 돌돌 말아서 감고 그 위에 자물쇠를 세 개나 잠갔다. 그러고도 걱정이 되어 그 위에 테이프를 붙이고 열십자 모양으로 고무밴드를 묶었다. 그래도 안심이 되지 않아 문틀에 못질까지 했다. 윈디는 이 정도면 잠을 자다 밖으로 나가기는커녕 멀쩡한 정신에도 문을 열기가 쉽지 않을 것이라 여겼다.

지칠 대로 지친 윈디는 바닥에 대자로 누워 책을 베고 다시 잠에 빠졌다. 곧 코 고는 소리가 어둡고 텅 빈 아파트를 가득 채웠다. 처음엔 고양이가 가르릉거리는 것 같더니 점점 커져서 마침내는 사자가 코를 킁킁거리는 것 같은 소리로 변했다. 일정하게 코 고는 소리가 들리다가, 갑자기 뚝 그쳤다. 누워 있던 윈디가 벌떡 일어났다. 그리고 현관을 향해 걸어갔다.

잠시 후 무언가 부서지는 소리가 요란하게 들렸고 뭔가를 우걱우걱 씹는 소리도 들렸다. 철저하게 봉쇄했던 문이 완전히 뜯겨 나가고 바닥에는 조각난 체인과 자물쇠, 부서진 현관의 잔해가 마치 전쟁터를 방불케 했다. 하지만 이웃에 사는 사람들 중에 누구 하나 윈디의 집에서 무슨 일이 일어났는지 보러 오지 않았다.

아파트 밖에서 윈디의 동태를 지키고 있던 박 기사는 윈디가 나오는 모습을 보았다. 그녀는 눈을 반쯤 감은 채 흐느적거리며 걸었다. 윈디가 둔주 상태에 빠졌다는 걸 확인한 박 기사가 휴대 전화를 열고 일서의 이름을 눌렀다.

"윈디가 움직이고 있어."

"어디로 가는지 알겠어?"

"아직은 몰라."

윈디는 골목으로 들어가더니 시멘트로 만든 계단을 올라가 지하철역 입구 속으로 사라졌다. 박 기사는 일서에게 그녀가 지하철 약수역 방향으로 가고 있다고 말하고 그 뒤를 따라갔다. 클럽 하우스 서재에서 일서는 계속 따라붙으라고 말하며 동료들을 쳐다보았다. 다들 숨죽이고 이 순간을 기다리고 있었다. 이제 모두 윈디를 찾으러 갈 시간이었다.

지하철역에는 사람들이 꽤 많았다. 윈디는 여전히 흐느적대며 걷고 있었다. 다른 사람들 눈에는 술에 취한 것처럼 보일 것이다. 어떤 상황에서도 흔들림 없는 침착함을 유지하는 박 기사의 태도는 둔주 상태에 있는 윈디의 뒤를 밟는 데 적격이었다. 윈디를 시야에서 잠시 놓쳤을 때도 박 기사는 전혀 당황하지 않고 그녀를 곧바로 찾았다.

하지만 윈디가 열차 안에 타자마자 바로 눈앞에서 문이 닫혔을 때는 자신도 모르게 당황해 허둥댔다. 초조한 박 기사는 일서와 통화를 하려 했지만, 일서 일행은 차량으로 이동 중인데 길이 꽉 막혔다고 투덜거리기만 했다. 박 기사는 민준이 큰 소리로 외치는 소리를 들었다.

"윈디를 절대 놓치면 안 돼!"

"늦었어. 이미 놓쳤어. 방금 3호선을 타고 북쪽으로 가 버렸어."

박 기사는 약수역을 떠나는 지하철 꼬리 칸을 허탈하게 바라봤다.

"어디로 가는지 알아? 짐작 가는 곳 없어?"

일서가 수화기 너머 박 기사와 차 안의 모두를 향해 물었다.

"안국역."

동주가 멍한 표정으로 말했다. 왠지 그곳으로 갈 것 같은 느낌이 들었다.

"나도 그래. 인사동이야." 양미도 눈빛을 흐리며 말했다.

범준은 이미 가속 페달을 힘껏 밟으며 중앙선을 넘어 유턴하고 있었다.

열댓 명의 승객들이 타고 있는 차량 구석에 서 있는 윈디는 마치 서서 자는 것처럼 보였다. 눈은 반쯤 뜬 채, 혹은 반쯤 감은 채 손잡이를 힘껏 쥐고 서 있었다. 안내 방송이 다음 역에 도착했음을 알렸다. 승객들이 우르르 내리자 그녀와 남자 셋만 남았다. 남자들은 인상이 험악했고 근육질의 몸을 자랑하듯 드러냈다. 팔뚝에는 문신도 보였는데 특히 파란색으로 머리를 염색한 남자의 인상이 매우 특이했다. 그는 지하철 안이라는 것도 개의치 않고 쩌렁쩌렁 울리게 억양이 아주 강한 영어로 소리를 질렀다.

"럭키!"

윈디의 귀에는 들리지 않았다. 물론 그녀는 앞의 사람들을 보지도 못했다. 지금 반쯤 뜬 그녀의 눈에는 지하철의 모습과 다른 풍경이 겹쳐 보였다.

고인돌이 서 있는 초록색 언덕이 펼쳐졌다. 지하철이 아니라 그 너머 선사 시대의 풍경이 더 가까이 있는 것만 같았다. 부드럽게 바람이 일렁이는 소리가 들렸다. 윈디는 바람 소리를 들으며 코를 골았다. 그녀의 코 고는 소리가 바람 소리와 박자를 맞추었다.

"꼭 우리 삼촌처럼 코를 고네."

셋 중에 나이가 제일 어려 보이는 남자가 말했다. 세 남자는 윈디를 계속 지켜보았다. 윈디가 계속 잠을 자는 동안에도 지하철은 멈췄다가 다시 출발했고 승객들이 탔다가 더러 내리기도 했다. 다른 승객들이 모두 내리고 남자 셋과 윈디만 지하철 안에 남은 채 문이 닫혔다. 안내 방송은 다음 내릴 역이 안국역이라고 알려 주었다.

사람들이 아무도 없는 걸 확인한 남자들 셋이 윈디를 향해 걸어갔다. 그들이 가까이 다가오자 윈디의 코 고는 소리가 으르렁거리는 소리로 바뀌는 것처럼 들렸다. 그건 마치 거대한 마스티프(털이 짧고 덩치가 큰 개로 건물 경비견으로 흔히 쓰임-옮긴이)나 사자의 목구멍에서 으르렁거리는 소리 같았다.

방심했던 남자들이 깜짝 놀랐다. 파란 머리는 껄껄 웃었지만, 나머지 둘은 불안한 듯 뒤로 물러났다. 파란 머리가 계속 다가서자 윈디의 입에서 으르렁거리는 소리가 더 크게 나왔다. 젊은 여자의 입에서 그런 소리가 나오는 걸 믿을 수 없었던 두 남자의 불안감은 더욱 커졌다. 파란 머리를 향해 그냥 두고 가자고 했지만, 남자의 허세는 그 말을 용납할 수 없었다.

그는 여자 바로 앞에 서서 손을 내밀어 자는 얼굴 앞에 흔들어 보였다. 여자는 피하지도 눈을 크게 뜨지도 않았다. 잠을 자는 게 분명했다. 파란 머리는 잠을 깨우려고 여자의 뺨을 때렸다. 순간 낮게 으르렁거리는 소리가 포효하는 소리로 돌변했다.

여자의 입은 믿을 수 없을 정도로 크게 벌어졌고 커다란 송곳니가 드러나며 기이한 미소를 지었다. 그리고 컥 하는 소리를 내며 무언가를 물었다. 그 뒤 우걱거리며 씹는 소리가 들렸다. 지하철 안의 유리창에 피가 흩뿌려지는 순간, 안내 방송이 안국역에 정차했음을 알렸다.

열린 문으로 윈디가 내렸다. 지하철에 탈 때처럼 여전히 눈은 반쯤 감긴 채였지만, 온몸은 온통 붉은 무늬의 점으로 얼룩져 있었다. 둔주 상태의 윈디가 나간 뒤, 지하철 안은 고통과 공포의 비명만 남았다.

9

반짝이는 은빛 대형 트럭이 시내를 가로지르며 달렸다. 급한 일이라도 있는 듯 제한 속도를 훌쩍 넘긴 채 차선을 요리조리 변경하며 달리는 중이었다. 타이타니스의 CEO 강인화가 운전석에서 핸들을 잡고 있었다. 조수석에는 지난번에 함께 분수대를 찾았던 남자 중의 하나가 보였다. 강인화가 어딘가로 전화를 걸어 23분 후에 도착할 것이라 알렸다. 그의 말은 인사동의 춤추는 분수 근처에 서 있는 남자에게 정확하게 전달됐다. 남자는 인스타그램에 올릴 멋진 풍경을 찾으며 연신 카메라를 누르고 있는 사람들을 보았다. 저들은 23분 후에도 일상의 평화를 누리고 있을까. 아마도 그러지 못할 것이다.

강인화는 정확한 시간에 목적지에 닿기 위해 필사적으로 운전대에 매달렸다. 지금까지는 모든 것이 그가 계획한 대로 착착 진행되었다. 신의 가호가 없었다면 이런 운도 없었을 것이다. 그는 이번에도 자신의 계획이 성공할 거라고 믿었다. 아니 반드시 그래야만 했다.

예정된 시간에 맞춰 분수대가 켜지자 분수대 인근의 사람들이 와하고 함성을 지르며 춤추는 분수대 주위로 몰려들었다. 수십 개의 물줄기가 공중으로 높이 솟아오르며 춤을 추자 한밤에 반짝반짝 무지개가 피었다. 사람들은 연신 감탄을 하며 분수대 근처에서 셀카를 찍느라 바빴다. 핸드폰을 높이 들어 올리고 사진을 찍는 사람 중 누구 하나 분수대 뒤의 이면도로로 들어서는 대형 트럭에 관심을 보이지 않았다. 이면 도로로 진입한 트럭은 도로의 수도 파이프 앞에 섰다. 수도 파이프의 컨트롤 밸브에는 체인이 칭칭 감겨 있었고 자물쇠까지 채워진 상태였다. 트럭에서 뛰어내린 강인화가 수도관의 체인을 잘랐다. 그사이에 다른 남자가 트럭의 연료 탱크에 연결된 굵은 호스를 집어 들었다. 잠시 후 트럭의 호스와 수도 파이프가 완전히 연결되자, 강인화가 연료 탱크의 밸브를 돌렸다. 트럭의 탱크에 담긴 기름이 흘러 나와 분수로 공급되는 수도관으로 콸콸 흘러 들어갔다.

분수대 근처의 화재경보기 앞에는 한 남자가 이리저리 어슬렁거리며 걸으며 손에 든 핸드폰을 주시하고 있었다. 마침내 그의 핸드폰이 울렸다.

"지금이야."

수화기 너머로 강인화 대표의 굵은 목소리가 짧게 울렸다. 남자는 재빨리 화재경보기 위에 덮인 유리를 깨고 레버를 잡아당겼다. 곧이어 요란한 경보음이 울렸다. 분수대 주변의 사람들은 이내 화재경보기에서 나는 소리라는 걸 깨닫곤 놀라 하나둘씩 도망치기 시작했고, 오작동을 의심하는 사람들은 분수대 주변을 우왕좌왕했다.

가장 가까운 소방서에서 날카로운 경보음이 대기를 찢었다. 그 소리에 이어 소방대원들을 태운 소방차가 사이렌을 울리며 거리로 나갔다.

도망치던 사람들이 윈디를 스쳐 지나갈 때도 윈디는 눈을 반쯤 감고 걸어갔다. 사람들과 반대 방향으로 걸어가는 윈디는 마치 상류로 거슬러 올라가는 물고기처럼 보였다. 리무진을 끌고 윈디를 찾으러 가던 박 기사는 분수대 인근의 도로에서 뒤엉킨 차량 사이에 갇혀 버렸다. 그때 박 기사는 윈디를 발견했다. 그녀는 일서에게 전화를 걸어 윈디를 찾았다고 알렸다.

박 기사는 도로 한 쪽에 차를 겨우 세우고 뛰어오는 사람들 사이를 헤치며 윈디가 있는 방향으로 달려갔다. 계속 요란하게 화재 경보가 울렸지만, 주변에는 아직 불길이 보이지 않았다. 연기도 냄새도 없었다. 그 때문에 도망치는 사람들도 혼란스러운 것 같았다. 불이 어디서 난 거지? 대체 무슨 일이 벌어지고 있는 거야. 불길이 안 보이는데 왜 경보기가 울렸지?

둔주 상태의 윈디는 혼란스러운 사람들 사이를 능숙하게 비집고 걸어 다녔다. 박 기사는 그런 윈디를 관찰하며 걸었다. 그녀는 윈디에게서 눈길을 떼지 않은 채 일정한 거리를 유지하며 따라다녔지만, 그녀를 멈춰 세우거나 사람들 사이에서 데리고 나오지도 않았다. 심지어 깨우려는 시도조차 하지 않았다. 그저 지켜만 볼 뿐이었다.

사이렌 소리를 요란하게 울리며 소방차가 분수대를 향해 달렸다. 첫 번째 소방차가 모퉁이를 돌아서자 곧이어 두 번째 소방차가 뒤따랐다. 소방차의 긴박한 사이렌 소리가 위급함을 고조시키고 있었다. 뒷골목의 수도관 앞에 서 있던 강인화는 밸브를 닫았다. 급수관으로 흘러가던 기름이 멈추었다. 그는 다시 핸드폰을 열었다.

"지금이야."

분수대 바로 앞에서 핸드폰으로 그의 지시를 들은 남자가 담배를 꺼내 불을 붙였다. 그가 있는 자리는 분수에 물을 공급하는 급수관 바로 위였다. 그건 분수대로 이어진 여러 개의 급수관 중 하나였다. 급수관에서 조금 전까지 흘러나오던 투명한 물은 이제 반짝이는 오팔 색으로 빛났다. 그것은 물이 아니라 기름이었다. 남자가 담배를 한 모금 깊이 빨아들이자 담배 끝이 벌겋게 달아올랐다. 그는 벌겋게 열이 오른 담배를 급수관 위로 던졌다. 기름에 순식간에 불이 붙더니 불타는 퓨즈처럼 순식간에 분수를 향해 화르르 달려가기 시작했다.

분수에서 뿜어져 나오는 각각의 물줄기가 불로 변했다. 춤추는 분수에서 물줄기 대신에 불줄기가 춤을 추었다. 모두 헉 소리를 내며 무시무시하면서도 아름다운 광경을 지켜봤다. 위험천만한 상황을 앞에 두고도 수십여 명의 사람들은 SNS에 올리기 위해 경쟁적으로 포즈를 취하고 셀카를 찍었다. 물줄기가 불줄기로 바뀌는 순간, 동주와 양미가 막 그곳에 도착했다. 그들도 다른 사람들처럼 넋을 놓고 그 광경을 지켜봤다.

소방차가 분수대 앞에 멈추고 소방대원들이 뛰어나왔다. 분수대를 본 그들의 발길이 일순 멈췄다. 누구도 살면서 이런 광경을 본 적이 없었다. 불길이 뿜어져 나오는 분수는 놀라웠고 또한 경이로웠다. 감탄은 잠시뿐이었고 곧바로 지옥이 펼쳐졌다. 불길이 콸콸 흐르는 분수의 노즐들이 천천히 앞뒤로 움직이다 시간이 흐르면서 격렬하게 흔들리기 시작했다. 마치 꼭두각시 인형을 조종하던 줄이 풀어진 듯, 서커스 무대 위의 호랑이들이 갑자기 미쳐 날뛰는 듯 그런 모습이었다. 견디지 못한 분수가 폭발하면서 불길이 사방으로 날아갔다.

소방서장이 대원들을 향해 어서 움직이라고 고함을 질렀다. 그 소리가 출발 신호라도 되는 듯 허둥지둥 불꽃을 향해 달려가며 소방 호스들을 끌어왔다. 화마에 대한 두려움을 없애려는 듯 서로를 격려하며 용기를 건네는 소방대원들의 소리가 여기저기서 들렸다.

이 와중에 오직 윈디만이 불길을 향해 침착하게 걸어갔다. 박 기사는 그 모습이 마치 불을 향해 달려드는 나방 같다고 생각했다. 마치 시간이 정지된 느낌을 받은 순간 윈디의 눈동자가 점점 커지면서 눈을 검게 채우는 모습이 보였다. 마치 오피스텔에서 불에 타 죽을 뻔한 갓난아기였을 때 그랬던 것처럼.

윈디의 눈에는 붉게 타오르는 불길 대신, 고인돌이 흩어진 초록 평원이 보였다. 불길은 마치 멀리 보이는 화산에서 떨어지는 용암처럼 보였다. 윈디는 자신이 풍경을 가로지르며 달리는 느낌이었다. 늑대들인지 사자들인지 무엇인지는 모르겠지만, 어떤 존재들이 그녀 옆에서 달리고 있는 것 같았다. 보이지는 않지만 그들이 느껴졌다. 선두에 윈디가 있고 그 뒤로 무리가 같이 달리는 느낌이었다. 윈디가 흘깃 옆을 보았다. 사자처럼 생긴 주둥이와 큰 턱, 강철 뿔을 가진 듬직하고 어마어마한 몸이 보였다. 거대한 몸체는 그녀를 보고 미소 짓고 있었다. 윈디는 그들이 누군지 금방 알아봤다. 해태다. 해태가 그녀를 보고 웃고 있었다.

그녀는 자신이 친구들과 함께 있다고 생각했다. 아니 그보다 더 가까운 느낌, 이런 느낌을 가족이라고 부를까. 윈디는 평생 처음 느낀 감정으로 온몸에 전율이 흘렀다. 그 흥분이 그녀를 둔주 상태에서 깨웠다. 잠에서 깨면 그들과도 헤어져야 한다는 걸 윈디는 알았다. 그녀의 마음이 미안하다고 소리쳤다. 돌연 초록 평원이 사라지며 그녀와 함께 있던 해태들도 평원과 함께 자취를 감췄다.

둔주 상태에서 완전히 빠져나온 윈디는 곧 활활 타오르는 불덩어리와 맞닥뜨렸다. 이대로라면 산 채로 타 죽을지도 몰랐다.

"나가!"

좀 전까지 불길이 치솟았던 자리에 양미가 있었다. 점점 흐릿한 눈빛으로 변해 가면서도 양미는 마지막 힘을 짜내 윈디에게 화를 내며 나가라고 했다. 양미의 몸 위에 해태의 모습이 환영처럼 겹쳐졌다. 윈디는 양미의 몸에 겹쳐진 해태가 입을 벌리는 장면을 보았다. 활활 타오르던 불길은 순식간에 그 입 안으로 빨려 들어갔다. 그때 불이 지르는 비명 소리가 윈디의 귀에도 들렸다. 하지만 그게 고통의 비명인지 아니면 황홀경에 빠져 지르는 소리인지는 구분할 수 없었다.

거대한 불길이 잡히고 화재는 완전히 진압되었다. 소방대원들은 이번에도 그저 경악할 뿐이었다. 불길이 역류하며 사라지는 모습을 현장에 있는 모두의 눈으로 직접 보았다. 이게 대체 무엇인가. 물론 그들은 해태를 보지 못했다. 갑자기 불길이 진압당하면서 거대한 불줄기가 순식간에 사라진 것만 봤을 뿐이다.

동주와 범준이 가장 먼저 달려와 쓰러질 듯한 윈디와 양미를 부축했다. 그들이 탈진한 두 여자를 안고 재빨리 현장에서 벗어나는 건 아무도 보지 못했다. 현장을 가득 채운 연기가 완벽한 엄폐물이 되었다.

강인화 일당이 있는 이면 도로도 화재 현장에서 흘러온 연기로 가득했다. 그들은 서둘러 뒷수습을 하고 현장에서 빠져나가려고 했다. 그때 자욱한 연기를 뚫고 목소리가 들렸다.

"이봐요!"

김종남 수사관의 휠체어가 트럭을 향해 다가섰다. 다른 조사관 두 명도 트럭을 향해 달려갔다. 종남을 발견한 강인화와 일당들은 허겁지겁 트럭에 올라타 시동을 걸었다. 트럭이 급하게 출발하며 생긴 반동에 미처 고정하지 못한 호스가 풀어졌다. 종남은 막 현장을 떠난 트럭 일당이 이번 화재와 연관되었음을 직감했다.

그는 곧바로 무전기를 꺼내 지금 막 이 자리를 떠난 연료 트럭에 대해 경보를 발령했다. 경찰에게 도주로를 차단하라고 지시한 후, 그 트럭이 이곳에서 5km 떨어진 넓은 광장에 도달하기 전에 길을 막아야 하니 동원할 수 있는 소방차들은 모두 그쪽으로 보내라고 말했다.

연료 트럭이 필사적으로 현장에서 탈출하는 도중에 뒤에 달린 호스의 금속 노즐이 아스팔트 도로 바닥에 계속 부딪히면서 튀어 올랐다. 강인화는 짜증이 났다. 최대한 빨리 현장에서 벗어나야 했지만, 막히는 길 때문에 10m 전진하기도 어려웠다. 잠시 후 무시무시한 속도로 그를 향해 달려오는 경찰들과 마주쳤다. 경광등이 번쩍이며 사이렌이 울렸고, 확성기에서 멈추라는 고함이 터져 나왔다.

그는 무심코 시선을 돌렸다가 사이드 미러 속에서 호스 노즐이 길바닥을 내리칠 때마다 불꽃들이 튀어 오르는 모습을 봤다. 그는 자기도 모르게 브레이크를 힘껏 밟았다. 반동으로 노즐이 다시 아스팔트 도로 위로 튀어 올랐고, 불꽃이 우수수 쏟아져 호스 안에 남아 있는 기름에 불이 붙었다.

당황한 남자들이 달리는 트럭에서 뛰어내리자마자 어마어마한 소리를 내며 트럭이 폭발했다. 하지만 트럭은 달리는 걸 멈추지 않았다. 활활 불타는 트럭이 굉음을 내면서 앞을 막은 경찰차를 향해 달려 나갔다. 놀란 경찰들이 차를 버리고 안전한 곳을 찾아서 피하는 사이에 불타는 트럭이 경찰차와 충돌하며 더 큰 폭발을 일으켰다. 그때 종남이 보낸 소방차들이 불길을 향해 호스를 겨누었다.

종남이 두 팀원과 함께 화재 현장을 오가는 동안 소방대원들은 남은 현장을 정리했다. 긴급 의료 팀이 소소한 부상과 연기를 흡입한 환자들을 치료하고 병원으로 이송했다. 이번에도 믿을 수 없는 일이 벌어졌다. 사망자는 물론이고 심각한 부상자도 없었던 것이다. 종남의 무전기가 울렸다. 상황이 잘 마무리됐다는 경위의 목소리가 들렸다. 그는 종남의 지시가 완벽하다는 걸 놀라워했고 또 고마워했다. 대형 연료 트럭은 완전히 전소되어 연기만 피어오르는 금속 더미로 남았고 트럭을 막아섰던 경찰차들의 불도 모두 꺼졌다. 이쪽도 사상자 하나 없이 모두 안전하게 끝난 듯했다. 모두들 종남의 선견지명 덕분에 모든 상황이 완벽하게 정리되었다고 했다. 단지 경찰들만 용의자들을 잡을 수 있었는데 놓쳤다며 아까워했다.

"놈들은 때가 되면 잡힐 겁니다. 반드시."

종남은 무전기 너머의 경위를 위로하며 말을 건넸다. 경위는 이토록 큰 화재에 인명 피해가 없다는 걸 믿을 수 없어 하며 운이 좋다고 말했다. 종남은 운이라고 생각하지 않았다. 이런 규모의 대형 화재에서 단 한 사람의 사상자도 일어나지 않았다는 건 우주에서 당구공 둘이 서로 충돌하는 일만큼이나 어려운 일이었다.

이제는 폐허가 되어 연기가 피어오르는 분수대에서 한 블록 떨어진 보도에서 윈디는 여전히 멍한 채 앉아 있었다. 그에 반해 양미는 완전히 회복된 듯 보였다. 동주와 범준뿐만 아니라, 일서와 민준, 박 기사까지 모두 모였다. 윈디와 양미를 위해 모두 달려온 것이다.

"방금 내가 본 게 뭐지?"

"진실. 우리에 대한 그리고 너에 대한 진실."

"혹시 지하철에서 남자의 팔을 물어뜯는 것도 진실에 포함돼?"

모두 이제야 그녀의 옷이 선홍색으로 얼룩져 있는 것을 보았다. 그들의 시선을 한 몸에 받은 윈디가 갑자기 비틀거렸다. 동주와 범준이 비틀대는 윈디를 잡고 바로 세웠다. 민준이 빙그레 미소를 지으며 말했다.

"뭐 신입치곤 나쁘지 않은데."

"다들 봤지? 쟤는 겁을 먹고 도망쳤어. 내가 구해 주지 않았으면 아마 지금쯤 바비큐가 됐을 거야."

범준은 양미의 음식 타령이 끝도 없다며 고개를 흔들었다.

오늘 겪은 많은 일들이 윈디를 지치게 했고, 쓰러질 것만 같아 당장 집으로 돌아가고 싶었다.

"집에 가고 싶어."

윈디는 겨우 이 말을 한 뒤 의식을 잃었다.

"다들 이 아가씨가 하는 말 들었지?."

박 기사가 모두에게 명령하듯 말했다.

한쪽 팔만 남은 파란 머리의 남자가 온몸이 전자 기기에 연결된 채 중환자실에 누워 있었다. 혼수상태인 그 남자 옆에는 함께 지하철을 함께 탔던 남자들이 초조하게 서 있었다.

"뭐야? 어떤 여자애가 얘를 이렇게 만들었다고?"

남자들이 기다리던 목소리가 들렸다. 그들의 보스인 듯한 남자가 병실로 들어오며 큰 소리로 말했다. 그는 조폭의 보스로 그동안 불미스러운 풍파를 일으키지 않으려고 부단히 노력했다. 지금껏 남의 이목을 끌지 않고 조용히 작은 조직을 운영해 왔다. 스캔들에 연루되면 큰 조직이 그를 주목할 것이고 그의 작은 조직은 금방이라도 큰 조직의 먹이가 되었을 것이다.

"어떤 여자가 팔을 물어뜯었다고? 그게 말이야, 방귀야?"

"죄송하지만, 보스. 정말 진짜예요."

보스라고 불린 남자는 이 상황이 짜증스러웠다. 그는 '어떤 여자애'에게 팔 한쪽이 뜯긴 채 침대에 누워 있는 '자신의 조직원'을 물끄러미 바라보았다. 이 일이 큰 조직에 알려지면 그의 조직원이 겨우 동네 여자애에게 당하는 존재 정도로 비칠 것이다. 몇 명 되지도 않는 부하가 어린 여자애한테 팔 한쪽이 물어뜯긴 채 만신창이가 된 일이 소문이라도 난다면 체면만 구기는 것이 아니라 다른 조직의 공격을 받을 수도 있었다. 참아서는 안 되었다.

"그 여자애 찾아내. 여기 다 정리하고."

그날 밤에도 윈디는 아파트 바닥에 담요를 깔고 평소처럼 낮게 코를 골며 잤다. 하지만 오늘은 평소와 달랐다. 그녀의 새 '가족'이 허름하고 좁은 공간에 함께 머물렀기 때문이다. 동주, 범준, 양미, 민준, 일서 모두 벽에 기대어 앉거나 아니면 딱딱한 바닥에 몸을 웅크린 채 누워서 잤다. 박 기사는 부서진 문에 등을 기대고 앉아 있었다. 눈은 감고 있었지만 잠을 자는 건 아니었다. 말없이 그들을 지키고 있었다.

한밤중에 불현듯 잠에서 깬 윈디는 집 안에 있는 새로운 '가족'들을 둘러보았다. 한집에서 웅크리고 자는 그들은 마치 사자가 사냥하러 다녀온 뒤에 한데 모여서 잠을 자는 것처럼 보였다. 모두 그녀를 중심으로 모여 있어 윈디는 묘한 안정감을 느꼈다. 그때 윈디의 눈에 해태가 엎드려 자는 모습이 보였다. 해태들이 거대한 고인돌 주위에 흩어져서 자고 있었다. 잠을 자는 '새 가족'을 보고 마음이 편해진 윈디는 다시 바닥에 쓰러져 바로 잠이 들었다.

이 넓은 세상에서 그녀는 이제 더 이상 혼자가 아니었다.

2. 異세계의 만남

고고학적 분류 번호

F770. 보기 드문 건물과 가구

F750. 보기 드문 산과 지형

F151.1.3 내세로 가는 아주 위험한 숲

F153.1. 내세로 통하는 지하의 길

N512. 지하실에 있는 보물

A115.4. 지하 세계의 어둠에서 나타난 신

L420. 지나친 야심이 벌을 받다

F159. 내세로 가는 또 다른 방법

T92.1. 삼각관계와 그 해법. 한 여자를 사랑하는 두 남자

A173.2. 갇혀 버린 신들

F772.2. 금속 탑

D810. 정체불명의 선물

X1731.1. 높은 곳에서 추락했는데도 다치지 않은 사람

B37. 불멸의 새

1

커튼조차 없는 창문으로 햇살이 환하게 부서져 내려 윈디의 잠을 깨웠다. 어젯밤 잠결에 '새로운 가족'이 곁에 있는 걸 보고 안심하고 잠들었던 기억이 났다. 그들이 밤새 자신과 함께 있었을 거라고 생각한 윈디는 주위를 둘러보았다. 하지만 그곳엔 아무도 없었다. 꿈이었을까.

황금 명함을 넣은 셔츠 주머니는 여전히 묵직했다. 역시 꿈이 아니었다. 다시 가족으로부터 버림받은 느낌은 곧 분노로 바뀌었다. 윈디는 화를 참지 못하고 전화를 걸었다. 일서의 목소리가 들렸다. 차분한 목소리가 그녀의 분노를 더욱 부채질했다.

96

"우린 같은 종족이라며? 같은 피를 가졌다고 하더니 당신들도 나를 버린 거야?"

그녀가 속사포처럼 쏟아 내는 불평을 다 들은 일서는 다정하게 말했다.

"우린 네 공간을 지켜 주려고 그런 거야. 원한다면 언제든 여기로 오면 돼. 네 방은 준비돼 있어."

더 머뭇거릴 이유가 없었다. 부모로부터 완전히 버려졌다는 생각이 들게 하는 이 황량한 공간에는 미련 한 방울 남지 않았다. 아빠가 남긴 메모 속의 유예 기간은 겨우 이달 말까지였다.

잠시 후 윈디는 박 기사가 모는 리무진의 뒷자리에 앉아 있었다. 다만 자리에 앉기만 했지 문은 닫지 않았다. 박 기사가 출발해야 하니 문을 닫으라고 해도 윈디는 막무가내였다. 불안해 하는 그녀를 보며 박 기사가 까칠하게 대꾸했다.

"내가 너를 어딘가 데려갈까 봐 겁난다고? 쳇, 나는 네가 더 무서워. 혹시 팔다리를 물어뜯길까 봐 내가 얼마나 겁나는지 아니?"

생각해 보니 박 기사의 걱정도 이해됐다. 윈디는 문을 닫는 대신 창문을 열었다. 그러면서 자신이 너무 유별나게 굴었구나 싶었다. 그러나 박 기사는 윈디가 그다지 별나다고 생각하지 않았다. 클럽 하우스에 사는 사람 중에 기이한 행동을 하지 않는 사람이 있기는 하단 말인가.

평창동 언덕에 자리 잡은 클럽 하우스 안으로 들어서자 윈디는 입을 쩍 벌리고 감탄했다. 한옥 스타일을 더한 현대적인 건물은 가히 저택이라고 부를 만했다. 집 안에서 길을 잃을 정도로 규모가 컸고, 모든 공간이 신비했다.

박 기사는 집안에서도 그녀를 안내해야만 했다. 안 그러면 정말 길을 잃었을 테니까. 두 사람은 윤이 흐르는 목재 계단을 올라가 옥상 테라스로 갔다. 김이 모락모락 올라오는 밥과 두툼한 갈치구이, 따뜻한 바지락국, 각종 나물 등으로 잘 차려진 식탁에 모두 둘러앉아 있었다. 일서가 앞치마를 두르고 윈디를 맞으며 자리에 앉아 함께 먹자고 권했지만, 윈디는 앉는 대신 서 있는 쪽을 택했다.

"궁금한 게 많지?"

일서가 윈디에게 다정하게 물었고, 다들 윈디를 바라봤다.

양손으로 갈치를 발라 먹으려던 양미가 짜증을 냈다.

"밥 먹을 땐 그냥 밥만 먹자고 제발. 우리가 언제부터 다른 사람 눈치를 보고 살았냐? 궁금한 게 있으면 어련히 묻겠지. 그냥 둬."

"누나, 왜 그래? 누나가 그냥 윈디 누나 말이 듣기 싫은 거 아냐?"

"응. 그것도 그렇고."

양미는 민준의 말에 동의한다는 듯 어깨를 으쓱하며 다시 갈치에 집중했다. 윈디는 일서가 퍼 놓은 자신의 밥그릇과 나란히 놓인 수저를 보았다.

"제안에 답하려고 왔어. 내 대답은 예스야."

윈디가 숟가락을 들어 밥을 듬뿍 퍼서 입에 넣었다. 그걸 신호로 모두 숟가락을 들고 밥을 먹었다. 누구도 말을 하지 않았지만, 어색한 분위기는 없었다. 마치 오래전부터 이들과 함께 밥을 먹었던 느낌이었다. 그래도 윈디는 밥 한 공기를 다 비울 때까지 자리에 앉지 않았다.

윈디에게 주어진 방의 창문은 장지로 가려져 있었고, 방안에 작은 책상과 요가 깔려 있는 한식 온돌방이었다. 방에 들어서자 피곤함이 몰려왔다. 자리에 누운 지 1분도 채 되지 않아 잠이 들었지만, 얕은 잠이 습관이 되어 버린 그녀는 악몽이라는 불청객을 맞아야 했다.

꿈속에서 윈디는 가면 무도회장에 있었다. 유럽을 배경으로 한 동화에나 나올 법한 고풍스러운 느낌의 무도회장이었다. 풍성하고 화려한 드레스를 입은 여인들과 멋진 턱시도를 뽐내는 남자들이 베네치아 스타일의 가면을 쓰고 춤을 추었다. 서양식 가면들이 오가는 사이에 무도회장과 전혀 어울리지 않는 가면을 쓴 사람이 있었는데 바로 윈디 자신이었다. 익살맞게 웃고 있는 하회탈을 쓰고 그곳에 있었지만, 꿈속의 윈디는 그 상황이 이상하다고 생각하지 않았다.

그때 윈디에게 같이 춤을 추자고 우아하게 손을 내민 사람이 있었다. 검은 소매에 옷깃을 높이 세운, 몸매가 잘 드러나는 세련된 복장을 한 남자였다. 눈이 마주친 남자는 그녀를 향해 빙긋 웃었다. 해태였다.

해태와 눈이 마주친 순간 윈디는 꿈에서 깼다. 주변을 둘러보았다. 새로 생긴 방이었지만 왠지 오래전부터 윈디의 방인 것만 같았다.

낯선 편안함 속에 윈디는 다시 자리에 누웠고, 언제 그랬냐는 듯 깊은 잠이 찾아왔다.

2

분수대의 화재는 금방 진압되었고 한 사람의 사상자도 없었지만, 김종남 수사관을 비롯한 화재 수사관들은 밤샘 수사를 진행했다. 기진맥진해진 수사관들이 수사 내용을 정리하고 현장을 마무리하려는데 종남을 찾는 경찰이 있었다. 그의 얼굴에도 피곤함이 덕지덕지 묻어 있었다. 서울에서만 벌써 세 번째의 방화에 경찰도 소방대원들도 일상을 잃어 가고 있었다.

경찰은 어제 지하철 내에서 탑승객 하나가 불구가 된 사건이 발생했는데, 화재 사고와 발생 시간이 거의 동일해 연계 수사를 해야 할 것 같다 했다.

종남은 상해 사건에 흥미가 생겼다.

'도심을 달리는 지하철에서 승객의 한쪽 팔이 뜯겨 나가다니.'

종남이 눈을 빛내며 팀원들을 보며 현장에 가 보자고 했다. 그는 이제 피곤해 보이지 않았다. 그런데 최 수사관은 불만이 있는 눈치였다.

"남자가 팔이 잘린 거랑 방화 사건이랑 무슨 관계가 있는데요?"

그 질문에 종남은 답을 하지 않았다. 조 수사관도 피곤한데 집에나 가지 굳이 경찰 사건까지 넘볼 필요는 없을 것 같다고 투덜거렸다. 종남은 두 사람을 번갈아 보며 말했다.

"확신할 수는 없어. 그동안 틀린 적이 하도 많아서. 하지만 어떤 관계가 있는 건지 알아보러 가자는 것뿐이야."

내키지 않았지만 두 수사관은 종남과 함께 현장으로 향했다. 사고가 있었던 지하철역까지는 화재가 난 분수대에서 휠체어를 타고도 5분이 채 걸리지 않았다.

지하철 입구에는 폴리스 라인이 설치돼 있었다. 사건 현장을 지키고 있던 경찰관이 종남 일행이 현장을 살펴볼 수 있도록 차량 안으로 안내했다. 객차 안은 사방에 가득 피가 튀어 당시의 끔찍했을 상황을 그대로 보여 주고 있었다. 종남은 범인이 칼로 공격을 했다고 확신했다.

"무기가 뭐였죠? 칼이었나요? 목격자는요? CCTV 좀 봅시다."

"아마 그러지 않았을까 합니다. 목격자가 없습니다. 게다가 이상하게 그 시간 녹화된 영상이 없어요. 앞뒤 영상은 다 있는데 딱 그 시간만 영상이 사라졌습니다."

"흠…. 피해자는 지금 어디 있습니까? 상태는 어떤가요?"

"아직 병원에서 검사 중인데, 팔이 완전히 뜯겨 나가 실려 간 걸로 알고 있습니다. 잘린 팔은 현장에서 굴러다녀서 감식반이 가져갔습니다."

종남은 경찰의 협조에 감사를 표하고 두 사람을 보았다.

"자, 다음 목적지가 정해진 것 같군."

세 수사관은 국립 과학 수사 연구원을 찾았다. 검시관은 종남을 보자마자 왜 왔는지 단박에 알아차렸다. 검시관은 피해자의 몸통에서 뜯겨 나간 팔에 남은 톱니 모양의 자국에 대해 설명했다. 그것은 칼날이라기보다는 마치 어떤 짐승의 이빨에 물어뜯긴 것 같다는 소견이었다. 이빨이라는 말에 조 수사관이 피식 웃는 것을 본 종남은 그에게 눈빛으로 경고하며 계속 질문을 이어 나갔다.

"어떤 동물일까요? 사람의 팔을 물어뜯을 정도면 커다란 개가 아닐까요? 마스티프 같으면 충분하지 않을까요?"

"아마 그럴 수도 있죠. 아니면… 아주 커다란 고양잇과의 동물?"

"아주 커다란 고양잇과라… 얼마나 커야 할까. 집고양이보다는 훨씬 더 커야겠네요?"

"그보다는 훨씬 더 커야죠. 아니면 사자라든가."

검시관은 종남의 질문에 마지못해 답하면서도 그 말이 얼마나 터무니없게 들릴지 잘 알았다. 검시관의 의견은 이걸로 끝이었다. 그의 말대로라면 열차 사건의 범인과 화재 현장에서 목격한 범인은 동일인이 될 수 없었다. 종남은 일단 오늘의 수사는 여기까지 마무리하기로 했다. 1%의 가능성도 놓칠 수 없었던 종남은 모든 사람을 수사선상에 올려 둘 수밖에 없었고, 잠시였지만 동료인 두 수사관도 예외는 아니었다.

3

종남은 을지로 뒷골목으로 향했다.

골뱅이 요리 전문 식당이 한 집 건너 하나씩이라 골뱅이 골목이라 불리는 이곳에 여동생이 식당을 열었다. 물론 메뉴는 골뱅이 요리. 대박은 고사하고 살아남을 수나 있을지 종남이 걱정했더니, 여동생은 자신 있어 했다. 개업식 고사를 준비하다가 정말 운 좋게 최고의 무당을 만났다며, 분명 조상님이 돕는 거라고 했다.

여동생이 자랑한 최고 무당의 이름은 '매화'였다. 무당은 식당의 길흉화복을 관장하는 부엌 신에게 가게의 번영을 빌고, 가게 자리에서 죽은 이의 혼도 달래는 굿을 한단다. 종남이 누가 죽었는지 궁금해하자, 식당 자리가 본래 양복점 자리였는데 일하던 재단사가 죽었다고 말해 주었다.

철저한 무신론자인 종남에겐 개업식에서 식당의 번영을 위해 굿을 한다는 말이 마치 사업적인 조언을 듣기 위해 팅커벨과 접촉한다는 말만큼이나 터무니없어 보였다.

종남은 손님들이 앉아 있는 곳의 제일 끝에 자리 잡았다. 무당의 굿을 이렇게 가까이에서 보는 건 처음이라 마치 공연을 보는 듯 흥미로웠다. 무당이 앞에 서고 뒤에는 나이가 지긋한 남녀 한 쌍이 연주를 시작했다. 연주에 맞춰 무당이 춤을 추기 시작했다. 음악이 점점 고조되자 다채로운 색채의 화려한 옷이 빠르게 빙글빙글 돌았다. 벽에는 여러 산신과 선대 무당들의 모습을 화려한 색으로 그려서 붙여 놓았다. 굿이 열리는 입구에는 호랑이를 닮은 신의 그림을 걸어 놓았는데, 호랑이 신이 굿판을 지키고 환영하는 역할을 한다고 했다.

무당은 아주 날카로운 눈빛으로 네 개의 기본 방향을 순서대로 쳐다봤다. 남쪽과 북쪽, 서쪽과 동쪽을 차례대로 보면서 뛰고 맴돌며 노래를 부르고 소리를 질렀다. 절정에 다다르자 사방(四方)의 중심에서 붉은색의 긴 띠를 빙글빙글 돌리며 크게 원을 그렸는데, 손님들은 이를 다른 세계에서 온 신들과 차례차례 접신하고 있는 과정으로 받아들였다. 하지만 종남의 눈에는 그 띠들이 마치 불길이 춤추는 것처럼 보였다.

굿판이 더해져 흥이 넘치는 개업식이 끝나고, 종남은 무당에게 명함을 건네며 자신을 화재 수사관이라 소개했다. 무당은 그의 명함을 유심히 보더니 주머니에 명함을 넣었다. 그리고 자기는 만신이며 다들 매화라고 부른다고 했다.

무당에게 전화가 걸려왔다. 수화기 너머로 굵고 낮은, 힘 있는 목소리가 들렸다.

"일정이 어떻게 되시나요?"

타이타니스의 CEO 강인화였다.

타이타니스의 텅 빈 격납고 안에 매화가 서 있었다.

이곳은 강인화가 만든 홀로그램상의 서울이었다. 무당 매화는 격납고에서 춤을 췄지만, 그 모습을 홀로그램 화면으로 지켜보는 사람들에게는 마치 서울 위에서 춤을 추는 것처럼 보였다. 춤을 추다가 무아지경이 된 매화는 어디론가 발길을 옮겼다. 그녀가 걸음을 옮기자 홀로그램을 통제하던 인화의 손이 바빠졌다. 매화가 움직이는 동쪽으로 위치를 조정해 홀로그램 지도를 확대했다. 매화의 발길이 닿는 곳마다 풍경이 달라졌다.

그러다가 마침내 목적지에 도착한 것처럼 보였다. 바다로 가는 길의 중간쯤에 있는 숲의 한가운데에서 매화의 걸음이 멈추었다.

4

종남은 수사관들과 대형 모니터를 뚫어져라 바라보았다. 모니터에는 화재가 발생했던 두 곳뿐만 아니라 어제 불이 난 곳까지 표시된 서울의 지도가 보였다. 각각의 포인트를 가리키며 종남이 설명했다.

"곰곰이 생각해 봤는데 말이야. 아무래도 규칙이 있는 것 같아. 내 생각을 한번 들어 봐. 첫 번째 화재는 강남 레드 미러 빌딩에서 일어난 거 알지? 오방색의 상징을 보면, 남쪽은 붉은색을 말해. 불의 요소를 가지고 있고. 그런데 이걸 한번 보자고. 이 건물 표면에 있는 붉은 세로줄들을 봐 봐. 태양이 시간에 따라 움직이는 걸 따라가면 마치 불길처럼 보인단 말이야."

그리고 다음 장소를 가리켰다.

"두 번째는 서쪽이야. 서쪽은 흰색을 가리키고 철을 의미해. 불이 어디서 일어났지? 흰색 페인트를 칠한 알루미늄 주차장이었어. 세 번째는 북쪽, 북쪽은 검은색이고, 물을 의미해. 불은 분수대에서 일어났어. 물이지. 검은색은 어디 있냐고? 분수를 만든 돌이 검은색이야."

여기까지 말하고 종남이 후배 수사관들을 쓱 훑어보았다.

"내가 한 말 알아듣겠어?"

후배들은 고개를 끄덕이긴 했지만, 선배가 왜 이런 말을 하는지 짐작할 수 없었다. 그는 지도 오른쪽을 가리켰다.

"다음 사건은 어디서 일어날까? 남쪽, 서쪽, 북쪽이 다 나왔어. 그럼 다음엔? 동쪽에서 화재가 발생할 거야. 동쪽은 파란색, 나무를 의미해. 만약 지금까지 세 건의 화재가 일어난 패턴대로 또 불이 난다면 말이야."

조 수사관이 당황한 눈빛으로 종남을 보았다.

"근데 그게 무슨 패턴이죠?"

"이건 굿판이야. 방화범들이 굿을 벌이고 있어. 수백, 수천 년 동안 무당이 굿을 벌일 때 쓰는 상징과 방위를 이용해서 서울에 불을 놓고 있다는 말이야."

잠시 침묵이 흘렀다.

"이제 우리는 그걸 찾아야 해. 동쪽, 나무, 파란색. 그게 다음에 일어날 화재의 주요 조건이야. 그걸 조사하면 다음 목표가 어디인지 알게 될 거야. 자, 시작해 보자고."

최 수사관은 뭔가 석연치 않았지만 지금은 달리 방법도 없었다.

"선배님이 그렇게 생각하신다면 한번 해 보시죠."

5

마시어스 할코는 긴 비행 끝에 지구 반대편의 한국 땅을 밟았다. 그는 오랫동안 신화 속의 괴물에 관해 연구하고 있었는데, 그 괴물을 쫓아 충동적으로 서울행 비행기 티켓을 끊었던 것이다. 그는 택시에 그려진 그림을 유심히 보았다. 몇몇 택시에 만화 같은 느낌의 해태 이미지가 그가 탄 택시에도 선명하게 새겨져 있었다. 꼭 그를 맞으러 공항에 나온 것 같았다.

이 모든 게 운명으로 느껴졌다.

할코는 운명론에 한껏 고조되어 택시 기사에게 경복궁으로 가 달라고 했다. 해태 조각상 한 쌍이 경복궁 앞에 있는 걸 본 적이 있었기 때문이었다.

경복궁의 해태 조각상 앞에 도착한 할코는 해태에게 트렁크를 보이며 고개를 살짝 숙여 인사를 건넸다.

"안녕하세요, 해태 씨. 당신의 도시에 온 나를 환영해 줘서 고마워요. 우리 같이 협력할 방법을 찾으면 좋겠어요."

그가 번역기를 통해 이렇게 읊조리고 다시 해태를 향해 고개를 숙였을 때, 화려한 한복을 입은 외국인 관광객들이 사진을 찍으려고 조각상 주위에 시끌벅적하게 몰려들었다. 그들은 먼 나라에서 온 민속학자의 즉흥적인 의식에는 눈길도 주지 않았다.

할코는 경복궁에서부터 넓게 펼쳐지는 기나긴 대로를 따라 걸었다. 한참 걷다 보니 배가 고팠다. 근처의 식당을 찾아

들어간 할코는 메뉴판에서 유일하게 들어 본 이름인 비빔밥과 소주, 막걸리 한 병을 달라고 했다. 소주는 보드카 같은 맛이 났는데, 마시자마자 머리가 어질어질해졌다. 막걸리의 맛도 궁금했던 할코의 손에 금세 뽀얀 우유 같은 술이 가득 담긴 잔이 들렸다.

막걸리를 마시던 할코는 자연의 딸들이 연어 빛깔의 젖을 땅에 흘리자 거기서 철이 자라났다는, 어릴 때 들은 이야기가 생각났다. 그렇다면 이 술은 한국 사람들을 강철처럼 강하게 만들어 주는 영약일까? 역사가 그들에게 던지는 그 어떤 시련도 모두 극복할 수 있게 만들어 준 영약 같은데? 극심한 피로와 알코올이 그의 뇌 속에 있는 민속학적 궁금증을 불러일으킨 모양이었다. 막걸리 한 병을 금방 비운 뒤 한 병을 더 주문했다. 막걸리를 두 병이나 벌컥거리며 마셔 버린 그는 가방을 베고 스르르 바닥으로 쓰러졌다. 잠깐만 쉬었다가 일어날 생각이었다.

얼마나 시간이 지났는지 모를 정도로 달게 잠을 잔 할코는 식당 주인아주머니가 발로 차는 바람에 눈을 떴다. 새벽 근무를 나가기 위해 아침을 먹으러 온 동네 사람들이 식당을 채우고 있었다. 그 사람들과 동료애를 느끼고 싶었던 그는 또다시 비빔밥을 시키고, 막걸리도 또 한 병 마셨다. 아침을 거하게 먹은 할코는 호텔을 찾으려 햇살이 환한 거리로 나갔다.

6

유리창으로 햇살이 환하게 비치는 걸 보니 대낮인 것 같았다. 윈디는 자신이 어디에 있는지 몰라 잠시 멍해졌다. 분명집에서 잠이 들었는데, 가끔은 잠에서 깨면 오늘처럼 낯선 곳에서 일어나곤 했다. 그럴 때면 늘 혼란스럽고 무서웠다. 윈디는 주위를 둘러보았다. 고급 벽지로 도배된 푹신한 요가 있는 근사한 방이 보였다. 그제야 이곳이 낡고 작은 아파트가 아니라 자기에게 배정된 멋진 방이라는 사실을 기억해 냈다. 어디서인지 음식 냄새가 났다. 그 냄새를 신호로 뱃속이 요동치기 시작했다. 배가 고팠다.

윈디는 음식 냄새를 쫓아 걸었다. 커다란 한옥의 한쪽을 따라 걷다가 벽돌로 테두리를 쌓은 목재 원형 계단 아래의 어둠을 향해 들어갔다. 윈디가 도착한 곳은 이 저택의 지하실 같았다. 크고 오래된 돌들로 둥글게 쌓아 만든 화로에 일서와 양미가 고개를 숙이고 고기를 굽고 있었다. 삼겹살이다. 양미는 고기가 구워지기가 무섭게 바로 입에 넣었다. 뜨겁지도 않은지 식기도 전에 계속 집어 먹었다.

"냄새가 끝내주는데."

윈디가 그들을 향해 말을 걸자 양미가 그녀를 보았다.

"앉아서 먹든가."

윈디는 여전히 이들과 같이 앉을 만큼 편안하진 않아서 그들 옆에 서 있었다.

"여긴 뭐 하는 데야?"

"이 자리는 땅의 여신에게 바치는 제단이 있던 자리야. 아마도 우리 조상들이 공자를 따르기 전에는 도교 신자였던 것 같아."

일서가 말하자, 양미는 오만상을 찡그렸다.

"고기 먹으러 온 애한테 꼭 그런 걸 다 가르쳐야겠냐. 애 체하겠다."

"우리 혈통을 제대로 아는 사람도 있어야지. 우리가 이곳에 어떻게 왔는지도 알아야 하고."

"난 지하철 타고 버스 두 번 갈아타고 왔는데. 내 기억엔 말이지."

양미가 일서를 보며 말했다. 그리고 젓가락으로 고기 한 점을 집어서 윈디에게 건넸다. 윈디는 입을 벌리지 않고 자기 젓가락으로 고기를 받았다. 뜨거운 삼겹살을 후후 불어 소스에 적신 후, 깻잎에 싸서 먹었다. 놀랍게도 지금까지 먹어 본 중 최고의 삼겹살이었다.

111

"나쁘진 않군."

윈디의 말에 양미가 피식 웃었다.

"거짓말."

일서가 고기를 구우며 말을 이었다.

"우리가 둔주 상태가 되면, 우리는 역경에 나오는 암말처럼 땅을 가로지르며 지칠 줄 모르고 달리게 되지. 모든 것을 받아들이는 땅의 원칙을 온몸으로 구현하는 거야. 땅은 하늘을 받아들이지. 하늘에 사는 존재들은 영매를 통하지 않고는 움직일 수 없어. 그들이 아무리 강력한 존재라 할지라도 이곳으로 들어오려면 통로가 필요하거든."

"우리가 없으면 안 된다는 거네."

윈디가 동조하듯 말했다. 일서가 그 말에 조금 당황한 기색을 했다.

"어쨌든 우리 중 일부는 그래. 난 꿈만 꿔. 해태는 나를 통해서 나타난 적이 없어."

"왜 안 나타나는데?"

"유전적 실수? 해결되지 않은 심리적 문제? 몰라 그건, 나도 몰라."

"어쩌면 해태는 자기들이 오고 싶을 때만 오나 보지. 그이야기는 이제 그만하자. 그리고 우리의 '심리적 문제들'이 뭔지는 중요하지 않아."

범준이 들어오며 일서의 말에 토를 달았다. 그리고 그 뒤를 따라 동주가 들어오며 말을 거들었다.

"아니면 해태는 그냥 같이 춤을 출 파트너를 원하는 건지도 몰라. 해태는 네가 몸치인 걸 아는 게 아닐까."

윈디는 좀 전에 꿨던 꿈을 떠올렸다. 거대한 무도회장, 가면을 쓴 우아한 댄서들 그리고 해태. 동주가 내 꿈을 알고 있나? 윈디가 그를 빤히 쳐다보자 동주는 빙긋 미소만 지을 뿐이었다.

윈디는 이들에게 2차로 호프집을 가자고 했고, 잠시 후 박기사에게 자주 가던 호프집 위치를 알려 줬다. 이제는 예전에 살던 동네라고 부르게 된, 며칠 전까지 윈디가 살았던 아파트 근처였다. 허름한 호프집에서 윈디와 박 기사, 양미는 생맥주를 마시며 안주로 노가리를 먹었다. 다른 이들은 보이지 않았다. 양미는 윈디를 썩 반기는 것 같지는 않았지만, 그렇다고 밀어내는 것 같지도 않았다. 양미는 혼자 먹는 게 싫어서 왔다고 했고, 박 기사는 양미의 뱃속에 거지가 들어 있어서 그렇다며 웃었다. 2차는 그렇게 여자들 셋이 온 셈이 되었다.

생맥주를 두 잔이나 마신 윈디는 화장실에 가고 싶어 일어났다. 화장실은 식당 밖으로 나가서 몇 계단 올라가야 했다. 화장실에 다녀오다가 창문을 통해 양미와 박 기사를 보았는데, 그녀가 어디 갔는지 신경도 쓰지 않는 모습이 보였다. 윈디는 갑자기 살던 아파트가 어떻게 변했는지 궁금했다. 왜 갑자기 그곳에 가 보고 싶었는지는 몰랐지만, 거기 가면 뭔가 있을 것 같았다. 아니나 다를까. 아파트에 아빠가 있었다. 윈디를 보고 화들짝 놀란 아빠는 뭘 잊어버리고 가서 잠시 들렀다며 변명했다.

"잊어버린 게 뭔지 모르겠어? 딸을 잊어버리고 갔잖아."

"아니. 너는 내가 절대로 잊어버리지 않을 유일한 존재야."

"거짓말. 이미 잊었잖아."

"아니 정말이야. 나는 널 잊고 싶지 않아. 내가 한 일 중에 제일 잘한 일이 너를 낳은 거거든."

새엄마가 없어서 솔직한 마음을 드러내는 걸까. 아니면 그냥 이 상황에서 빠져나가고 싶어서 둘러대는 걸까. 윈디는 텅 빈 아파트를 둘러보았다.

"살림살이는 몽땅 다 가져가 놓고 문자 한 통 안 남겼잖아."

"뭐든 필요한 게 있으면 갖다줄게."

"아빠가 버리는 쓰레기는 필요 없어."

"윈디야, 미안해. 하지만 너무 큰돈이라… 거절할 수 없었어."

큰돈이라니, 윈디는 처음 듣는 얘기였다. 그 진실이 그녀를 슬프게 했다. 아빠가 여기를 떠나는 조건, 아니 딸을 버리는 조건으로 큰돈을 받았다는 말이다. 그 돈을 누구에게 받았냐고 물어보니 어떤 아이가 줬다고 했다.

"아이? 혹시 나랑 키가 비슷하고, 열대여섯 살쯤 되고 해태 그림이 그려진 티셔츠를 입은 남자아이?"

아빠는 윈디가 그 아이를 알고 있다는 사실에 놀랐다. 윈디는 민준이 자기를 비극으로 몰아넣은 장본인이라는 걸 알고 배신감을 느꼈다.

"나쁜 자식, 그 자식 팔을 물어뜯어 버리겠어."

그 말을 마치고 윈디가 갑자기 벽을 짚고 쓰러졌다. 아빠가 걱정스러운 눈으로 그녀를 잡았지만, 윈디는 아빠의 손을 뿌리쳤다. 그리고 흐릿한 눈으로 천천히 일어났다. 아빠는 윈디가 몽유병 증상을 보이고 있다는 걸 알았다. 놀란 아빠가 재빨리 현관으로 다가가 윈디가 밖으로 나가지 못하게 막아서려고 했지만, 한발 한발 다가오는 윈디에게서 전에는 들어 보지 못했던, 낮게 으르렁거리는 소리가 나자 놀라 옆으로 비켜설 수밖에 없었다. 그리고 멍하니 윈디가 나가는 모습을 지켜보았다.

한편, 호프집에 있던 양미는 벽에 붙은 메뉴를 보고 추가

할 음식을 고르는 중이었다. 맥주를 한 잔 더 시키려던 박 기사는 창밖을 보며 화장실에 간 원디 생각을 잠깐 했다.

"화장실에 간다던 애가 늦네."

그 말을 듣자마자 양미는 원디에게 문제가 생겼다는 걸 알아차렸다. 망할, 뭔가 일이 일어나고 있었다. 양미가 전화기를 들고 저장된 원디의 번호를 눌렀다.

둔주 상태인 원디는 주머니에서 울리는 진동 소리를 느끼지 못한 채 계속 걷고 또 걸었다. 그렇게 멍한 상태로 지하철 역에 도착해 들어오는 열차를 탔다. 사람들로 붐비는 지하철의 손잡이를 잡고 마치 잠에 취한 듯 흐릿한 눈을 반쯤 감고 서 있었다. 그녀가 조금 이상한 상태라는 걸 주변 사람들은 아무도 알아차리지 못했다. 원디는 고속버스 터미널로 향했고, 잠시 후 그녀는 버스의 맨 뒷자리에 앉아 있었다.

양미와 박 기사가 서둘러 클럽 하우스로 돌아왔다. 미디어 룸에 모인 멤버들의 표정이 심상치 않았다. 벽에 붙어 있는 가지각색의 모니터 화면은 소방서와 연결되어 화재 사건이 나면 바로 알 수 있게 되어 있었다. 그뿐 아니라 경찰과 소방서에서 무전기로 하는 대화를 들을 수 있도록 모든 것이 세팅된 상태였다.

"그냥 나도 모르는 사이에 그렇게 됐어. 알았냐?"

양미는 해명할 기분이 아니었고 박 기사는 자기가 옆에 있는 상태에서 이런 일이 일어났다는 사실에 어쩔 줄 몰랐다.

버스는 고속 도로를 따라 달렸다. 창밖으로 논밭의 풍경이 펼쳐졌고 숲과 산을 지나고 있었다. 한창 버스가 달리는데, 갑자기 뒤에서 뭔가 두드리는 소리가 들렸다. 버스의 승객들이 소리가 들리는 쪽을 돌아보았다. 윈디가 비상용 망치를 들고 유리창을 두드리고 있었다. 곧 창문이 깨져서 너덜너덜해졌다.

놀란 버스 기사가 버스를 갓길에 세우고 소리를 질렀다.

"이봐요? 왜 그러는 겁니까? 무슨 일이죠?"

망치를 손에 든 채 앞문을 향해 다가오는 윈디를 보고 기사는 너무 놀라 아무 말도 할 수 없었다. 급히 그녀가 내릴 수 있도록 앞문을 열었다. 윈디가 버스에서 내렸다.

"아가씨!? 그쪽엔 길이 없어요!"

숲만 있고 들어가는 길도 없었지만, 윈디는 망치를 버린 뒤 망설이지 않고 숲속을 향해 걸어 들어갔다. 버스 기사가 밖으로 나와서 그녀를 향해 소리쳤다.

"아가씨! 아가씨! 돌아와요."

하지만 기사는 오래도록 그녀를 기다릴 수는 없었다. 버스 승객들의 항의와 신고를 하는 게 더 낫다는 승객들의 의견에 따르는 게 더 합리적이었다. 그들이 지켜보는 동안 윈디는 검은 숲속으로 들어가 시야에서 완전히 사라졌다.

그리고 그들의 눈에 숲 너머 저쪽 멀리서 피어오르는 연기가 보였다.

그 시각 민준은 본가에 있었다. 일산에 사는 민준의 부모는 아들이 매달 보내 주는 생활비를 받아서 생활하며, 여기저기 여행을 다녔다. 제주도나, 하와이의 오아후섬, 일본의 온천 마을, 얼마 전에는 이탈리아의 베네치아에 다녀왔다. 민준의 식구들은 그가 무슨 일을 하는지 다 알았다. 민준이 자기가 하는 일을 비밀로 하기 귀찮아했기 때문이다. 가족들은 그가 하는 일의 열렬한 후원자였다. 민준의 집은 해태 포스터와 해태 조각상, 피규어, 해태 수건 같은 기념품으로 가득 찼고, 지금도 컬렉션이 늘어나는 중이다. 민준은 엄마, 아빠와 동생들을 너무나도 사랑했지만, 가족들을 만나는 일은 진이 빠지는 일이었다. 막 여행에서 돌아온 부모님이 쉼 없이 쏟아 내는 여행 이야기를 듣는 사이 민준의 핸드폰이 요란하게 울렸다. 일서였다. 그는 민준에게 청평 국립 공원에서 화재가 발생해 모두 현장으로 떠났다고 알렸다. 그 이야기를 들은 민준은 화재 소식은 안타깝지만, 집에서 나갈 수 있는 구실이 생겼다는 데 안도했다. 현관을 나서는 아들에게 엄마, 아빠가 환한 웃음을 지으며 말했다.

"우리 아들 최고의 해태가 되렴! 파이팅!"

민준은 핸드폰으로 지도를 보며, 아마도 제때 도착하기는 힘들 것 같다고 생각했다.

7

종남을 비롯한 수사관들은 다음 화재가 어디서 발생할지 단서를 찾고 있었다. 그때 갑자기 최 수사관의 헤드폰을 통해 화재 신고 소식이 들렸다. 이번 화재는 청평 국립 공원에서 일어났다. 종남이 벽에 붙여 놓은 대형 지도를 쳐다보았다. 최 수사관이 서울에서 동쪽으로 40km라고 표시했다. 종남이 예견한 4방위가 맞아떨어진 것이다.

"'동쪽, 나무, 파란색.' 말씀하신 것 중에 두 개가 맞아요!"

조 수사관이 감탄과 존경을 담아 선배를 보았다. 종남의 얼굴이 심각하게 굳었다. 그때 인터넷을 검색하던 최 수사관이 크게 소리를 질렀다.

"저기 있는 소나무들은 라틴어로 피누스 코레이엔시스. 영어로 번역하면 블루 파인. 즉 파란 소나무란 뜻이야. 그리고 고속버스 기사가 서울에서 청평으로 가는 도중에 일어난 사건을 신고했어요. 승객 하나가 버스를 멈춰 세우고 내렸대요. 젊은 여자인데. 숲속으로 사라졌다는군요."

"혹시 방화범일까?"

조 수사관이 물었다.

"그건 말이 안 돼. 그들은 지금까지 계속 팀으로 움직였어. 그리고 불을 지르러 가면서 버스를 타고 갈까?"

종남의 미간에 주름이 잡혔다.

"버스 기사 말로는 그 여자가 숲으로 가자마자 연기가 보였대요! 그럼 그때 분명 불을 놓은 거네. 그게 첫 신고였잖아요. 연기가 보였지만 불길은 안 보였으니까. 터미널에서 거기까지는 한 시간 걸려요."

모두 이 기이하면서 언뜻 보기에 모순적으로 보이는 증거들을 곰곰이 생각했다.

"그러니까 그 여자는 불이 어디서 날지 알고 있었던 거야. 불이 시작되기 1시간 전에. 그래서 버스를 타고 거기로 간 거지."

두 사람이 동시에 그걸 어떻게 알았을지, 왜 거기를 갔을지 종남에게 물었지만 대답할 길은 없었다. 세 사람 모두 장비가 든 가방을 움켜쥐고 문으로 향했다.

소방차들이 사이렌을 울리면서 화재 현장을 향해 달렸고, 종남 일행을 태운 차량도 경광등을 번쩍이며 그 뒤를 따랐다. 운전을 하던 조 수사관이 백미러를 흘끗 봤다. 뒤에서 뭔가가 다가오고 있었는데 속도가 너무 빨라서 순간적으로 검고 흐릿한 덩어리처럼 보였다. 불과 몇 센티미터의 공간을 사이에 두고 뒤에 오던 차가 쌩하고 그들을 앞질러 달렸다. 차가 달려간 사이에 공기의 흐름이 뒤틀리면서 이들이 타고 있던 밴이 흔들릴 정도였다. 거의 시속 250킬로는 되는 것 같았다.

종남은 뒷자리에 앉아서 검은 차가 앞에서 순식간에 사라지는 모습을 말없이 지켜봤다.

경주용 자동차처럼 운전하고 있는 박 기사는 핸들을 어찌나 세게 움켜쥐었는지 손가락이 하얗게 됐고 손등의 핏줄은 터질 것처럼 솟아올랐다. 마치 F1 대회에 나가는 선수 같았

다. 극도로 집중한 박 기사를 보는 멤버 모두 잔뜩 긴장했지
만 태연하게 굴려고 최선을 다하고 있었다.

숲으로 간 윈디는 자신이 꿈속에 있는 것 같다고 느꼈다.
신화 속에나 나올 듯한 에메랄드빛 풍경이 그녀 옆을 흐르듯
지나쳤다. 거대한 고인돌을 지나, 구불구불 흐르는 시내를 지
나는데 저 멀리서 무언가 번쩍이고 있었다. 그녀는 자신이 가
려던 곳이 바로 그곳이라는 걸 알았다. 그런데 갑자기 번쩍이
던 무언가가 화산처럼 폭발했다. 대기 중으로 불꽃놀이를 하
듯 화산이 분출되는 모습이었다.

그때 누군가 윈디를 지켜봤다면, 불꽃이 튀는 숲속을 느릿
느릿 걸어 다니는 모습을 보았을 것이다. 윈디가 화산의 폭발
을 본 지점은 현실에서도 불꽃이 튀면서 소나무가 불타고 있
는 곳이었다. 숲에 불이 난 것이다. 그런데 윈디는 맨몸으로
불꽃을 향해 걸어가고 있었다. 그 불길 속으로 들어가면 죽
을 것이었다.

윈디의 눈에는 주변이 여전히 신화 속의 풍경처럼 보였다.
화산이 폭발하는 곳과 숲속에서 화재가 일어나는 지점이 점
점 가까워질수록 그녀 옆에서 어떤 소리가 들려왔다. 마치 사
자가 낮게 으르렁거리는 소리처럼 들렸다. 그 소리가 들리는
곳을 흘끗 보니 어떤 짐승이 보였다. 해태였다. 옆에 있는 해
태를 보자 윈디는 기대와 설렘으로 호흡까지 가빠졌다. 또 한

마리가 나타났다. 이번에는 그녀의 오른쪽에서. 그리고 또 한
마리가 나타났다. 이번에는 바로 그녀 뒤에서 나타났다. 윈디
는 눈앞의 불타고 있는 땅과 나무에서 시선을 떼지 않으려고
노력했다. 거기에도 해태가 있었다. 그녀 앞에서 길을 안내하
듯 해태가 성큼성큼 걸어가고 있었다. 윈디는 마치 앞을 향해
돌격하는 코볼소 무리의 한가운데 서 있는 것처럼, 해태 무리
에 둘러싸였다. 그녀도 그들의 일원인 것처럼 보였다.

윈디 앞에 있던 해태가 옆으로 물러났다. 윈디에게 이 무
리의 리더 자리를 내어 주는 듯한 느낌이었다. 윈디는 그때
갑자기 정신이 들었다. 해태들은 윈디에게 네 뜻대로 하라는
듯이 굴었지만 윈디는 믿기 어려웠다. 어떻게 그들을 믿고 리
더가 될 수 있단 말인가. 그렇게 해야 목숨을 구할 수 있다고
해도, 윈디는 그들의 앞에 서고 싶지 않았다. 그런 생각이 들
자 바로 잠이 깨 버렸다. 그리고 그녀가 보았던 신화 속의 풍
경들이 모두 사라졌다. 함께 있던 해태들도 사라졌다.

그녀는 혼자 남았다. 불타는 숲의 한가운데 혼자 남은 것
이다. 불길이 벽처럼 그녀를 높게 둘러쌌다. 이 불길 속에 몇
초 후면 흔적도 없이 죽을지도 몰랐다. 불이 혼자 있는 그녀
를 위협하려는 듯 타닥타닥하며 포효하는 소리를 냈다. 윈디
는 공포를 느꼈다. 그 끔찍한 공포 속에서 모든 생각과 감정
이 사라졌다.

그때 천둥 치는 소리가 들렸다. 윈디는 고개를 들어 위를
바라보았다. 그녀의 머리 위에서 프로펠러가 돌아가는 소리
가 마치 천둥처럼 크게 들렸다. 거대한 구름 같은 환한 색 가

루가 그녀를 향해 우수수 떨어졌다. 떨어진 발화 지연제는 윈디와 주변을 온통 분홍으로 물들였다.

종남 일행이 밴을 타고 현장에 도착했을 때, 현장은 사람들로 북적거렸다. 수십여 대의 소방차와 지휘 센터, 구급차와 언론사 기자들까지 엉켜 있었다. 불과의 전투에서 탈진해서 돌아오는 소방대원들과 교대로 들어가려는 소방대원들도 그들 사이에 있었다.

종남은 차에서 내려 현장을 살펴보다가 휠체어를 밀며 지휘관을 찾아갔다.

"서울에서 온 화재 사고 담당 수사관 김종남입니다. 도움이 필요할 것 같아서 왔습니다. 도와드릴 일이 있을까요?"

지휘관은 정신이 없었지만, 서울에서 도움을 주러 온 종남을 보고 애써 미소를 지었다.

"현재 화재 진압률은 20% 정도입니다. 오늘 아주 긴 밤을 보내게 될 것 같습니다. 하지만 우리가 반드시 불길을 잡을 겁니다. 그리고 생존자가 하나 있는데."

종남은 무언가 짚이는 데가 있었다.

"여자입니까? 혹시… 20대?"

지휘관은 종남이 이 사실을 알고 있다는 것이 놀라웠다.

"혹시 용의자입니까?"

"아뇨. 지켜봐야 할 인물이긴 하지만… 아직 그 이상도 이하도 아닙니다. 그런데 그 여자는 어딨나요?"

윈디는 구급차를 타고 인근의 병원 응급실로 향했다. 윈디의 옷에 묻은 지연제는 문질러서 털어 냈지만, 분홍색은 지워지지 않고 옷을 물들였다.

응급실의 담당의는 윈디를 살펴봤다.

"연기를 조금 마셨고… 팔에 생긴 이 발진은 발화 지연제 때문에 생긴 알레르기 증상 같아 보이네요. 이것 덕분에 타죽지 않았으니 이 정도 대가는 감수할 만하죠."

그는 클립보드에 있는 검사지에 체크 표시를 했다.

"근데 대체 거기서 뭐 하고 있었어요? 하이킹이라도 하고 있었나요?"

"아뇨. 화재를 막으려고요."

그 말에 의사는 빙긋 웃었다. 아마도 윈디가 분위기를 가볍게 하려고 그냥 던진 말이라고 생각한 것 같았다.

"불에 흙이라도 차서 넣어 보려고요?"

그도 농담으로 받았다. 하지만 윈디는 여전히 머리가 멍한 상태라 사실 그대로 말해 버렸다.

"아뇨. 먹어 치우려고 했죠."

의사는 어이없어하며 윈디를 바라봤다. 그때 응급실을 소란스럽게 하는 소리가 들렸다.

"윈디야! 윈디야!"

양미가 응급실로 들어와 윈디를 끌어안고는 괜찮은지 이리저리 살펴봤다.

"제가 보호자예요. 어디에 사인해야 하죠?"

불구덩이에서 살아나온 생존자를 만나기 위해 병원에 온 종남은 밴에서 내리면서 막 병원을 떠나는 검정 리무진을 보았다.

"생존자가 저 차에 타고 가네."

종남이 자신 있게 말했다. 후배들은 그의 예지력에 익숙해져 그의 말을 그대로 믿었다.

"그럼 저 차를 따라갈까요?"

"아까 저 차 성능 봤잖아."

종남이 고개를 저었다. 그리고 핸드폰으로 어딘가에 전화를 걸었다. 방금 전 이야기를 나누었던 현장의 지휘관이었다. 종남은 지휘관에게 서울로 가는 길에 바리케이드를 치고 모든 차량을 세워서 검문하는 명령을 내려달라고 했다.

박 기사가 차량의 속도를 줄이고 검문 줄에 섰다. 핸들을 잡은 그녀의 손에 잔뜩 힘이 들어가 있었다. 마치 금방이라도 액셀을 밟아 바리케이드를 치고 나가거나, 그보다 더 극단적인 시도를 하기라도 할 것처럼 보였다.

"수고하십니다. 뒤에도 창문을 다 내려 주시겠습니까?"

경찰 다섯이 천천히 모여들었다. 창문을 다 내리자 차에 탄 사람들이 보였다. 일서, 양미, 동주와 범준. 경찰은 탑승자를 모두 내리라고 하고, 트렁크를 열었다. 안은 텅 비어 있었다. 그 순간 헬리콥터 한 대가 그들의 머리 위를 지나 서울로 날아갔다.

윈디를 태운 헬리콥터를 조종하는 사람은 뜻밖에도 민준이었다. 민준은 제때 도착할 수 없을 거 같아 헬리콥터로 이동했던 것이다.

"네가 지금 이런 걸 몰아도 되는 나이야?"

"엄밀히 따지면 불법이지만 돈이면 뭐든 살 수 있으니까. 내가 뭘 샀는지 알면 놀랄걸."

"아, 그래? 최근에 뭐 대단한 걸 하나 사긴 했더라?"

윈디의 목소리에 날이 서 있었다. 민준은 윈디의 표정을 보고 움찔했다.

"내가 우연히 아빠를 만났지 뭐야. 그런데 어떤 코흘리개 꼬맹이가 딸을 버리고 이사 나가는 조건으로 돈이 가득 든 배낭을 하나 줬다고 하더라고. 버림받은 딸은 어쩔 수 없이 너희들과 같이 지낼 수밖에 없게 됐지. 가만 보자. 그게 나의 안전을 위해 너희가 한 일이야?"

민준이 다시 윈디를 힐끗 보았다.

"제발 앞을 봐. 난 사실 이런 기계가 공중에 계속 떠 있을 수 있다고 믿지 않거든."

소년은 앞으로 시선을 돌렸다.

"그 얘긴 다른 사람들은 몰라. 그건 내 돈이니까. 클럽 하우스에 내 친구는 하나도 없어. 다들 나이가 너무 많거든. 그런데 나는 클럽 하우스 밖에도 친구가 없어. 누나가 그나마 나랑 나이가 가장 비슷하니까 혹시 친구가 될 수 있을지도 모른다고 생각했어."

"난 친구 안 만들어. 그러니까 그건 좋지 못한 생각이야."

벌써 서울에 온 듯 발아래 도시의 야경이 펼쳐졌다. 이렇게 높은 곳에서 끝내주는 풍경을 보고 있자니 민준에 대한 원망이 다 날아가 버렸다.

"그래서, 클럽 하우스에서 나갈 거야?"

한참 망설이던 민준이 소년 같은 표정을 하고 물었다.

"아니."

단호한 윈디의 답에 민준의 입가에 씩 미소가 번졌다.

"잘 생각했어."

8

화재가 발생한 지 거의 30시간이 지난 후, 청평 국립 공원의 화재는 90% 이상 진압되었습니다. 현재까지 사망자는 없는 것으로 보고됐습니다. 하지만, 화재 원인은 아직 발표되지 않았고....

뒤늦게 도착한 이들이 각자 핸드폰으로 새로 올라온 뉴스를 보며 옥상으로 모여들었다. 먼저 도착한 민준과 윈디는 말없이 옥상에 서 있었다.

"난 가서 좀 누울게."

윈디가 앉지도 않고 말했다.

"먼저 자초지종부터 이야기부터 하는 게 어때? 아직 기억이 생생할 때 보고를 듣고 싶은데. 지금 자면 중요한 세부 사항들을 잊어버릴 수 있어."

일서가 깐깐하게 말했다. 윈디는 계속 선 채로 일서를 보고 고개를 끄떡였다.

"이번에 또 무슨 핑계를 댈 거야?"

양미가 다짜고짜 물었다. 모두 그녀를 째려봤지만, 그녀는 개의치 않았다.

"너 이번에는 정말 죽을 뻔했어. 벌써 두 번째야. 그나마 다행이었던 건 근처에 다른 사람들이 없었다는 거야. 소풍 온 아이들도 없었고. 물론 그랬다면 다들 죽었겠지."

양미가 말하자 윈디는 마치 뺨이라도 맞은 것 같은 기분이 들었다. 하지만 꼿꼿하게 고개를 든 채 양미를 노려보았다.

"아주 끝내주게 나를 감시한 사람치곤 말이 좀 그러네. 노가리 먹느라 내가 사라진 것도 몰랐으면서. 다들 수고해. 난 이만 자러 갈게."

사라지는 윈디의 뒷모습을 보며 민준이 피식 웃었다.

"보고 한번 간결하군."

동주가 일어서며 윈디를 따라가려고 했지만, 범준이 그 앞을 막았다. 그는 앞을 막는 범준에게 뭐라고 하려다가 참았다.

"다들 윈디를 아끼고 있다고 말해 줘."

자기를 향해 뭐라고 하는 줄 알고 대응하려고 준비했던 범준은 동주의 상냥한 말에 잠시 놀란 듯했지만, 곧 알았다고 답했다.

"어서 가 보셔, 영웅 나으리."

자리를 뜨는 범준에게 양미가 말했다. 일서가 한숨을 길게 내쉬었다. 양미가 일서에게 뭔가 할 말이 있는 것처럼 쳐다보자, 일서가 이번엔 양미를 향해 날을 세웠다.

"넌 가끔 개인적인 문제를 기본적인 인류애보다 앞세우는 것 같아."

"무슨 문제? 무슨 인류애? 인류애라니 정말 구리다. 우리가 왜 이곳을 지키려고 이렇게 신경 써야 하는데?"

양미는 서울의 스카이라인을 가리키며 목소리를 높였다.

"저기 사는 사람들을 위해서 우리가 목숨을 내놓는다고 누가 알아주는 것도 아니잖아. 너희는 다 바보들이야."

"봤지? 이 누나 태도 불량이야."

민준의 말과 동시에 일서의 인내심도 한계에 달한 것처럼 보였다. 일서가 양미에게 쏘아붙였다.

"문이 어딨는지 알지? 언제든 원할 때 쓰도록 해."

"그래, 좋은 생각이군."

양미가 먼저 벌떡 일어나 나가 버렸다.

문제는 윈디였다. 윈디는 자기 방을 찾아가려다가 길을 잃었다. 계속 헤매다가 스스로 바보 같다는 생각이 들어 좌절감에 주저앉았다. 윈디를 따라갔던 범준이 그녀 옆에 말없이 앉아 따뜻하게 어깨를 감싸 주었다.

클럽 하우스 서재에서 윈디와 범준은 차를 마시고 있었다. 벽난로에서는 불이 약하게 타고 있었었다. 범준이 사그라드는 불길을 가리켰다.

"불이 무서워? 우리는 불에 대한 두려움은 극복했어. 두려워할 필요가 없거든. 사실 정확히 말해 '불'이 뭐지? 선사 시대의 원시인이 발견해서 고기를 구워 먹게 된 자연적인 현상일 뿐이잖아. 인류를 얼어 죽지 않게 하고 늑대들에게 잡아먹히지 않게 해 주는 존재였지. 백만 년 전에는 그랬잖아. 요즘은 삼겹살을 구워 먹고 담뱃불을 붙일 때 불을 쓰지. 그저 향수만 남았을 뿐이야. 서글픈 일이지. 불은 절대 두려워할 대상이 아니야."

"난 불이 두렵지 않아."

윈디는 이렇게 말하며 갑자기 최초의 기억이 떠올랐다. 갓난아기 때 불길에 둘러싸여 있던 기억. 그때 지금까지 기억하지 못했던 무언가가 보였다. 갓난아기인 그녀가 포효하는 불길 한가운데서 깔깔거리며 소리 내어 웃고 있었던 것이다. 그 기억을 떠올리며 윈디가 다시 말했다.

"난 불이 두려웠던 적이 없어. 단 한 번도."

"근데 뭐가 문제야?"

윈디가 그를 노려봤다.

"이것도 보고의 연장이야?"

"물론 아니지."

활활 타고 있던 통나무가 갑자기 무너지면서 불 속에서 펑펑 터지는 소리가 나더니 불길이 약해졌다. 윈디는 갑자기 답답해졌다. 좀 걷고 싶었다. 범준이 같이 가겠다고 했지만, 그녀는 혼자 걷고 싶었다.

9

종남 일행은 화재 현장인 청평 국립 공원에서 바로 사무실로 돌아와 가장 최근에 수집한 데이터를 다시 살펴봤다. 마지막 화재 현장을 지도에 추가하자 정말 네 개의 방화 현장이 남쪽과 북쪽, 서쪽과 동쪽 이렇게 네 개의 기본 방위와 일치했다.

"장소는 추적했으니, 이제 시간을 넣어 보자."

종남은 화면에 네 개의 날짜를 표시했다.

"각 화재 사이의 시간 간격이 점점 짧아지고 있습니다."

최 수사관의 말에 조 수사관이 고개를 저었다.

"하지만 그건 일정치 않아 보이는데요."

종남은 화재가 발생한 날짜들을 가리키며 말했다.

"언뜻 보면 무작위로 보이지. 하지만 이 날짜들을 X축에 넣어 보면 달라져."

화면에 네 개의 날짜가 그래프에 나타났다. 그 점들을 하나로 잇는 선을 그리자 달팽이의 껍데기 같은 곡선이 나타났다.

"정확히 말하면 나선형이야. 무당이 춤을 출 때 생기는 곡선도 나선형이야. 무당이 접신하기 직전, 그 의식을 치르는 공간의 한가운데, 굿의 한가운데에는 늘 나선형이 나와."

종남은 나선형을 지도 위에 겹쳤다. 그러자 시내 한가운데가 나왔다.

"방화범들이 불을 남쪽, 서쪽, 북쪽, 동쪽에 놨어. 남은 게 어디지?"

종남이 딱히 대답을 기대하지 않은 질문을 했는데, 후배들이 동시에 답했다.

"중앙이요."

두 사람이 컴퓨터를 이용해 여러 개의 지도와 가능성이 있는 방화 표적들을 화면에 띄우는 동안, 종남은 나머지를 채웠다.

"우리가 찾아야 할 변수는… 방위는 중앙. 그게 의미하는 건 땅. 색은 노란색이야… 시간은… 내일!"

종남이 표시한 나선형의 중심부에 서 있는 사람이 있었다. 강인화와 그의 부하들이었다. 보호 장비를 완벽하게 구비하고서 용접 토치로 두꺼운 금속 조각을 자르는 그들의 주위로 불꽃들이 사방으로 날아 어둠 속에서도 환히 빛났다. 그들은 다음 화재를 준비하고 있었다. 다섯 번째, 만신의 이론이 정확하다면 이번이 마지막 불이 될 것이다.

10

양미네 가족은 한강이 내려다보이는 동네의 펜트하우스에 산다. 양미는 초등학교 때 고성능 쌍안경을 선물로 받았었다. 쌍안경은 강변에 소풍 온 가족들을 볼 수 있을 정도였지만, 그들의 얼굴이 행복해 보이는지 불행해 보이는지 알아볼 수는 없었다. 양미는 가족과 함께 있을 때 즐겁지 않았기에 다른 가족들도 그리 행복하진 않을 거라고 지레짐작했다.

"네 아파트는 어떠니?"

식탁의 반대편 끝에 앉은 어머니가 관심 있는 척하면서 물었다.

"거기에서 안 산 지 5년이나 됐어요. 지금 세놨는데 모르셨어요?"

어머니는 보고 있던 스마트폰에서 잠깐 고개를 들었다. 딸의 대답을 듣긴 했지만 제대로 듣진 못했다.

"뭐라고?"

"근데 거기 세입자가 엄마가 쓰던 가구를 다 팔아 버렸어요."

양미는 어머니가 뭐라고 하는지 보려고 다소 과장을 섞어서 말했다.

"무슨 세입자들? 아, 아빠가 너한테 안부 전하라고 하더라."

"지금 아빠한테 문자하는 거예요?"

"아니."

"근데 어떻게 알아요? 아빠가 안부 전하라고 하는지."

"그럴 것 같다는 소리지. 네가 오늘 집에 온 걸 아빠가 알면 말이다. 말은 그만하고 밥이나 맛있게 먹어라."

양미는 도우미들이 차린 진수성찬을 물끄러미 바라보았다.

"배고프지 않아요."

윈디는 꽤 멀리까지 걸어갔다. 생각에 잠긴 그녀의 표정을 보면 둔주 상태에 빠진 건 아니었다. 그저 산책이었다. 윈디 앞에 서울의 야경이 넓게 퍼져 있었다. 아주 예쁜 풍경이었지만, 지금 그녀에겐 어쩐지 외롭게만 보였다.

그녀는 돌아서서 자신이 살게 된 저택을 바라봤다. 동네도 집도 그녀에겐 아직 낯설었다. 그러다 멀리서 사랑스러운 불빛 하나를 봤다. 클럽 하우스의 창턱에 놓여 있는 등잔에서 나오는 불빛이었다. 그 불빛의 부드러운 깜박임이 그녀의 앞날을 격려하는 동시에 새로운 집에 온 걸 환영하고 있었다. 윈디의 입가에 미소가 번졌다.

집으로 돌아온 윈디는 거리에서 본 등잔이 있는 방을 찾았다. 방안은 마치 19세기 후반의 양반가에나 어울릴 가구가 놓여 있었다. 아담하고 예쁜 서재였다. 벽마다 책들이 잔뜩 꽂혀있었고, 책상 하나와 의자 두 개가 방을 채웠다. 그리고 불빛이 깜박거리는 예스러운 등잔 하나가 창턱에 놓여 있었다. 그녀가 좀 전에 본 바로 그곳이었다. 윈디는 방안에 동주가 있어서 조금 놀랐다.

"이런 방이 있는지 몰랐어…."

"아마 등잔이 너에게 말해 줬겠지."

동주는 책상에 앉아 오래된 만년필로 종이에 무언가를 쓰고 있었다.

"그래 그런 것 같아. 저기에 불을 밝힐 수 있다니 놀라워."

"저 등잔과 나는 알고 지낸 지 오랜 친구 사이거든. 내가 멋대로 불을 꺼 버리지 않을 거라고 믿고 있는 거지. 그럴 가능성이야 항상 열려 있긴 하지만."

동주가 빙긋 웃으며 말했다.

"뭘 쓰는 거야?"

"할머니에게 편지 써."

"그거 근사한데. 나도 우리 할머니를 알았더라면 좋았을 텐데."

"우리 할머니를 빌려줄게."

윈디는 방 안으로 들어와 아름다운 사물들로 가득 찬 주위를 둘러보다가, 마침내 참지 못하고 등잔에 점점 더 가까이 다가갔다. 동주는 그런 그녀를 지켜봤다.

"봐. 너의 아주 가는 숨결에도 불꽃이 떨리고 있어. 널 두려워하는 거야. 그런데도 이 불이 널 여기로 불렀어. 그게 바로 창가에 올려놓은 오래된 등잔이 항상 하는 일이지. '집으로 돌아와요.'라고 말하는 거. 등잔은 항상 그렇게 말해 왔어. '집으로 돌아와요.' 창가에 놓인 모든 등잔이 그렇지. 그 옆에 앉아서 기다리는 사람이 있고. 밖에서 떠도는 사람들을 위해 이 등잔이 있는 거야."

"집으로 돌아와요."

그녀가 따라 말했다. 그리곤 잠시 둘 다 아무 말도 하지 않았다. 침묵을 먼저 깬 건 동주였다. 그는 벽에 걸린 해태 그림을 가리켰다.

"넌 사람들을 믿지 않아. 그들도 믿지 않고."

그의 말에 윈디가 발끈했지만, 동주는 그저 어깨를 으쓱할 뿐이었다.

"나는 이미 너의 모든 걸 알고 있어. 세세한 정보까지 모두. 넌 이제 우리 클럽의 일원이 됐잖아. 어렸을 때 겪은 트라우마에 대한 너의 정서적 반응이 어떨지 어느 정도 짐작할 수 있어. 하지만 믿지 않으면 사랑할 수 없어. 배신감에 빠져 있다 보면 사랑은 불가능해."

"말도 안 되는 소리 하지 마."

"다칠 가능성, 실망할 가능성도 없이 타인과 어떤 유대를 맺을 수 있겠어? 그건 사랑이 아니야."

갑자기 그가 심정적으로 불편할 만큼 너무 가까이 다가온 것처럼 느껴져 윈디는 재빨리 화제를 화제를 바꿔야겠다는 생각이 들었다.

그때 동주가 할머니에게 쓰는 편지를 끝냈는지 편지지를 접었다.

"이제 부쳐야 해."

그러더니 책상에서 일어나 등잔으로 갔다. 그리고 그 불길에 편지를 태웠다. 그때 윈디는 그의 할머니가 돌아가셨다는 얘기를 들은 기억이 났다.

"유감이야" 그녀가 말했다.

"할머니랑 계속 연락하려고 노력해."

하지만 그의 얼굴에는 분명 슬픔이 서려 있었다. 불길이 그 편지를 태우는 모습을 두 사람이 함께 지켜봤다. 편지는 금방 연기와 재로 변해 허공으로 날아갔다.

마치 장례식에서 종이를 태우며 올리는 기도 같았다.

윈디는 등잔의 불이 다 꺼질 때까지 동주와 오랫동안 이야기를 나누다 잠이 들었다. 그녀는 그날 밤 한 무리의 늑대인지 사자인지 혹은 알로사우루스 무리인지 알 수 없는 무리 속에서 자는 꿈을 꿨다. 어떠한 것도 그녀를 해칠 수 없는 곳. 그녀를 잡으려면 주위에 있는 동물들을 다 상대해야 하고, 그들은 모두 서로를 지키기 위해 죽을 테니 그런 일은 일어날 수 없는 곳. 그곳에서 그녀는 무한한 안정감을 느꼈다.

11

광화문 서울 경찰청에서는 종남이 화재 수사와 관련해 발표를 하고 있었다. 화이트보드에는 굿을 통해 정해졌다고 생각되는 화재 발생 장소 네 곳이 표시된 지도와 연료 탱크 트럭을 몰고 달아나는 용의자들, 발화 지연제를 온몸에 뒤집어쓴 채 불타는 숲에서 나온 윈디의 사진이 붙어 있었다.

설명을 끝낸 종남이 궁금한 점이 있는지 물었다. 이 발표를 듣기 위해 모인 십여 명의 경찰들이 황당한 표정을 지으며 웅성거렸다. 경찰서장이 먼저 입을 열었다.

"굿이라고 하셨나요?"

종남이 고개를 끄덕였다.

"방화범의 강박 요소라고 봅니다. 물론 그의 머릿속에 뭐가 더 들어 있을지는 아무도 모릅니다."

그의 말에 대꾸하는 사람은 없었다. 다들 앉은 자세를 바꾸고, 핸드폰을 확인하고, 상관을 슬쩍 보았다. 그들의 눈빛이 이렇게 말하는 것 같았다.

'이 헛소리는 대체 뭔가요?'

경찰서장이 예의를 표할 수 있는 건 여기까지였다. 그는 이런 헛소리를 계속 듣고 있을 정도로 한가하지 않았다.

"감사합니다, 수사관님. 여기서부터는 저희가 맡겠습니다."

종남은 이 말을 들으며 경찰의 협조를 받을 수 없다는 사실을 깨달았다.

"서장님 이하 여러분 모두 귀한 시간 내주셔서 감사합니다."

그러자 경찰 하나가 마치 극장에 온 것처럼 손뼉을 치기 시작하다가 서장이 째려보자 찔끔하며 그만두었다. 종남 일행이 회의실을 나갈 때 서장이 화이트보드에 눈길을 던졌다. 경찰들은 일터로 복귀하려고 자리를 털고 일어났다. 서장이 마지막 화재 현장으로 지목된 나선형의 끝부분을 손으로 가리켰다. 시내 중심부였다.

"시내 중심가에 방화 차량이 나타날 가능성에 대비해 교통계에 철저하게 지켜보라고 일러. 교통 위반 딱지를 뗄 때 이 두 용의자와 주요 인물을 안면 인식 프로그램에 넣어서 돌려 보고."

서장의 지시에 경찰들은 시간 낭비라며 투덜거렸다. 서장이 고개를 돌려 그들을 바라봤다.

"이게 우리가 할 수 있는 전부다."

그때 경찰들이 갑자기 웃기 시작했다. 어떤 경찰 하나가 화이트보드에 화살표와 느낌표를 그리고 있었다. 그건 마치 종남이 강박적인 성향이 있다는 듯한 조롱이었다. 서장은 그가 그린 낙서를 보았다. 그러고는 경찰의 뒤통수를 툭 쳤다.

"동료를 좀 존중하란 말이야, 이 자식아. 하지만 그림 실력이 나쁘진 않군,"

회의실 밖 복도에 서 있는 종남의 후배들은 경찰의 미지근한 반응에 실망한 듯 보였다. 종남은 후배들을 격려하며 말했다.

"진실을 말하면 신이 알아서 정리해 주겠지."

"어떤 신이요? 근데 방화범들이 불러내려는 신은 무슨 신일까요?"

"우리가 사는 우주에는 신이 없어." 종남은 단호하게 답했다.

"그 작자들이 무슨 신을 불러내려고 하든지 상관없어. 거기에 응답할 신은 없을 테니까."

이번에는 조 수사관이 물러서지 않았다.

"하지만 방화범들에게 아주 중요하다는 것은 분명하잖아요? 아니면 그 많은 수고를 감내하겠습니까?"

"그렇다면 고려해 볼 만한 가치가 있겠군. 그들이 이 세계로 불러내려는 존재를 알아내면, 방화범들의 정체도 알 수 있을 테니까."

종남은 빨리 결론을 내렸다.

조 수사관은 뿌듯했다. 그의 의견을 선배가 들어 준 것이 거의 처음인 것 같았다.

클럽 하우스 지하에 있는 체육관에서 일서가 농구 바스켓에 슛을 던지고 있는 동안 민준은 암벽 등반 연습용 인공 벽에 거꾸로 매달려 있었다. 한 손으로 벽에 매달린 채 민준이 큰 소리로 말했다.

"내가 무슨 생각 하는지 알아?"

"내가 이 3점 숫을 절대로 못 넣을 거라는 생각?"

"그것도 그렇고."

일서가 멀리서 던진 공이 휙 소리를 내며 바스켓 옆을 때렸다.

"그들이 우리들 중에 하나를 잡으려고 하는 것 같아."

민준의 말에 일서가 고개를 끄덕였다.

"그럴 수 있지. 아마도 방화 수사 부서에 이미 윈디를 요주의 인물로 올려놨을 거야. 하지만 윈디가 법을 어긴 게 아니니까 수사를 할 수는 없을 거고."

"아니, 그쪽 말고. 방화범들이 우리 중에 하나를 잡으려 한다고. 언뜻 보기엔 네 개의 화재 사이에 연관성이 하나도 없어. 사상자도 없고, 인질도 없고, 요구 사항을 밝히는 발표도 없고, 정치적 성명서도 없고, 심지어 흔한 발화 방법을 쓴 것도 아니야. 사실 그 사건들의 공통점은 딱 하나야."

일서가 그 말의 의미를 알아차렸다.

"우리."

일서가 농구공을 튀기며 민준을 빤히 보았다. 지금까지 일서는 그런 생각을 하지 않았다. 그런데 민준은 여러 경우의 수를 생각하며 방화범이 우리를 노리고 있다는 걸 알아냈다.

그때 일서에게 전화가 왔다. 박 기사였다. 그녀는 지금 윈디를 태우고 운전하는 중이었는데, 반 블록쯤 앞에서 동주가 둔주 상태로 걸어가고 있는 모습이 보였다고 한다. 그가 가는 곳은 다음 화재 장소일 것이다.

"가능한 한 가까이 따라붙어. 불길 속으로 들어가는 한이 있더라도 말이야. 혹시 동주가 위험에 처할지도 몰라."

차 뒷자리에 앉았던 윈디가 일서의 말을 듣다가 깜짝 놀라며 박 기사를 보았다.

"어디로 간 거지?"

박 기사는 앞을 보고 경악했다. 조금 전까지 눈앞에 있던 동주가 사라졌다.

마치 땅이 그를 삼켜 버린 것처럼.

그 시각 범준은 동네 도장에서 유도 대련에 한창이었다. 핸드폰은 사물함에 걸린 옷 속에 들어 있었다. 핸드폰이 끈질기게 울리는 동안, 그는 상대를 매트 위에 메다꽂으며 공격하고 있었다. 그의 머릿속 한쪽에서 동료에게 일이 생겼다는 본능적인 경고음이 울렸을지도 모르지만, 그는 주의를 기울이지 못했다. 그 경고가 깜박이는 촛불의 불빛과 같았다면 그의 격렬한 육체적 활동은 대낮의 태양과 같았으니까. 그래서 대련은 계속됐고, 범준은 자신의 일족 중 누군가에게 무슨 일인가 일어나고 있다는 경고를 알아채지 못했다.

양미는 본가의 냉장고 앞에 서 있었다. 세 개의 냉장고가 넓은 벽에 줄줄이 서 있었다. 그녀는 냉장고의 문을 열어젖히고 안에 있는 음식을 물끄러미 바라봤다. 본가만 아니었다면 침샘이 폭발했겠지만, 여기만 오면 입으로 들어가는 모든 음식이 재처럼 느껴진다. 그래서 양미는 클럽 하우스에서 보낸 메시지가 반갑기까지 했다. 첨부된 파일을 열자 신설동 지도가 떴다. 동주가 마지막으로 목격된 곳이라고 했다. 양미는 서둘러 움직였다.

원디와 박 기사가 동주를 찾아 거리를 헤맸지만, 그가 어떻게 사라졌는지 도무지 알 길이 없었다. 그런데 갑자기 발밑에서 희미하게 우르르 소리가 들리면서 마치 지진이라도 일어난 듯 살짝 흔들렸다. 서울에서는 지진이 흔하지 않기에 지나다니는 사람들은 눈치채지 못한 채 그냥 가던 길을 갔다.

하지만 상황이 더 나빠진 것 같다는 의심이 든 원디와 박 기사는 주위를 둘러보다가 맨홀 뚜껑을 발견했다. 원디는 직감적으로 뚜껑을 향해 달려가려 했고, 박 기사가 그녀의 소매를 잡아당겨 세웠다. 그 순간 쾅 하고 폭발음이 들리며 뚜껑이 위로 튀어 올랐다. 맨홀 뚜껑은 마치 동전이 뱅글뱅글 뒤집히며 도는 것처럼 허공에서 맴돌았다. 그리고 근처에 있는 맨홀 뚜껑들도 똑같이 튀어 올라 공중에서 뒤집히며 돌았다. 쾅! 쾅! 쾅! 사람들이 비명을 지르면서 숨을 곳을 찾아 우왕좌왕하는 동안, 그 묵직한 원반형의 금속들이 하늘에서 떨어져 쨍그랑 소리를 내며 여기저기 부딪치는 소리가 났다.

박 기사가 불법 정차한 채 내리는 바람에 주차 위반 딱지를 떼던 교통경찰들도 그 폭발음을 들었다. 그들도 맨홀 뚜껑을 피해 도망치다가 튕겨 나간 맨홀 뚜껑 아래의 구멍에서 하얀 연기 기둥들이 피어오르는 모습을 봤다. 비상경보기가 요란한 소리를 내며 울리고, 여기저기에서 사람들의 비명이 들리면서 주변이 아수라장이 됐다.

"교통 순찰대 긴급 보고합니다. 특이 사항, 특이 사항 발생."

12

동주는 금속 계단을 밟으며 깊은 어둠 속을 향해 내려갔
다. 둔주 상태일 때는 감각으로만 움직이기 때문에 빛이 없는
환경은 문제 되지 않았다. 그는 자신의 감각에 의지해 길을 걸
어갔다. 지하 공간은 신화적인 요소로 구성된 지하 세계였다.
미로처럼 얽힌 지하 터널, 물이 졸졸 흐르는 개울, 부서진 아
치형 천장. 벽은 콘크리트와 금속, 세라믹과 돌 등의 재료를
총동원해 만들어졌다. 이 재료는 수 세기 전까지 거슬러 올라
가 각 시대에 지어진 도시의 모습을 부분적으로 보여 주고 있
었다. 사방에 흩어져 타고 있는 작은 불들이 모여 단테의 지옥
도처럼 거대한 불로 커졌다. 둔주 상태로 머리가 마비된 동주
는 자신이 지옥으로 점점 깊이 들어가는 걸 인지하지 못했다.

완전히 칠흑 같은 어둠 속에서 약하게 흐르는 불빛이 한
남자의 얼굴을 비추었다.

강인화다. 그의 부하 둘이 그의 주변을 핸드폰 조명으로
비추고 있었다. 인화가 작은 전기 활성체의 전원 버튼을 막
누르려던 참이었다.

윈디와 박 기사도 좀 전에 동주가 내려간 금속 계단을 걸
어 아래로 내려갔다. 조금 밑으로 내려가자 묵직한 연기가 그
들을 가로막았다. 연기로 인해 목이 막혀 왔고 기침이 쏟아졌

다. 눈까지 화끈거리자 어쩔 수 없이 다시 계단을 거슬러 올라와 거리로 나갈 수밖에 없었다.

발밑에 동주 혼자 남겨 두고 왔다는 걸 박 기사와 윈디는 몰랐다.

"동대문구 신설동입니다."

최 수사관이 방화 수사팀의 대형 보드에 방금 일어난 화재 현장을 표시하며 말했다.

"수사관님이 말씀하신 그 나선형의 중심부 끝 지점입니다."

"불이 어디서 시작됐지?"

"아직 모릅니다만, 맨홀 뚜껑과 하수관에서 연기와 가스가 나왔답니다."

갑자기 조 수사관이 무언가 발견한 듯 소리를 질렀다.

"지하, 흙이에요!"

"지하라. 그래 이게 '흙'일 것 같군" 종남이 고개를 끄덕였다.

"이번에도 사상자는 없습니다. 지하철에서 경보가 울리지도 않았고요. 그렇다면 대체 지하 어디에서…."

최 수사관이 말했다.

"노란색이야."

종남이 변수 목록에서 색을 지우자 조 수사관이 컴퓨터로 달려가 그 거리의 위성 사진을 띄웠다.

"어쩌면 거기에 노란색 건물이… 없는데요."

종남은 휠체어를 밀어 파일 캐비닛으로 가서 오래된 파일에서 서울시의 청사진들을 끄집어냈다.

"노란색… 노란색…."

그가 무언가를 발견했다. 수십 년은 넘어 보이는 낡은 청사진이었다.

"처음 지하철 노선을 만들 때 바로 여기에 폐쇄된 역이 하나 있었어."

그는 신설동의 한 거리에서 꽤 밑으로 들어간 지점 하나를 가리켰다.

147

"1961년에 폐기됐지. 서울에 완전한 지하철 시스템이 생기기 10년 전이야."

조 수사관이 그가 내민 청사진을 보았다.

"노란색 선이네요."

클럽 하우스에서는 일서와 민준이 지하 기록 보관소에 쌓여 있는 오래된 서류들을 허겁지겁 파헤쳤다. 그들도 종남이 발견한 것과 같은 청사진의 사본을 찾았다. 그리고 지하에 있는 폐쇄된 역을 보았다. 일서는 핸드폰으로 청사진을 스캔해 팀원들에게 보냈다.

각 언론사가 화재 현장을 보도했지만 쓸 만한 정보는 별로 없었다.

"연기 기둥이 피어오르면서 거리 곳곳이 흔들렸지만, 당국에서는 아직 원인을 파악 중이며...."

폐쇄된 역. 처음 화재가 시작된 곳. 방치된 지하철역의 버려진 공간. 거기에는 승객들이 서 있는 플랫폼, 역을 지탱하는 기둥들, 표지판, 선로, 심지어 오래된 지하철 차량까지 있었다. 사방에서 불길이 치솟는 사이에 둔주 상태에 빠진 한 남자가 그 한가운데로 들어가고 있었다.

동주의 눈에는 이 풍경이 절반만 보였다. 둔주 상태에서 보는 세계와 현실 세계가 겹쳐 보이는 것이다. *그의 눈에는 고인돌과 초록빛 언덕, 그 주위를 함께 걸어가는 해태 무리가 보였다.*

인화와 부하들은 불타는 역을 가로질러 그들에게 다가오는 동주를 물끄러미 바라보았다. 타이타니스 CEO 강인화는 이곳으로 찾아오는 사람을 기다리고 있었다. 그는 정확하게 누가 올 것인지는 몰라도 누군가는 올 거라는 걸 알고 있었다, 적어도 그런 일이 일어나길 기대하며 벌인 일이었다. 처음부터 이것이 목적이었으니까. 이 방화는 실제로 거대한 굿으로 설계됐고, 무대는 서울 그 자체였다. 하지만 문제가 있었다. 영매가 필요했다. 돈으로 움직이는 무당이 아니라 훨씬 더 강력한 존재가 필요했다. 강인화는 클럽 하우스의 존재를 알았다. 그가 오랜 시간 동안 조사한 끝에 알아낸 것이었다.

다가오는 남자를 보며 인화가 말했다.

"그 눈이 본 것을 보고. 그 눈이 보게 될 것을 보고…."

하지만 동주의 얼굴에는 표정이 없었다. 그는 지금 자신의 곁에 이 남자들이 있다는 건 의식하고 있을까. 그때 인화가 목소리를 높였다.

"프로메테우스를 맞이하라. 불을 가져오는 분. 당신은 올림포스에서 신성한 불을 훔쳤습니다. 신들의 왕이신 제우스에게서…."

그 주문과 같은 말이 동주의 멍한 의식을 관통했는지 줄곧 앞으로 걷던 그의 발걸음이 멈췄다. 동주의 눈동자에 활활 타오르는 불길들이 비쳤다. 그는 마치 신을 부르는 것과 같은 인화의 말에 반응하는 것 같았다.

"…지구에 그 선물을 가져오신 분!"

동주는 자신의 내면에서 무언가를 보았다.

신석기 시대 한반도의 초원과 주위에 있는 해태들이 녹아내리면서 그 자리에 험준한 산 위에 안개 같은 구름이 나타났다.

"인류에게 주는 선물, 프로메테우스를 맞이하라. 전달자가 오셨다. 지금 우리에게 다가오신다."

동주의 머리 밖에서 누군가의 목소리가 계속 들려왔다.

험준한 바위 위에서 한숨이 새어 나왔다. 동주가 그곳으로 몸을 돌렸다. 그때 바위가 구름과 함께 소용돌이치듯 빙빙 돌았다. 그러다가 안개가 갈라지면서 건강한 체격에 극도로 지친 표정의 한 남자가 보였다. 동주는 단박에 그가 프로메테우스인 걸 알았다. 그리스 신화에 나오는 타이탄 프로메테우스가 바위에 사슬로 묶인 모습이 보였다.

그도 동주를 보았다. 수천 년의 세월 동안 홀로 바위에 묶여 있던 그가 갑자기 나타난 손님을 보고 미소를 지었다.

"넌 내게 무얼 원하는 거냐? 넌 인간이지. 그렇지?"

동주가 그렇다고 대답했다. 그는 여전히 둔주 상태였지만, 신을 마주치자 더욱 멍해졌다.

"인간들은 항상 무언가를 원하지."

프로메테우스가 혼잣말을 하듯 중얼거렸다.

그 말에 순간 면도날처럼 예리한 무언가가 동주의 의식을 찢는 것 같았다. 그러더니 둔주 상태에서 빠져나왔다. 그는 그리스 신화의 프로메테우스와 불타는 지하철역에 있는 강인화 둘의 존재를 모두 인지하고 있었다.

"방금… 내가… 뭘 본 거죠?"

동주가 큰 소리로 물었다. 인화가 흥분해서 동주에게 몸을 기울였다.

"당신… 누구를 봤나요?"

"키가 큰 사람이… 바위에 사슬로 묶여 있었어요."

그의 말에 놀란 듯 인화가 감격스러운 표정을 하더니 부하들을 향해 고개를 돌렸다.

"성공했어. 믿을 수 없어. 우리가 두 개의 우주 사이에 다리를 놓은 거야."

그러더니 다시 동주를 보았다.

"그는 프로메테우스예요. 내 친구, 당신은 인류의 구원자를 만난 겁니다."

동주가 그 이름을 다시 말했다.

"프로메테우스."

그러자 신화 속의 존재가 응답했다.

"그래, 인간들은 나를 그렇게 부르지. 아주 오래전부터 그랬어."

인화가 동주에게 말했다.

"선물을 달라고 해 봐요. 우리가 필요한 걸 그에게 달라고 말해 보라고."

동주가 그 말을 프로메테우스에게 전하자 프로메테우스는 사슬을 끊어 주면 선물을 주겠다고 했다. 타이탄이 쇠사슬에 묶인 손목을 들어 올려 보여 주었다.

들어 올린 손바닥에서 구체 하나가 나타나 그의 손을 채웠다. 그것은 아주 작은 기어와 레버들로 뒤덮인 구체였다. 마치 안티키테라메커니즘(BC1~2세기에 그리스에서 만들어진

고대 컴퓨터-옮긴이)을 공 모양으로 만든 것 같았다. 그것은 우주의 힘과 아름다움으로 희미하게 반짝거렸다. 마치 기술과 자연의 가장 완벽한 결합으로 만들어진 물체처럼 보였다.

"그렇군요. 선물이 있군요."

동주가 경외심에 가득 차 말했다.

흐릿한 안개가 갑자기 그의 주위에서 빙빙 돌더니 산의 이미지가 흐릿해졌다. 희미해진 산이 해태가 뛰어놀고 고인돌이 여기저기 흩어진 초원 속으로 스며들었다.

"그를 반드시 풀어 줘야 해. 그 사슬들을 끊어."

인화가 동주에게 지시했다.

옆에 있는 부하들은 그들을 향해 다가오는 점점 거세지는 불길이 걱정이었다. 앞에 있는 남자가 그들을 구해 주지 않는 한 여기서 빠져나갈 길이 없어 보였다. 그런데 앞의 남자는 정신이 딴 데 쏠려 있는 것만 같았다.

"대표님. 시간이 없습니다. 우리 힘으로는 여기서 빠져나갈 수 없어요."

부하가 울먹이며 인화에게 말했지만, 보스는 이렇게 답할 뿐이었다.

"프로메테우스가 우리를 지켜 줄 것이다."

그 말에 실망한 다른 부하 하나가 패닉 상태에 빠진 듯 재빨리 도망치기 시작했다. 하지만, 멀리 가지 못하고 무시무시한 불길에 휘말려 사라졌다. 남은 부하는 어쩔 수 없이 자신의 보스와 운명을 같이할 수밖에 없다고 생각했다.

"그 사슬을 부숴요!"

인화가 동주의 귀에 대고 큰소리를 질렀다.

동주의 시야에 프로메테우스와 바위가 잠깐 다시 나타났다. 동주는 타이탄을 바위에 묶어두는 여러 개의 사슬에 집중했다. 그는 돌멩이 하나를 집어서 타이탄에게 다가섰지만 쇠사슬을 내리쳐야 할지 말지 마음을 잡지 못했다. 프로메테우스는 진심으로 동주를 가엽게 여기는 미소를 지으며 사슬의 고리 하나를 흔들었다.

"여기야. 여기를 쳐라. 네가 이 고리만 끊어 놓으면 나머지는 내가 다 하마."

동주는 그 말에 의지해 프로메테우스에게 가까이 갔다. 하지만 더는 갈 수 없었다. 이 우월한 존재에게서 느껴지는 경이로움에 순간적으로 압도당했다.

"두려워하지 마라. 난 너를 절대 해치지 않을 것이다."

동주가 그 말에 용기를 얻어 돌멩이를 들었다. 그때 갑자기 무시무시하고 날카로운 소리가 들리더니 거대한 독수리가 하늘에서 휙 날아왔다. 독수리는 타이탄의 벌거벗은 상반신에 거대한 부리를 대고 물어뜯었다. 프로메테우스는 고통에 찬 비명을 질렀다. 그 바람에 동주는 돌멩이를 떨어뜨리고 그 끔찍한 광경을 그저 지켜볼 수밖에 없었다. 마치 악몽 속에서 꼼짝하지 못하는 것처럼 다리가 그 자리에 붙은 것 같았다.

지금까지 들렸던 다른 목소리는 점점 사그라들었다.

"그… 사…슬을…, 부…쉬…요…."

동주는 이미 그 명령을 들을 생각이 없어졌다. 그때 구름이 다시 소용돌이쳤고, 프로메테우스와 독수리는 사라지고 갑자기 해태 왕국이 나타났다. 동주의 곁에서 해태가 찡그리는 듯한 미소를 지었다. 그리고 그는 해태가 됐다.

오랫동안 버려졌던 지하철역은 사실상 불바다가 됐다. 한 몸이 된 동주와 해태는 입을 크게 벌렸다. 그들의 입에서 거대한 바람이 불어나오는 것 같은 포효가 나오더니 이어서 불길이 신음하며 날카롭게 비명을 지르는 소리가 들렸다. 불길이 그들이 벌린 입을 향해 불가능한 속도로 돌진했다. 마치 블랙홀로 빨려드는 것 같았다.

잠시 후 불은 완전히 꺼졌다.

동주는 둔주 상태에서 깨어났다. 그의 곁에 강인화와 그 부하의 불에 탄 시체가 있다는 걸 그제야 알아차렸다. 그들은 프로메테우스의 보호를 받지 못했다. 그들의 구원자이자 후원자가 되길 바랐던 타이탄은 바위에 묶여 영겁의 고통을 받고 있을 뿐이다. 머리가 멍해진 동주는 비틀거리며 그 현장을 떠났다.

잠시 후 소방대원들이 지하 수직 통로에서 긴 줄에 달린 장비를 끌어 올렸다. 종남 일행이 지켜보는 동안 소방대원 한 명이 방금 지하에서 끌어 올린 온도기에 뜬 수치를 보고 믿을 수 없다는 얼굴을 했다.

"온… 온도가… 정상이에요."

"저 밑에는 불이 몇 주 동안 탈 수 있을 만큼 기름이 아주 많았는데. 그 불이 저절로 꺼졌을 리가 없어."

종남이 평소와는 다르게 날이 선 목소리로 말했다.

조 수사관이 종남에게 물었다.

"그럼 누가 껐을까요?"

시종일관 침착했던 종남이었는데, 이번엔 완전히 짜증이 난 표정이었다.

"'누가'라고? 아니야. 이런 일을 할 수 있는 사람은 없어. 이 화재의 원인이 사람이라고 단정할 수도 없고. 이런 큰불이 '어떻게' 불가사의하게 꺼졌는지 그걸 궁금해해야 하지 않을까? 그러니 지금 해야 할 질문은 '누가'가 아니라 '어떻게'야."

치밀어오르는 분노가 그의 마음에서 점점 커지는 의심을 억눌렀다. 정말 누가, 어떻게 그랬단 말인가?

부서진 지하 배수로에서 범준이 검은 흙탕물을 사방으로 튀기며 동주를 찾아다녔다.

"어디 있는 거야, 동주야! 도대체 어디 있어?"

그렇게 한참 헤매던 끝에 하수구 물에 허리까지 잠긴 채 웅크리고 앉아 있는 친구를 발견했다. 동주는 프로메테우스가 '선물'을 드러냈을 때 했던 동작을 흉내 내는 것처럼 한 손 바닥을 들어서 활짝 벌리고 있었다.

범준이 그를 향해 조심스럽게 다가갔다.

"기분은 좀 어때?"

"잘 모르겠어."

"이상해?"

"응, 그래… 이상해."

동주는 신화의 주인공과 만난 엄청난 기억이 점점 사라지고 있는 걸 느꼈다.

범준이 다정하게 물었다.

"집에 가고 싶어?"

동주는 잠시 그를 물끄러미 바라보고는 모르겠다는 말을 남긴 채 의식을 잃고 물속으로 쓰러졌다. 범준은 기절한 동주를 안고 지하 수로에서 나왔다.

원디, 박 기사, 일서와 민준 그리고 양미까지 동주를 걱정한 모든 이들이 범준과 동주의 주위에 둥글게 모여들었다.

13

지하에서 완전히 탈진한 상태로 발견된 동주는 클럽 하우스로 이송된 후 이틀 내내 잠만 잤다. 병원으로 옮겨야 하는 게 아닌가 고민했지만, 혹시라도 그가 잠결에 폐쇄된 지하철역에서 무슨 일이 있었는지 간호사나 의사에게 말할지도 모르므로 클럽 하우스로 데려오는 게 최선이라 다들 생각했다. 만약 동주가 그날 있었던 일을 한마디라도 말한다면 여기 있는 모두가 위험에 빠질 수도 있었기 때문이다.

원디와 범준이 번갈아 그의 곁을 지켰고, 죽은 듯이 잠을 자던 동주는 두세 시간에 한 번씩 몸을 뒤척여 원디와 범준을 안심시켰다. 일서는 동주가 큰일을 겪은 후라 체력이 떨어져 내내 잠만 잔다고 걱정하며 보양식을 준비했다. 그는 사골과 양지머리 등을 큰 솥에 넣고 푹 고아서 설렁탕을 만들었다. 클럽 하우스를 온통 감싸는 설렁탕의 구수한 냄새에 동주는 깊은 잠에서 깨어났고, 솥단지의 바닥이 보일 즈음에는 몸은 물론 마음도 회복되었다. 모두들 그날 지하에서 무슨 일이 있었는지 동주에게 물었지만, 그는 기억하지 못했다. 동주가 어렴풋하게 기억하는 건 그의 곁을 지켰던 거대한 존재였다.

"내가 그들과 무슨 일을 했는지는 하나도 기억나지 않아. 생각나는 건 해태가 쭉 나와 함께 있었다는 것뿐이야. 현장에 있던 방화범이 두 명이라고 기사에 나왔던데, 난 그것도 모르겠어."

"그날 현장에서 발견된 건 두 구의 시체라고 했는데, 아직 경찰이 사건 결과에 대해 발표를 하지 않았어. 신원을 밝히기 어려울 정도로 불에 탔대."

일서는 동주가 깨어나면 보다 구체적인 상황을 들을 수 있을 거라 기대했는데, 막상 그가 깨어나도 당시 상황을 알 수 없자 많이 실망했다.

"너희들이 원하는 걸 말해 줄 수 있으면 정말 좋을 텐데⋯. 나도 궁금한데 아무 기억이 없어."

멤버들은 불을 먹는 경험을 항상 공유했다. 그래야 다음에 일어날 화재로부터 자신과 서로를 지킬 수 있기 때문이다. 이들은 연결돼 있었다. 그래서 누군가가 자신의 경험을 감추고 있다면 그 사실을 모두 알아차렸다. 정말 동주는 아무것도 기억하지 못했다.

"그런데 이제 범인들이 다 죽었으니 이번 사건은 완료된 건가? 그 둘 외에는 관련자가 더 없는 걸까? 우리는 계속 이대로 모여 살 수 있겠지?"

윈디는 클럽 하우스 안에서 사우나를 발견하고, 저택처럼 큰 이 한옥에 방이 한도 끝도 없이 있는 게 아닌가 싶었다. 박 기사는 이미 거기에서 수건 한 장으로 머리를 감싼 채, 사우나의 열기와 습기를 온몸으로 받아들이고 있었다. 윈디도 박 기사의 맞은편에 앉았다.

"동주는 좀 어때?"

"동주? 나도 몰라."

"왜 몰라?"

"어디 있는지 못 찾겠어."

"그렇군."

잠시 어색한 침묵이 흘렀다. 어쨌든 윈디는 그렇게 느꼈다. 박 기사는 신경 쓰지 않는 것처럼 보였다.

"어쩌면 할머니 묘지에 갔는지도 모르지." 윈디가 추측했다.

"걔는 할머니랑 만난 적도 없어."

"하지만 내가 알기론."

"동주는 고아야. 보육원에서 자랐어."

"동주가 그런 아픔이 있는지 몰랐어."

"말하지 않은 이유가 있겠지."

"그러면 거기 찾아갔을지도 모르겠네."

"거긴 폐허가 됐는데."

윈디는 서울을 막 벗어난 곳에서 동주를 찾아냈다. 그는 20년도 훨씬 전에 불에 타 버린 보육원이 있던 자리에 있었다. 그는 흙더미 두 개를 쌓아 놓고, 그 꼭대기에 향을 하나씩 꽂아 놓았다. 하지만 매번 그 향에 불을 붙이려고 할 때마다 꺼져 버렸다.

"우리 도자기 수업 강사는 내가 옆에 있으면 항상 가마의 불이 꺼져 버린다고 투덜댔지."

윈디가 그의 시야에 들어왔다. 동주가 빙긋 웃었다.

"우리가 좀 그런 편이지."

윈디는 주위에 있는 까맣게 타 버린 건물 잔해들을 둘러 봤다.

"여기서 무슨 일이 있었던 거야?"

"불이 났었어."

"불이야 항상 나는 거지."

"그래. 그래 보이지? 그때 나는 열 살이었어. 사람들이 지르는 소리에 잠이 깼지. 사방에서 연기가 났어. 모두 밖으로 나가라고 사람들이 소리를 질러 댔지만, 나는 가다 멈춰 섰지. 그때 처음으로 해태를 경험했어."

"네가 불을 껐어?"

윈디는 부서진 담장들과 시커멓게 탄 벽돌들이 사방에 흩어져 있는 모습으로 봐서 모두 완전히 타 버린 것 같다고 생각하고 물었다.

"응. 하지만 보다시피 그 전에 먼저 해결해야 할 문제가 몇 가지 있었지."

"그게 무슨 뜻이야?"

"보육원 원장과 주임 교사 하나가 아직 불타는 건물 안에 있었어. 다른 사람들은 다 빠져나갔지. 난 해태 무리를 보고 본능적으로 그들이 불을 다 먹어 치울 거라는 사실을 알았지.

하지만 기다렸어. 그들을 받아들이지 않았지. 해태가 내 속으로 들어오게 놔두지 않았던 거야. 그 두 사람이 죽을 때까지."

윈디는 그의 고백에 놀랐다.

"그들이… 너에게 무슨 짓을 했어?"

"날 다치게 했냐고? 기억 안 나."

"너희들을 만난 후 해태를 조사해 봤어. 해태는 불만 끄는 존재가 아니야. 우리 조상들은 해태가 옳고 그름을 분별할 수 있어서 사악하고 부패한 이들을 벌한다고 믿었어. 어쩌면 너는 네가 당한 짓들을 기억에서 억눌렀는지도 몰라. 하지만 해태는 알았던 거지."

"그 생각도 해 봤어."

동주는 마지막으로 향에 불을 붙이려 시도하면서 말했다.

"하지만 난 그냥 그들이 싫었던 것 같아. 가끔 이유 없이 싫은 아이들이 있는 것처럼 말이야. 그래서 열 살짜리 나는 죽지 않아도 됐을 두 사람에 대한 판사이자 배심원이자 사형 집행인이 된 거야." 그는 향을 포기하고 윈디에게 돌아섰다.

"나는… 속죄해야 해. 내가 저지른 짓을 보상해야 한다고."

"하지만 네가 매번 불을 끌 때마다, 사람들을 살리고 있잖아."

"그보다 더한 걸 해야 해."

"예를 들어서?"

그는 말없이 미소만 지었다.

14

기운을 차린 동주가 제일 먼저 한 일은 윈디와 함께 그리스로 여행을 떠난 것이었다. 이번 여행은 윈디가 간호해 준 일에 대한 보답이라는 의미가 있었다. 하지만 그보다 중요한 이유가 있었다. 왠지 모르지만 그리스로 가야만 할 것 같았다. 환각인지 꿈인지 가끔 눈앞에 떠오르는 장면이 그를 그리스로 이끌었다.

두 사람은 택시를 타고 아테네라는 거대한 도시의 가장자리를 달려서, 아티카 반도를 지나고 펠로폰네소스반도를 지나 서쪽으로 갔다. 그렇게 구불구불한 도로 위를 가면서 덤불과 옹이가 많고 키가 작은 나무들이 듬성듬성 서 있는 바위투성이 언덕 사이를 달렸다. 하늘에 둥둥 떠 있는 구름은 변덕스럽게 자리를 바꿔 가면서 하늘을 가렸고 또 가끔은 화창한 햇살이 보이기도 했다. 땅바닥에 깔린 그림자들이 같이 춤을 추는 듯 보였지만, 어쩌면 고대 그리스의 장갑 보병들처럼 서로 싸우고 있는 건지도 몰랐다.

바깥 풍경을 바라보던 동주는 풀숲 사이에 있는 무언가에게 이끌리는 느낌이 든다며 도로 옆에 차를 세웠다. 동주가 풀숲을 헤치며 앞장섰고 윈디도 그를 따랐다. 그들이 마주한 것은 가슴 높이까지 오는 사각형의 돌기둥이었다. 윈디의 눈에는 그저 평범한 돌기둥으로만 보였지만, 동주는 헤르메스 조각상을 우연히 만난 것에 흥분했다. 동주는 오랜 세월이 흐르며 머리와 성기가 사라져 그저 평범한 돌기둥처럼 보이게 됐다며, 어쩌면 특징 없는 조각상이 되어 누군가가 훔쳐 가지 않고 지금까지 이곳에 남아 있게 된 것 같다 했다.

"여행의 신 헤르메스여. 우리가 어디를 가든 당신의 행운이 따라오도록 우리의 여행을 지켜 주시옵소서."

동주는 주변 풀숲에서 자라는 야생화를 꺾어 화관을 만들어 조각상 위에 얹고 기도했다.

"방금 대체 뭘 한 거야?" 윈디가 물었다.

"옛 그리스인들은 여행의 신인 헤르메스를 조각해 신께 바치며 여행의 안녕을 기원했어.

로마에 왔으니, 로마법을 따라야지."

"칫. 여긴 그리스거든."

동주가 가고 싶었던 최종 목적지는 에피다우루스의 고대 극장이었다. 무려 2500년 전의 위용을 드러내며 자연 한가운데 자리 잡은 야외극장으로 거대한 돌을 사발 모양으로 쌓아 만든 건축물이었다. 극장은 관객들이 층층이 쌓아 놓은 돌계단 위에 앉아 맨 아래에 있는 무대를 내려다보는 구조로 설계돼 있었다.

윈디와 동주가 도착했을 때는 막 해가 저물 무렵이었다. 그날 밤엔 고대 그리스의 유명한 극작가인 아이스킬로스가 쓴 〈포박된 프로메테우스〉 공연이 예정되어 있었다. 2500년 전에 만든 극장에서 2500년 전에 쓴 극을 공연하는 것이다.

두 사람은 빽빽한 관객들 사이를 지나 예약한 좌석으로 이동하며 동시통역 이어폰의 버튼을 눌렀다. 해설자의 한국어 설명이 들렸다.

"이 희곡은 프로메테우스가 올림포스의 제왕인 제우스에게서 불을 훔쳐 춥고 어두운 곳에서 오랫동안 불의 존재를 모른 채 살아남으려 애쓰던 인류에게 준 신화를 다른 방식으로 들려줍니다. 이 이야기는 신의 뜻을 거스르고 저지른 잘못에 대한 형벌로서 바위에 프로메테우스를 묶을 사슬을 대장간에서 만드는 장면에서 시작됩니다."

객석의 불이 꺼지고, 무대 불이 켜졌다.

"그리고 인류에 대한 그의 사랑 때문에...."

바닥의 무대에서는 대장장이 신 헤파이스토스를 연기하는 배우가 망치와 모루를 사용해 사슬 조각을 두드리며, 신들의 제왕인 제우스에 대해 불평했다.

"제우스의 마음은 좀체 알 수가 없어. 하지만 그가 최근에 왕좌를 손에 넣었고, 새로 왕위를 찬탈한 왕들이 다 그렇듯 그의 일 처리는 잔인하며...."

야외극장에 앉아 배우들의 이야기를 듣고 있자니 마치 꿈을 꾸는 것만 같았다. 윈디는 하늘을 올려다보았다. 모든 것이 비현실적으로 느껴질 때, 주인공이 등장했다. 프로메테우스를 연기하는 배우가 사슬에 묶여 자신의 심정을 토로했다.

"내가 어떤 일을 겪고 있는지 보라! 난 영겁의 세월 동안 고통받고 있다! 필멸의 인간들을 가엾게 여겼기에 이런 지독한 것에 묶여 있다! 내가 그들을 위해 하늘의 불을 훔쳤다!"

윈디는 동주가 넋을 잃고 연극을 감상하는 모습을 보고 미소를 지었다. 하지만 윈디는 그가 무엇을 보는지 알지 못했다. 그 시각 동주는 서울의 지하에서 둔주 상태에 빠졌을 때 만났던 존재를 떠올리고 있었다. 이내 그의 눈앞에 프로메테우스가 나타났다.

바위 위에 혼자 있는 프로메테우스의 눈이 광기로 번들거렸다. 그가 동주를 보자 눈의 광기가 사라지며 웃음기가 어렸다.

"나를 만나러 또 왔구나. 너는 두 세계를 오갈 수 있구나."

"마음대로 할 수 있는 건 아닙니다. 저는 신화적인 존재로부터 부름을 받는 사람입니다. 그들을 우리가 사는 현실 세계로 불러들이는 일종의 파이프 같은 역할이죠."

프로메테우스는 동주가 한 말에 담긴 의미를 곱씹는 것 같았다.

"네가 그들을 불러들이면 그들이 현실 세계에서 활약할 수 있단 말인가? 그들은 현실 세계에서 무얼 하는데?"

"불을 먹는 겁니다."

산봉우리의 바위에 사슬로 묶인 프로메테우스가 빙긋 웃었다.

"아이러니하군. 하지만 내가 바로 불의 정수라는 걸 아는 가? 난 너의 조상들에게 불 그 자체를 선물로 준 게 아니라, 불을 이용해서 광석을 금속으로 만드는 방법을 보여 줬지. 그리고 난 그 금속 때문에 자유를 빼앗겼어. 하늘의 신 중에는 우리보다 더… 미개한 존재들에게 신성한 지식을 나눠 주길 원하지 않는 이들이 있거든. 그런데 너는 날 풀어 주러 왔나?"

"당신은 우리에게 선물을 준다고 약속했습니다."

"네가 이 사슬을 부숴 준다면 선물을 주겠다. 빛을 물질로 바꿀 수 있게 만들어 주겠다. 어마어마한 양의 물질이 만들어질 거야. 모든 고등한 종족은 조만간 이 지식을 손에 넣지 않으면 파멸하고 말 거다."

동주는 프로메테우스가 하는 말을 들으며 만약 그가 주는 선물을 받는다면 인류는 신석기 시대를 벗어나게 한 기술적 도약만큼이나 거대한 도약을 하리란 사실을 알아차렸다.

"하지만 저는 이것을 우리가 사는 세계로 가져갈 방법이 없습니다."

"네가 스스로 파이프가 된다고 했잖나?"

"그건 제가 할 수 없습니다만 그걸 할 수 있을 만한 사람을 알고 있습니다. 아마 할 수 있을 겁니다."

동주가 빙긋 웃으며 말했지만, 프로메테우스는 감정을 억누르며 화를 냈다. 당장 그를 풀어 줄 수 없다는 걸 안 것 같았다. 그때 그를 고문하러 돌아오는 독수리의 울부짖는 소리가 들렸다.

윈디는 자신의 핸드폰이 윙 소리를 내며 울리는 것을 알아차렸다. 핸드폰을 확인하자 범준이 방금 보낸 카카오톡이 보였다.

"어디야?!"

윈디는 동주를 흘끗 봤다. 깜박 졸고 있는 것처럼 보여서, 같이 셀카를 찍어서 범준에게 보냈다.

'에피다우루스! 그리스야!'

문자와 함께 윈디가 보낸 사진을 보자 범준은 놀라기도 하고 당황한 한편 질투가 났다. 그는 윈디에게 라이언이 레고 스타일로 쌓은 탑들을 주먹으로 부수는 이모티콘을 답장으로 보낸 후, 재빨리 핸드폰으로 네이버에 들어가서 '에피다우루스'를 검색했다. 제일 먼저 화면에 나온 뜬 건 그 고대 극장과 오늘 밤 공연 중인 〈포박된 프로메테우스〉를 포함한 공연 일정이었다. 이번에는 '프로메테우스'를 검색했다. 그러자 오래된 유럽 명화들이 한 무더기 나왔다. 바위에 사슬로 묶인 거인을 수 세기에 걸쳐 극적이고 때로는 끔찍하게 묘사한 작품들이었다. 범준은 거기 나온 설명을 읽기 시작했다.

동주는 마치 선잠이 들었다가 깨어난 듯 몸을 살짝 뒤척이며 윈디의 손을 잡았다. 그녀는 그의 손을 뿌리치지 않았다. 윈디는 연극뿐만 아니라 야외극장을 둘러싼 환경에 매혹당했다. 연극은 클라이맥스를 향해 가는 듯했다. 합창단이 프로메테우스를 연기하는 배우 주위에 모였다.

"우리는 본다, 프로메테우스를! 우리 눈가에 눈물이 맺힌다! 당신이 이 바위에 묶인 채 영겁의 세월 동안 버려진 모습을 보니!"

그들의 노래에 화답이라도 하는 듯 프로메테우스가 고통에 찬 비명을 질렀고 공연이 끝났다.

막이 내리고 관객들은 모두 자리를 떴지만, 두 사람은 돌계단 위에 그대로 앉아 있었다. 텅 빈 공간에 둘만 남았다. 고대의 돌계단, 머리 위 밤하늘에 떠 있는 셀 수 없을 정도로 많은 별들. 멀리서는 매미 소리가 마음을 달래 주듯 들려왔다. 모든 것이 지독하게 매력적이어서 그 자리를 뜰 수 없었다. 윈디가 동주의 어깨에 머리를 기댔다. 두 사람은 택시가 도착할 때까지 미동도 없이 앉아 있었다. 곧 도착한 예약된 택시가 윈디에게는 마치 다른 세계에서 온 마차처럼 느껴졌다.

다음 날 아침, 윈디는 동주가 감탄하는 소리에 잠에서 깼다. 동주는 태양이 하늘 높이 떠올라 지평선을 비추는 모습을 창문 너머로 바라보고 있었다.

"여기서 보니까, 태양이 촛불 같아."

창밖을 내다보며 윈디는 그의 말에 동의했다. 멀리 보이는 태양은 작고 완벽한 불꽃처럼 보였다.

15

박 기사가 인천 공항으로 그들을 마중 나와서 클럽 하우스로 데려왔다. 가는 내내 백미러로 윈디와 동주가 서로의 손을 만지는 모습을 보지 않을 수 없었다. 처음으로 박 기사의 얼굴에 표정이 드러났다. 그녀는 둘이 이렇게 진도를 나간 게 마음에 들지 않았다. 하지만 그녀가 아끼는 사람이 동주인지 아니면 새로 온 여자아이인지는 확실하지 않았다. 본인도 몰랐다.

윈디는 다음 날 아침, 동주를 찾아 클럽의 회의실, 서재, 체육관, 사우나, 심지어 고대의 돌들이 원을 이루고 있는 지하실까지 가 봤다. 하지만 그는 어디에도 없었다.

마지막으로 부엌에 고개를 들이밀었다가, 양미가 전문가들이 쓸 만한 에스프레소 머신을 작동시키고 있는 모습을 봤다.

"혹시 그 사람 봤…."

"아니."

양미는 누군지 물어보지도 않고 대답했다. 아무래도 둘에 관한 소문이 퍼진 모양이었다.

클럽을 나서던 윈디는 현관문 밖에서 범준이 담배를 피우는 모습을 보고는 놀라 말했다.

"우리 중에 담배 피우는 사람이 있을 줄이야."

"불을 먹으면서 담배도 피우는 사람이라. 그래, 좀 모순되긴 하지." 그는 담배를 껐다.

"윈디, 지금부터 할 일이 있어?"

윈디는 동주를 찾지 못했고 그에게서 아무런 연락도 없어서 좀 실망한 채였다.

"아니, 없는 것 같은데. 왜?"

"그럼 바람이나 쐬러 가자."

윈디와 범준은 남산으로 향했다. 거기엔 서울 시내 전체를 볼 수 있는 남산 타워가 있고, 서울시의 공식 마스코트인 노랗고 커다란 해태 조각상도 있었다. 놀러 온 사람들도 많았으며 특히 연인들은 하트 모양의 작은 자물쇠에 펜으로 자신과 상대의 이름을 적어 굵은 철사 울타리에 주렁주렁 달아 놓곤 했다.

그 철조망 근처에서 아저씨 한 명이 무릎 위에는 묵직한 볼트 커터를 올려놓고, 목에는 손으로 쓴 이런 문구의 팻말을 걸고 있었다.

만 원에 하트를 잘라 드립니다

범준은 팻말의 문구를 보며 환호했다.

"이거야말로 최고의 비즈니스 콘셉트인걸."

잠시 후 범준은 울타리에 걸려 있는 자물쇠 하나를 찾아냈다. 거기에 '범준과 페기'라고 적혀 있었다. 어안이 벙벙한 윈디가 지켜보는 동안 볼트 커터 아저씨 손에 자물쇠가 철컹 소리를 내며 잘렸다. 범준이 돌아서는 아저씨의 소매를 잡아당겼다.

"이제 시작이에요."

철컹! 범준과 전 여자 친구들이 걸어 놓은 자물쇠 세 개가 아저씨의 볼트 커터에 잘려 나갔다.

윈디는 범준이 잘린 하트 자물쇠 조각들을 모아서 쓰레기통에 버리는 모습을 지켜봤다.

"참 바쁘게도 살았네."

"그랬다기보단 여러 해에 걸쳐 늘어난 거야."

조망대에 도착한 두 사람의 눈에 종로에서 건설 중인 초고층 건물이 보였다.

"와우. 올림포스 타워군. 이렇게 높은 곳에서는 처음 봐."

둘은 한동안 공학 기술과 건설이 만나 빚어낸 그 인상적인 건물을 바라봤다. 아직은 철제 빔과 콘크리트로 지은 뼈대만 올라가 있어서 사방이 뻥 뚫려 있었다.

"그리스는 어땠어?"

범준이 물었다.

"놀라웠어."

"연극이?"

"모든 게."

"나 지금 질투하지 않으려고 무진 노력 중이야."

그가 고백했다. 사실 굳이 말로 하지 않아도 이미 표정에 다 나와 있었다.

"고마워."

"뭐가?"

"내 기분을… 뭐랄까. 전과 다른 기분을 느끼게 해 줘서."

"나만 그런 게 아닌 것 같은데."

"질투하지 않으려고 노력 중이라며."

"노력 중이라는 거지."

윈디는 잠시 아무 말도 하지 않았다.

"그건… 마법 같았어. 마치 실제로 그를 볼 수 있을 것 같았어."

"프로메테우스? 그 연극의 주인공?"

"응."

윈디의 눈은 꿈꾸는 것 같았다.

"바보같이 들리겠지만, 진짜 무대 위로 올라가서 그를 풀어 주고 싶었다니까."

"진짜 바보 같다."

윈디는 기분이 나빠 말없이 그를 봤다.

"나도 그게 진짜가 아니란 건 알아."

"다른 사람들은 몰라도 우린 그런 말을 하면 안 되지. 우린 뭐가 진짜고 뭐가 진짜가 아닌지 모르잖아. 보통 사람들에게는 절대 일어날 수 없는 일들을 우리는 봐 왔잖아."

범준이 말했다.

"프로메테우스는 신화 속 인물이야."

"해태도 마찬가지지. 그렇다고 해서 그들이 우리의 머리와 몸에 들어와 불을 먹어 치우는 걸 막진 못하잖아."

"음, 실제로 프로메테우스가 있으면 근사할 텐데. 그럼 내가 그를 풀어 줄지도 모르고. 안 될 것 없잖아? 그는 인간에게 불을 줬어. 그래서 우리에게 삼겹살과 온돌과 우리가 사랑하는 사람들이 집으로 돌아오는 길을 볼 수 있게 창문에 등잔도 올려놓고."

"나라면 미쳐 버릴 거야."

"뭐라고?"

"수천 년 동안 바위에 사슬로 묶여 있었다고 생각해봐. 매일 하루도 빠지 않고 독수리가 날아와 내 간을 쪼아 먹고. 당연히 미치고말고. 그리고 열받겠지."

범준은 담배를 한 대 꺼내서 불을 붙이려고 했지만 잘 안 됐다. 결국, 포기했다.

173

"나를 그렇게 만든 제우스에게만 화가 나진 않을걸. 인간에게도 화가 나겠지. 내가 그 자식들에게 불을 줬는데 어떻게 됐는지 봐. 인간들이 만들어 놓은 이 엉망진창의 세상을 보란 말이야. 그리고 내가 한 그 관대한 행동의 결과로 나는 어떻게 됐는지 보라고."

그는 불이 붙지 않은 담배를 그의 입속에 밀어 넣었다.

"나라면 정말, 정말, 정말 열받을 거야."

16

화재 수사 팀은 그동안 화재 사건이 일어난 곳을 표기한 지도와 새로 들어온 각종 데이터를 비교 분석하는 중이었다.

"기상 데이터에 따르면 공기 유입은 없었습니다. 기체가 빠져나가지도 않았고 그냥 휙 바람처럼 사라졌어요."

두 수사관의 데이터 분석에 종남은 물리적으로 불가능하다고 말했다. 어떻게 기상학적 변칙 없이 지하 공간의 거대한 불길을 잡을 수 있다는 말인가.

"불은 그냥 바람처럼 사라지진 않아. 불이 시작된 지점에 블랙홀이 있지 않은 한. 그런 일은 정말 불가능하잖아."

그때 경찰 부서장에게서 전화가 왔다. 당시 청평 국립 공원 화재 현장에서 전신에 분홍색 발화 지연제를 뒤집어썼던 20대 여성이 불과 1시간 전 남산 매표소의 CCTV에 찍혔다고 전했다.

윈디는 범준과 함께 남산 케이블카를 타고 내려갔다. 말없이 창밖을 바라보던 두 사람은 케이블카 승강장에 제복을 입은 경찰들과 휠체어를 탄 남자가 서 있는 걸 발견했다. 두 사람은 그들이 누구를 기다리고 있는지 직감했다.

"윈디야. 여기서 뛰어내릴 수 있겠어?"

아직 움직이고 있는 케이블카 안에서 범준이 물었다. 만약 윈디가 할 수 있다면 그는 위험을 감수하고 뛰어내릴 생각이었다. 윈디도 경찰들을 보고 무슨 일이 생긴 건지 알았다. 하지만, 이 위에서 뛰어내릴 수는 없었다.

"그럼 저들에게 진실을 말해야 할 것 같군."

그로부터 1시간도 채 지나지 않아 윈디와 범준은 경찰서 취조실에 앉아 있었다. 반대편에 종남과 경찰이 앉았다.

"우리는 해태로 변해서 불을 꺼요. 현장에 제일 먼저 도착하죠. 해태는 불 냄새를 잘 맡거든요. 그러니까 우린 당신들과 같은 편이에요. 비공식적인 소방대라고 해야 하나. 가장 먼저 화재에 대응하는 사람들이죠. 잘 생각해 보면 그런 셈이에요."

그때 일서가 경찰을 앞세우고 취조실로 들어왔다.

"안녕하세요, 제 의뢰인들이 지금 기소된 겁니까?"

일서의 말에 종남은 앞에 앉은 두 사람을 멍하니 보았다. 둘은 경찰에 붙잡힌 후 전화는 한 통도 하지 않았기 때문이다.

"혹시 변호사를 불렀습니까?"

"법정 대리인을 두는 건 모든 시민의 권리 아닌가요? 공권력의 남용을 막기 위해서 말이죠. 제 의뢰인들이 기소된 것이 아니라면 제가 데리고 가도 되는 거죠?"

일서가 말했다.

물론 이들은 기소된 것도 아니었고 용의자도 아니었으니, 법적으로 붙잡아 둘 타당한 이유가 없었다. 일서가 두 사람을 데리고 나가는 걸 보고 있던 종남은 휠체어를 창가로 밀고 갔다. 그들이 차에 타 떠나는 모습이 보였다. 저 차가 청평 국립공원 화재 현장에 갈 때 고속 도로에서 그의 차 옆을 엄청난 속도로 지나간 바로 그 차라는 걸 종남은 알았다. 그리고 읍내 병원에서 그를 지나쳐 간 그 차라는 것도 알았다. 퍼즐이 하나씩 맞춰졌지만, 전체적인 그림이 어떻게 나올지 상상할 수 없었다. 단서처럼 보이는 것이 나올 때마다 오히려 더 난해해졌다.

검시관에게서도 연락이 왔다. 피해자들의 신원이 나왔다고 했다. 신원을 알게 된 종남은 심경이 복잡했다. 하나는 고리대금업자의 채무를 갚지 못해 사업장에 불을 지른 전과가 있다고 했고, 또 한 사람은 타이타니스 사의 CEO 강인화라고 했다. 천억 원 규모의 자산가인 그가 왜 화재 현장에서 죽었단 말인가. 충격이었다.

잠시 후, 화재 수사팀 사무실의 대형 모니터에 강인화의 모습이 보였다. 그간의 행적이었다. 그가 기자 회견을 여는 모습, 자선 행사에 나타난 모습, 거물들이 참석한 행사를 주최하는 모습들. 타이타니스의 로고도 보였다. 종남은 굿을 이용한 화재라고 했던 자신의 가설이 터무니없는 것처럼 느껴졌다.

종남은 타이타니스 본사 안으로 들어가며 회사의 로고를 주목해 보았다. 화재 수사팀과 정복 경찰 여섯 명이 동행했다. 회장실이 있는 층에 들어서자 안내원이 앞을 막았다.

실랑이가 계속되자 부회장이 나와서 그들을 제지했다.

"회장님은 오늘 안 나오셨습니다. 무슨 일이시죠?"

"강인화 회장님은 이제 영원히 나오지 못합니다."

종남이 답을 하며 부회장의 반응을 지켜봤다. 그녀는 정말 충격을 받은 표정이었다. 종남은 자신의 신분증을 보여 주며 강 회장이 이번 화재로 사망했다고 설명했다. 강인화가 방화를 저질렀다는 말은 하지 않았다. 부회장이 그들을 강인화의 사무실로 안내했다.

죽은 CEO의 방은 온통 프로메테우스의 이미지로 가득했다.

"타이타니스에서 현재 진행 중인 프로젝트는 뭔가요?"

"세계에서 가장 시급한 문제들에 대한 최첨단 해법들입니다."

부회장의 말은 그의 질문에 대한 대답이라고 할 수 없었지만, 종남도 구체적인 대답을 기대하진 않았다. 그는 그녀가 뭔가 숨기고 있는 건 아닌지 알아보려고 했을 뿐이었다. 그녀에게서 무언가를 감추려는 것 같은 느낌은 들지 않았다.

종남은 벽에 붙어 있는 프로메테우스 그림들과 각종 조각상을 보며 다시 한번 물었다.

"이건 다 뭡니까?"

그녀가 지친 듯 긴 한숨을 쉬었다.

"누구에게나 믿음의 대상이 필요하잖아요."

그날 밤늦게 자신의 사무실에 혼자 남은 종남은 강인화의 유튜브 채널을 살펴봤다. 여러 대중 행사에서 그가 이사회에서 주장한 가설들을 발표한 영상들이 올라와 있었다. 그는 자신을 지지하는 팬들과 미래학자들 앞에서 자연스럽고 편안해 보였다.

"프로메테우스가 정말로 신에게서 불을 훔쳐서 인류에게 줬을까요? 미친 소리 같죠? 이걸 다르게 표현해 보겠습니다. 다른 우주에 있는 어떤 존재가 신석기 시대 인간들에게 고도로 발달한 기술을 전해 준 게 아닐까요? 이렇게 말하면 미친 소리 같지 않죠?"

그러자 그를 지지하는 박수 소리와 웃음소리가 객석에서 터져 나왔다.

종남은 사업가로서 최고의 자리에 있는 사람이, 아니 그건 고사하고 조금이라도 이성적으로 사고하는 사람이 어떻게 이런 말을 하는지 어이가 없었다.

"오늘 이보다 더 중요한 점은 바로 이겁니다. 그런 일이 다시 일어날 수 있을까? 지금? 우리가 그걸 가장 필요로 하는 이때 말이죠. 우리 인류의 기술 발전의 다음 단계를 우리에게 보여 주는 존재가 있을까? 우리가 그걸 받아들일 준비가 돼 있다는 사실을 그 존재에게 어떻게 알려 줄 수 있을까?"

그의 말에 모두 기립 박수를 쳤다.

그 모습이 너무나 기괴해 보였다. 거기 모인 사람들의 광기가 종남에게까지 전해지는 것 같았다. 그는 광기에서 벗어나고 싶어 얼른 정지 버튼을 눌렀다.

다음 날 화재 수사 팀은 타이타니스 소유의 격납고를 찾았다. 그가 휠체어를 밀고 안으로 들어가자 먼저 와 있던 후배들이 그에게 홀로그램 기술과 관련된 카메라들과 녹화 장비들을 보여 줬다. 그 홀로그램을 틀자 격납고 바닥에 홀로그램이 나타났다. 서울이었다. 이어서 비디오 재생 버튼을 누르자, 무당이 서울의 3D 시뮬레이션 위에서 굿을 하면서 춤을 추는 영상이 나왔다. 종남은 보자마자 그 무당이 누군지 알았다. 눈가리개를 하고 있었지만, 나머지 얼굴만으로도 그녀가 누군지 확실하게 알 수 있었다.

사무실로 돌아온 종남은 무당에게 전화를 걸었다.

"안녕하십니까? 저는 서울특별시 소방 재난 본부 소속 김종남 수사관입니다."

"안녕하세요, 수사관님. 제가 뭘 도와드릴까요?"

수화기 너머 그녀의 목소리는 경찰에게 전화를 받았을 때 나타나는 불안이나 놀라는 기색이 전혀 없었다.

"지난주에 을지로에서 잠깐 만난 적이 있죠. 식당 개업식에서 굿을 해 주셨잖아요. 황금 골뱅이 식당이요. 제가 지금 조사 중인 사건이 하나 있는데, 선생님의 통찰력이 도움이 될 것 같아서요. 전에도 범죄 수사 기관에 조언을 해 주셨다고 알고 있습니다."

"네. 기억해요. 당연히 해 드려야죠."

"그럼 지금 저희 쪽으로 와 주시면 감사하겠습니다"

만신 매화를 기다리고 있는 종남에게 뜻밖의 손님이 찾아왔다.

"안녕하세요, 저는 마시아스 할코입니다. 핀란드 알토 대학교의 민속학 교수이며, 현재 이 멋진 도시에서 안식년을 보내고 있습니다."

종남은 이 뜻밖의 방문이 어서 끝나길 바라며 대답했다.

"여기는 무슨 용건으로 오셨나요?"

"제가 수사관님을 도울 수 있을 것 같아서요. 지난 몇 달 동안 서울에서 일어난 화재들의 정황을 연구했습니다. 그 화재들이 진화된 방법에 대해 비정상적인 이유가 있는 것 같습니다."

종남은 그의 말에 조금 놀랐지만, 서둘러 소방서에서 모두 진화한 사건이라고 둘러댔다.

외부자, 그것도 핀란드에서 온 민속학자가 소방관들이 진압하기도 전에 불이 다 꺼졌다는 사실을 알 수는 없을 것이다.

"인터넷에 올라온 포스팅들은 수사관님의 말씀과 다르던데요."

"예를 들면요?"

"해태."

그의 말에 종남은 남산 케이블카의 그 두 젊은이를 떠올렸다. 그들도 그와 같은 말을 했다. 해태라고. 이건 우연의 일치인가? 하지만 그는 뜻밖의 우연을 전적으로 무시해선 안 된다는 견해를 갖고 있었다. 적어도 다시 조사해 볼 가치는 있었다.

"저걸 말하는 건가요?"

종남은 서울 소방서 벽에 있는 상징을 가리켰다. 그곳엔 미소 짓는 해태 캐릭터가 선명하게 찍혀 있었다.

"맞습니다. 사람들은 온라인에 뭐든 포스팅할 수 있겠죠. 하지만 왜 하필 해태일까요?"

종남은 핀란드 학자를 찬찬히 보았다. 확신에 차 있으면서도 겸손한 태도, 학자 특유의 분위기, 그밖에 뭔가 또 있었다. 종남은 그의 말을 더 들어 보기로 했다.

"서울엔 왜 오셨습니까? 저희를 돕기 위해 지구를 반 바퀴나 돌아서 오신 건가요?"

"아뇨. 전 제 이론을 증명할 길을 찾는 중입니다. 프랑스 철학자 헨리 코빈은 중세 이슬람 신비주의 철학자인 이븐 아라비를 연구하면서 우리가 오감으로 인지하는 물질적인 세계와 완전히 우리의 견해 그리고 생각만으로 이뤄진 추상적인 세계 사이에 중간 지대가 있다는 이론을 제시했습니다. 그세계를 그는 문두스 이매지날리스(Mundus Imaginalis), 즉 상상의 세계라고 불렀죠. 그곳은 '실체가 없는 무형의 물질'로 이뤄진 세계로 원형적 인물들, 인간의 상상과는 완전히 다른 상상과 관념이 존재합니다. 인간은 상상을 통해 그들을 소환해 우리 세계에 나타나게 할 수 있습니다."

"그 이론이 암시하는 바가 뭡니까?"

"해태는 실제로 있습니다. 소위 상상 속 생물들과 신화와 전설에 나오는 존재들도 그렇고요."

종남은 할코의 말을 듣고 오랫동안 생각에 잠겼다. 할코가 뭔가 감추고 있다는 느낌이 들었다.

소방서를 나가는 길에 할코는 안으로 들어오는 여자를 봤다. 그는 그녀를 알았다. 언론에서 자주 접한 유명한 만신이다. 인사를 할까 망설이던 그의 옆을 지나 그녀는 엘리베이터 안으로 사라졌다.

종남은 몇 시간 전에 본 비디오를 만신 매화에게 보여 줬다. 그녀는 격납고에서 녹화된 영상에서 서울의 홀로그램을 가로지르며 자신이 춤을 추는 모습을 무표정한 얼굴로 지켜봤다.

"타이타니스 기업의 강인화 회장이 당신을 고용했나요? 그 사람이 사망한 사실도 알고 계시죠?"

그의 말에도 매화의 표정은 변화가 없었다.

"아뇨, 뉴스에서는 못 봤는데요?"

"아직 뉴스엔 나오지 않았습니다. 그가 사망한 정황에 대해 조사 중이기 때문입니다. 그래서 아직 발표하지 않았습니다."

매화는 반응이 없었다. 종남은 얼음처럼 냉정한 매화를 보며 거부감이 들었다.

"당신을 방화 종범으로 체포할 수도 있습니다."

"무슨 말씀이죠?"

"당신이 강 회장을 위해 굿을 한 덕분에 그가 방화 장소를 정확하게 고른 거 아닙니까?"

"그렇담 저는 피해자죠."

매화는 굿을 하는 영상을 가리키며, 자신이 빙글빙글 돌며 춤을 추는 극적인 부분에서 정지 버튼을 눌렀다.

"강 회장은 저한테 인류를 수호하는 자의 영혼을 불러낼 수 있는 굿을 시내 전역에서 하고 싶은데, 그럴 만한 장소들을 찾아 달라고 부탁했습니다. 그 정보는 전적으로 자신의 소유라고 하면서 저도 그 장소를 알지 못하도록 눈을 가렸죠."

"그래서 그가 말한 영혼이 어떤 식으로든 대형 화재에 대한 정보를 알려 준 거 아닙니까?"

"전 전혀 모르는 일입니다. 그가 내 재능을 악용한 겁니다. 그건 수사관님도 분명히 아시겠지요. 그렇지 않았다면 이미 저를 체포하셨을 테니까요"

매화는 침착하게 일어났다. 종남은 그녀를 붙잡지 못했다.

매화가 소방서를 나올 때까지 할코는 밖에서 그녀를 기다렸다. 그는 서툰 한국어로 자기소개를 했다. 하지만 매화가 완벽한 영어로 그에게 답을 하자 그는 마음이 놓여 용기가 생겼다.

"전 핀란드에서 온 민속학자입니다. 한국 신화에 나오는 인물들과 샤머니즘을 연구하러 왔어요. 유튜브에서 당신이 한 인터뷰를 모두 봤습니다."

"좀 전에 제가 저기로 들어가는 것도 봤군요?"

"네, 전 마침 나오던 길이었거든요. 그래서 기다렸습니다. 불편하셨다면 용서해 주세요. 하지만 이런 만남을 놓칠 수는 없었으니까요."

"난 우연은 믿지 않아요. 하지만 커피 한잔은 할 수 있을 것 같네요."

매화는 앞에 선 남자에게 이상하리만치 끌렸다.

"저긴 어때요?"

매화가 앞에 있는 카페 중의 하나를 가리켰다.

"신이 당신에게 저길 선택하라고 했나요?"

할코가 자기도 모르게 마음속에 있는 생각을 뱉어 내고 말았다.

"신들은 퇴근했어요."

매화가 웃으며 답했다.

잠시 후 두 사람은 에스프레소 두 잔과 케이크를 앞에 놓고 마주 앉았다.

할코가 한국 무당을 핀란드에서 고용하고 싶다고 하자, 매화는 핀란드의 무속 신앙을 이미 알고 있다는 듯 그의 나라 무당에 대해 얘기했다.

"사미족에게 무속 신앙은 고대로부터 내려오는 신앙 체계죠. 한국의 무속 신앙과도 연관성이 있을지 모릅니다. 어쩌면 만 년쯤 전에는 두 대륙에서 사람들이 오고 갔을지도 모르죠. 하지만 현재 핀란드에서 외부인들이 접할 수 있는 적극적인 무속 신앙 전통은 없어요. 한국처럼 당신 같은 무당이 고대로부터 내려온 방법들을 전수해서 최첨단 기술과 아주 매끄럽게 조화를 이루며 활발하게 활약하진 않아요. 그런 점은 사실 대단히 놀랍다고 할 수 있죠."

무당 집안에서 태어난 매화는 미국 탬파에 있는 애리조나 대학에서 심리학을 전공했다. 그녀는 유전적으로 물려받은 무당의 직감을 심리학적 훈련을 통해 더 날카롭게 벼려 온 것이다.

"당신 어머니와 얘기하고 싶어요?"

할코를 찬찬히 살펴보던 매화가 불쑥 말을 내뱉었다. 할코는 숨이 멎을 뻔했다. 그녀는 그가 진실을 털어놓을 때까지 기다렸다. 그는 두려웠지만 자신의 마음을 어쩔 수 없이 인정했다.

"어머니는 제가 열 살 때 돌아가셨어요. 그런데 내가 어머니와 얘기하고 싶다는 걸 어떻게 알았죠?"

"그런 걸 짐작해서 아는 게 제 일이에요. 하지만 나는 당신을 도울 순 없어요. 하늘과 땅에 있는 존재들은 당신이 생각하는 것보다 훨씬 더 적어요."

그녀는 셰익스피어의 희극에서 햄릿이 호라시오에게 한 대사를 고쳐 말했다.

"나는 춤과 음악을 통해 그에 맞는 정신 상태에서 의지를 발휘해 최면에 걸린 것 같은 상태를 만들어 낼 수 있어요. 내 뇌 속에 떠도는 반자동화된 의식에 내 목소리를 부여하는 거죠. 거기다 당신에 대해 알고 있는 것과 내 직감을 합치면, 그 목소리는 당신이 기대하는 반응을 예측해서 말할 수 있지만…."

"그런 식으로 우리 어머니가 하는 말을 내가 듣게 된다는 거죠? 하지만 그건 진짜 우리 어머니는 아닌 거고."

"나는 사람들을 도울 뿐이에요. 그렇게 하는 게 치유 효과가 있으니까요. 그래서 내가 하는 일이 사기라고 생각하진 않아요. 난 전통적인 방법으로 사람들의 감정을 치유하는 치료사죠. 지금까지 고객들의 불평을 들은 적은 없지만 내가 하는 일에 초자연적인 현상은 없어요."

"당신도 사실 모르는 거죠. 당신이 '반자동화된 의식'이라고 부르는 게 사실은 인간의 영혼이거나 일종의 신일지도 모르잖아요. 당신이 그걸 인정하든 안 하든 그건 결과와는 아무 상관 없고요."

매화는 그런 생각은 단 한 번도 해 본 적이 없었다. 그녀는 피식 웃었다.

"당신이 열 살 때 어머니가 돌아가셨다고 했죠. 그런데 왜 이제 와서 어머니와 이야기하고 싶다는 거죠?"

"당신은 정말 치료사처럼 말하는군요. 난 어머니에게 한 번도 사랑한다고 말하지 않았어요. 엄마가 무슨 말을 하건, 무슨 행동을 하건 그냥 엇나갔어요. 항상 짜증이 나 있었죠. 그러다 어머니가 돌아가셨어요. 그리고⋯."

"그리고⋯."

"그때 저승의 백조를 봤어요. 핀란드의 저승사자. 투오넬라의 백조가 엄마를 데려갔어요."

잠시 침묵이 흐른 뒤 그녀가 말했다.

"상상력이 왕성하고 터프한 꼬맹이였네요."

"그 새는 지금 내 앞에 앉아 있는 당신처럼 현실에 있는 존재였어요. 저 창밖에 있는 버스처럼. 하늘에 있는 태양처럼 진짜였다고요. 당신한테 동조해 달라고 부탁하지 않겠어요. 그럴 필요도 없고요. 내가 본 건 진실이었어요."

18

타이타니스사의 부회장 임 씨는 직원들이 모두 퇴근한 뒤 자신의 사무실 뒤쪽으로 갔다.

숨겨진 패널을 눌러 그녀가 신전으로 개조한, 걸어서 들어갈 수 있는 대형 벽장을 열었다.

아테나, 고대 그리스의 지혜와 전략의 여신. 최고의 지혜를 지닌 여신으로 추앙받는 여신의 신전이다.

그녀가 수사관에게 '누구에게나 믿음의 대상이 필요하잖아요.'라고 말한 건 수사관의 관심을 다른 곳으로 돌리기 위해서였다. 강인화처럼 그녀도 무언가를 믿고 있었다.

그녀는 여신을 묘사한 물건들로 둘러싸인 신전 안으로 들어가 익숙하게 갑옷을 입은 뒤 청동 헬멧을 쓰고, 한 손에 긴 창을 들었다. 갑옷은 전사인 메두사의 머리로 장식하고 어깨에는 올빼미가 앉아 있는 모양이었다.

"팔라스 아테네여. 반짝이는 눈에 눈부시게 아름다운 여신이여, 당신을 위해 제가 노래를…."

부회장이 기도를 읊조렸다.

종남은 조 수사관이 하는 말을 믿을 수 없었다. 얼마 전에 자신이 취조를 위해 남산 케이블카 승강장에서 데려온 그 여자가 그를 놀라게 했다.

"그 여자가 바로 그때 화재에서 살아남은 그 갓난아기…."

"나를 이 휠체어에 앉힌 그 화재에서 생존한 갓난아기가 그 여자라고? 믿을 수 없어."

계속 고개를 저었지만, 그는 이미 그 말을 믿고 있었다.

종남은 서둘러 퇴근하겠다고 말하곤 재빨리 휠체어 바퀴를 움직여 문밖으로 나갔다.

조 수사관을 비롯해 사무실에 남은 이들은 고통스러운 과거와 갑자기 마주치게 된 상사가 어디로 가는지 궁금해했다.

종남이 서울에서 남쪽으로 두 시간 정도 차를 타고 가자, 한때 백제의 수도였던 공주가 나왔다. 낮은 산기슭에 도착한 종남은 산등성이를 향해 휠체어를 밀고 올라갔다. 휠체어 바퀴 하나가 진흙에 빠져 꼼짝 못 하게 되자 종남이 큰 소리로 욕을 했다. 그 소리가 들깻잎을 따고 있던 허 대장의 귀에까지 들렸다.

종남의 소리를 들은 허 대장이 깨밭에서 고개를 내밀었다.

"오랜만이야."

잠시 후 종남은 허 대장과 함께 맥주를 반주로 밥을 먹었다. 그가 농사지은 깻잎이 식탁에 올라왔다. 종남이 무슨 말을 하려다 말았다.

"그냥 물어봐. 어쩌면 내가 대답해 줄지도 모르잖아. 그 정도면 충분히 오랜 시간이 흘렀어."

"그날 밤 뭘 보셨어요? 무슨 소리를 들으셨어요?"

종남의 물음에 허 대장이 답을 했다.

"난 눈을 감고 있었어. 그때 내가 들은 소리는 불이 너무 무서워서 식겁한 것처럼 비명을 지르는 소리였지."

"사람들은 죽음을 눈앞에 두면 기이한 소리를 많이 듣죠."

물론 종남은 그의 말을 믿지 않았다. 하지만, 그가 거짓말을 하고 있다는 생각도 들지 않았다.

"그때 자넨 뭘 들었나?"

"불소리가 모든 소리를 집어삼키고 있는데도 제 심장이 엄청나게 크게 뛰는 소리를 들었죠."

"그 아이가 웃었어. 그 갓난아기, 그 꼬맹이. 난 걔가 웃는 소리를 들었어."

허 대장은 종남에게 무령왕릉에 같이 가 보자고 했다. 1500년 전에 죽은 백제 왕의 무덤을 왜 찾는가. 그가 단지 손님을 접대하려는 건 아니라는 생각이 들었다. 고대 왕릉은 놀랄 정도로 잘 보존돼 있었다. 비교적 최근인 17세기에 발견돼서 도굴꾼들의 손을 타지 않았기 때문이다. 덕분에 왕과 그의 이름 모를 왕비와 같이 묻힌 유물들이 온전하게 보존돼 있었다. 지하 묘지 입구를 지키는 조각까지 그대로 남아 있었는데, 그중 한 전시물의 앞에 서서 허 대장은 움직이지 않았다. 돌에 조각된 동물은 강하고 묵직한 몸집과 비늘, 사자 같은 얼굴을 가졌고 이마에 강철 뿔이 하나 달려 있었다.

"해태군요."

종남이 말했다.

"이게 그때 내가 본 거야."

"눈을 감고 계셨다면서요?"

"그랬지. 그런데도 보였어."

"해태가 뭘 하고 있던가요?"

종남은 대답을 듣기 두려웠지만, 물어볼 수밖에 없었다.

"불을 먹고 있었어."

종남은 조각상을 더 가까이에서 들여다봤다. 조각가가
1500년 전에 남겨 놓은 해태 특유의 미소는 희미해지지도
않고 그대로 남아 있었다. 마치 종남이 찾아오면 웃어 주려고
그 오랜 세월을 기다린 것처럼.

19

원디는 보이지 않는 해태 무리 한가운데서 풍경을 가로지르며 아주 빠르게 움직이고 있었다. 사자처럼 숨을 쉬고, 늑대처럼 킁킁대는 익숙한 소리가 주위에서 들렸다. 그들은 저 멀리 있는 산을 향해 달리고 있었다. 하지만 이 초록색 언덕과 거석들은 어딘지 이국적으로 보였다. 마치 고대 카프카스산맥의 한 봉우리에서 달리는 것 같았다. 갑자기 이들이 공중으로 뛰어올랐다. 그 모습은 달리면서 동시에 점프하는 것처럼 보였는데, 순식간에 산에 조금 더 가까워진 듯한 느낌을 주었다.

산자락에는 프로메테우스가 서 있었는데, 주위에서 여러 개의 작은 불이 타오르고 있었다. 사슬에서 풀려난 그는 승리를 축하하며 두 팔을 좍 벌리고 있었다. 갑자기 그가 폭발했다.

그리고 서울의 상공 500미터 정도 되는 지점에서, 믿기지 않을 정도로 크게 핵폭발이 일어나 사방으로 번지면서 서울을 불바다로 쓸어 버렸다.

꿈이었다.

김이 무럭무럭 피어오르는 클럽 하우스의 사우나에서 깜박 잠이 들었던 모양이다. 그녀는 꿈 때문에 심란했다. 그때 동주에게 메시지가 왔다. 서울의 상공 500미터, 지금 종로에 올라가고 있는 올림포스 타워 철골 구조의 옥상에서 찍은 셀카였다. 동주는 미소를 지으며 손가락으로 작은 하트를 만들어 보냈다.

윈디는 허겁지겁 옷을 입고 거리로 나와 빈 택시에 올랐다. 택시를 타고 인적이 드문 밤거리를 달리는 동안, 윈디는 지난번 취조를 하며 받았던 김종남 수사관의 명함이 생각났다.

종남은 여전히 야근 중이었다. 피곤에 지쳐 사무실에 있는 소파에서 잠깐 눈을 감고 있던 그는 핸드폰 소리에 눈을 떴다. 메시지를 열자마자 올림포스 타워 사진이 떴다. 윈디가 택시 뒤쪽에서 찍은 사진이었다. 곧이어 문자가 들어왔다.

'서둘러서 와 주세요.'

종남은 휠체어를 밀며 자신의 밴으로 가는 길에 후배들을 불렀다. 몇 분 후에 그는 차의 전면 유리창으로 올림포스 타워를 볼 수 있었다. 건물의 꼭대기 층에서 불그스름하면서 노란 기가 도는 불빛을 보니 마치 거대한 촛불 같아 보였다.

화재가 막 시작된 건가? 종남은 직접 화재 신고를 했다.

택시가 도착하기 무섭게 윈디는 건물을 향해 달려갔다. 사방으로 노출된 콘크리트 건물의 1층 출입구를 철조망이 막고 있었는데, 자물쇠는 이미 잘려 있었다. 그녀는 공사용 엘리베이터에 올랐다. 건설 인부들이 쓰는 엘리베이터는 사방이 뻥 뚫려 있었다. 엘리베이터가 위로 올라갈수록 시내 전경이 발밑에 펼쳐지며 아찔하게 현기증이 들었다.

윈디의 눈에 서울의 풍경 너머로 신화 세계의 풍경이 겹쳐졌다. 신석기 시대의 한반도에서 해태들이 무리 지어 달리는

풍경이었다. 이어서 고대 그리스 신화의 산악 지대 지형이 보였다. 카프카스 산봉우리가 구름을 화관처럼 머리에 쓰고 있었다. 그리고 그 사이에 프로메테우스를 묶어 놓은 바위가 드러났다. 그런데 거기에는 부서진 사슬 조각들만 뒹굴고 있었다. 그 타이탄이 풀려난 것이다.

그때 엘리베이터가 꼭대기 층에 도착했다. 엘리베이터에서 나오자 바닥에 작은 불들이 활활 타오르는 모습이 눈에 들어왔다. 동주가 150층 높이의 난간도 없는 건물 가장자리에 서 있었다. 그는 밑에 있는 도시를 보며 그녀를 기다리는 중이었다. 그가 빙긋 웃으며 그녀를 향해 걸어왔다. 그가 걸을 때마다 연기가 위로 피어올랐다. 그는 마치 담배를 피우는 호랑이처럼 보였다. 그의 몸 안에 불이 있는 것처럼 느껴졌다.

윈디는 동주가 타이탄을 풀어 줬다는 걸 알았다. 주위에서 타오르는 작은 불들 때문에 두 사람이 이 세계와 다른 세계에 동시에 존재하고 있는 느낌이 한층 커졌다.

"범준이가 프로메테우스가 너무 화가 나서 미쳐 버렸다고 했어."

"그 말이 맞을 거야. 그래서 네가 여기 있는 거야. 일이 잘못됐을 때를 대비해서."

동주가 미소를 지었지만, 윈디는 그의 말을 이해할 수 없었다.

"무슨 말인지 이해 못 하겠어."

"타이탄이 주겠단 선물이 거절하기엔 너무 훌륭했거든.

날 위해서 그런 게 아니야. 모두를 위한 거지. 이 세상 모든 사람을 위해서야."

"난 네가 그렇게 욕심이 많은 줄 몰랐어. 너무 생각을 많이 하다 보니 자기가 신이 된 것처럼 생각하는구나. 넌 지금 모두의 구원자가 되겠다는 거잖아. 넌 신이 아니야. 포기하고 나랑 집에 가자."

"이제 난 널 알 만큼 알아. 널 많이 사랑하고, 네가 날 실망하게 하지 않을 거라는 것도 알고. 우리 중에서 그럴 힘이 있는 사람은 너뿐이야."

"뭘 하려고 이래?"

윈디의 목소리에 극심한 공포가 서렸다.

"해야 할 일을 하는 거지."

"날 이용했구나."

"아니. 나도 그러려고 한 건 아니야. 나도 내가 어디로 가고 있는지 몰랐어. 그러다 마침내 이해한 거야. 난 우리를 위해 뭔가 더 많은 걸 원해. 더 나은 세상."

그리고 동주의 눈이 흐릿해졌다.

"그가 왔어."

갑자기 프로메테우스의 모습이 동주의 모습 위로 겹쳐지더니 둘은 하나가 됐다. 마치 제물을 바치는 것처럼 들어 올린 그의 두 손에서 무언가 은은하게 빛났다. 고대와 상상도 할 수 없는 미래가 합쳐진 것처럼 보이는 금속 구체였다. 그는 기어와 바퀴로 뒤덮인 그 물체를 윈디에게 던졌다. 그 순간 그녀는 자신의 앞에 한 존재가 희미하게 다가오는 걸 느꼈다. 그것은 그녀를 등지고 있었다. 그러다 돌아섰고 자신의 얼굴과 아주 가까이 있는 그것의 얼굴을 봤다. 강철 뿔 하나, 큰 눈, 큼지막한 미소. 마치 그녀를 격려하는 표정 같았다.

그러다 그녀는 곧 해태가 되었고, 어마어마하게 큰 입을 벌렸다.

동주, 아니 프로메테우스가 갑자기 폭발했다. 윈디의 꿈속에서 그 타이탄이 그랬던 것처럼, 하지만 그녀는 그 순간 아주 크게 어적어적 씹는 소리를 내며 그 폭발에서 나오는 어마어마한 에너지를 흡수해 버렸다. 그녀 안에 있는 공백, 해태의 한가운데 있는 블랙홀은 뭐든 먹어 치울 수 있었다. 그것이 심지어 다른 세계에서 온 핵폭발과 맞먹는 충격의 에너지라고 해도 가능했다. 동주의 말이 맞았다. 그녀는 그걸 할 수 있었다.

폭발의 충격이 워낙 커서 윈디는 건물 가장자리로 날아갔다. 불이나 폭발의 흔적은 모두 사라졌다. 동주도 타이탄도 사라져 버렸다. 머리가 멍해진 그녀는 150층짜리 건물 꼭대기의 가장자리에서 앞뒤로 흔들거리다 등을 바닥으로 향한 채 떨어지기 시작했다. 그녀의 소매는 불에 그을렸고, 동주에게 받은 장치를 들고 있었다. 지금 윈디는 마치 촛불에 탄 나방 같았다.

그때 콘크리트 바닥을 가로지르며 휠체어가 급하게 굴러오는 소리가 희미하게 들렸다. 종남이 그녀를 잡으려고 미친 듯이 휠체어를 밀며 달려왔다. 종남은 마치 환각처럼 무언가를 봤다. 환각 같기도 했지만, 너무나 끔찍할 정도로 현실적이었다. 그가 품고 있는 믿음, 그가 알고 있다고 생각한 것, 세상이 작동하는 원리에 대한 그의 모든 생각을 뒤집는 뭔가가 일어났다.

그는 손바닥의 살이 찢어질 정도로 정신없이 휠체어를 밀면서 윈디를 잡기 위해 달려갔다. 하지만 그가 도착하기 전에 윈디가 건물의 가장자리를 넘어가 밑으로 떨어졌다. 그의 휠체어 앞바퀴가 밑으로 떨어지기 일보 직전에 멈췄다. 그는 절망한 채 아무것도 할 수 없이 옆을 내려다봤다. 그의 휠체어도 간당간당하게 가장자리에 닿아 있는 상태에서 윈디가 떨어지는 모습을 지켜볼 수밖에 없었다.

윈디는 오랫동안 떨어지고 또 떨어졌다. 서울의 야경과 스카이라인을 머릿속에 각인할 수 있을 정도로, 그리고 생각을 할 수 있을 정도로 오랫동안 떨어지고… 떨어지고… 또 떨어졌다. 이게 내가 마지막으로 보는 풍경이겠구나 하는 사이에 갑자기 바람이 휙 밀려오더니 뭔가가 그녀를 잡았다. 그녀의 눈에 긴 목과 거대한 날개의 끝부분이 비쳤다. 다채로운 색깔의 날개는 검은색, 흰색, 붉은색, 초록색 깃털이 섞여 있었다. 그리고 노란 꼬리 여러 개, 황금색 부리와 발톱이 눈앞을 스치고 바람의 포효를 관통하는 소리가 들렸다. 마치 거대한 공작새의 울음 같았다.

곧 땅을 밟은 그녀는 거대한 새가 자신을 안전하게 내려줬다는 걸 알았다. 경비행기 크기만 한 봉황이었다. 봉황은 그녀가 아스팔트에 내린 후 사라졌고 그 자리에 젊은 여자가 서 있었다. 윈디와 멤버들이 해태의 숙주인 것처럼 그녀는 봉황의 숙주였다.

"이 판의 선수가 너 하나인 줄 알았어?"

여자는 윈디의 놀란 표정을 보더니 씩 웃으며 말했다. 그리고 윈디가 들고 있는 물건을 가리켰다. 프로메테우스에게서 전달받은 것이었다.

"이건 내가 가져갈게. 고마워."

그때 오토바이를 탄 청년이 스윽 미끄러지며 들어왔다. 젊은 여자는 다시 웃더니, 오토바이 뒤에 타서 한쪽 팔로 그의 허리를 잡았다. 그렇게 둘은 도망치듯 거리에서 사라졌다. 모습은 사라졌지만 윈디의 귀에 그녀의 웃음소리가 들렸다. 윈디는 동주가 자기 자신을 희생시키면서까지 이 세계로 가져온 물건을 그들이 훔쳐 갔다는 걸 알았다. 그리고 그들을 잡으러 뛰기 시작했다.

잠시 후 익숙한 숨소리와 낮게 으르렁거리는 소리 그리고 이제는 완전히 그녀의 일부가 된 무리의 소리를 들었다. 윈디는 아주 쉽게 해태가 되어 거리를 달렸다. 그녀를 둘러싼 도시의 풍경이 곧바로 고대 한반도의 신화적인 풍경과 겹쳐지며 거대한 고인돌 무덤이 나타났다.

20

서울의 밤은 활기 넘쳤고, 거리에는 사람들이 가득했다. 3차를 가는 사업가들이나, 심지어 4차를 가는 사람들, 집으로 가는 연인들 그리고 아저씨 셋이 편의점 앞에 있는 테이블 앞에 앉아 소주를 마시며 밤늦게까지 이야기를 나누는 풍경이 흔했다. 그들은 그 밤에 아무도 아무것도 보지 못했다. 뒤틀린 뭔가가 흐릿하게 휙 지나가는 걸 봤지만, 그게 무언지 알지 못할 것이다.

달리던 윈디는 어느 순간 택시 한 대가 그녀 앞에서 방향을 돌려서 그녀와 오토바이를 탄 여자 사이에 들어오는 걸 봤다. 하지만 그녀는 속도를 줄이지 않았다. 그녀는 펄쩍 앞으로 뛰어서 택시를 그대로 관통했다. 마치 그녀나 해태의 몸이 액체인 것처럼, 혹은 그들의 몸을 구성하는 원자 입자들이 한 물체에서 다른 물체로 완벽하게 이동할 수 있도록 순간 배열을 바꾼 것처럼 말이다.

잠시 시간이 흐른 후 그녀는 도망치는 오토바이를 향해 몸을 날릴 수 있을 정도로 거리를 좁혔다. 한쪽 손으로 오토바이를 모는 남자의 허리를 잡고, 다른 손에는 훔친 물건을 들고 있던 여자가 윈디와 가까워진 것을 느꼈는지, 해태가 그녀를 향해 입을 쩍 벌리며 덤벼드는 순간 뒤돌아봤다. 놀란 그녀는 오토바이 뒤에서 내려 자취를 감췄다. 그리고 거대한 봉황이 되어 날개를 쫙 펴면서 발톱으로 허공을 긁었다.

윈디는 솟구치는 분노를 느끼며 몸을 날려 봉황의 꼬리 깃털 몇 개를 꽉 물었다. 그 순간 봉황이 날아올라 도망쳤다. 격노한 그것이 날카로운 소리를 지르더니 사라졌다.

윈디는 아스팔트 위로 내려와 자신이 거리 한복판에 서 있는 걸 발견했다. 그녀와 한 몸이었던 해태의 흔적이나 느낌은 하나도 남아 있지 않았다.

바로 그때 경적이 들렸다. 박 기사가 보였다. 윈디는 재빨리 문을 열었다. 차 안에는 범준, 양미, 일서, 민준까지 모두가 있었다. 단 한 사람, 동주만 빼고.

윈디가 문을 닫자마자 박 기사가 가속 페달을 밟았다.

소방차들과 경찰차들이 건물 밑에 도착했다. 화재 수사 팀의 최 수사관과 조 수사관도 도착했다. 모두 위를 올려다봤지만, 이제 불길은 보이지 않았다. 종남이 마침내 휠체어를 타고 밖으로 나와 소방서 대장과 만났다.

"꼭대기 층에서 누전된 것 같습니다."

종남이 거짓말을 했다.

"불은 곧 꺼졌고, 피해는 별로 없어요. 그래도 안전을 위해 다시 확인해 보는 게 좋을 것 같습니다."

그건 사실이었기에 소방관 몇 명이 건물로 갔다. 하지만 이제 비상사태는 끝났다.

종남은 윈디가 떨어졌을 만한 자리를 찾아보았다. 어디에도 그녀가 떨어진 흔적 하나 없었다. 그는 자신이 본 것을 누구에게도 말하지 않았다. 살아 있는 해태가 폭발하는 불덩이를 삼키고, 추락하는 윈디를 구하기 위해 봉황이 뛰어드는 모습을.

그는 다시 거대한 건물을 올려다봤다. 그 건물은 천국까지 가는 길을 가리키고 있는 것처럼 높이 솟아 있었다.

3. 모두의 힘

고고학적 분류 번호

F721.2.2. 사람이 살 수 있는 산의 괴물 문지기들

A482. 도박의 신(행운)

H942. 도박으로 입은 손해에 대한 보상으로 할당된 임무

D830. 사기로 얻은 마법의 물체

F639.2. 대단한 다이버. 물 밑에서 어마어마하게
오랫동안 있을 수 있음

D94. 변신: 인간에서 도깨비로

G317. 씨름하는 도깨비

D1330. 마법의 물체가 물질적인 변화를 실현하다

F531.6.15.1. 거인과 신들의 싸움

E323. 죽은 엄마의 다정한 귀환

A121.2. 신으로서의 태양

F531.6.12.1.1. 안개 속으로 사라진 거인

A192. 신들의 죽음 혹은 퇴장

고대 그리스에는 호랑이가 없었다. 그래서 호랑이가 담배를 피웠는지 아닌지에 대한 문제는 고려할 가치가 없다. 대체로 사람들은 어떤 신이건 자신의 소원을 빌 수 있는 신들에게 아부했다. '뮤즈여, 노래를 불러 주소서. 제우스와 마이아 사이에서 태어난 헤르메스, 인간에게 가장 친절한 신이며, 꿈의 수호자이자 행운의 신이고 최고의 도둑이신 신이여. 제가 이 멜론밭에서 멜론을 훔칠 수 있게 도와주소서.' 이런 식이었다.

공교롭게도, 나와 타이탄의 접촉 때문에 해태의 세계와 올림포스 신들의 세계, 핫도그와 고양이 카페가 있는 우리의 일상적이고 오래된 세계 사이의 어딘가에 폭발이 일어나서 구멍이 생겨 버렸다. 그렇게 대규모의 방화 사건과 지하철에서 만난 깡패들을 상대해야 하는 일상이 어느덧 단순하고 예스러운 시대의 추억이 된 것 같았다.

윈디는 옥상 테라스에서 오랜 시간을 보냈다. 같은 클럽 회원들처럼 그녀에게 남아도는 건 시간뿐이었다. 그녀는 도시의 화려한 불빛과 멀리서 반짝이는 불빛들을 보며 자신이 상상한 존재와 다른 상상의 존재가 동시에 존재하는 몽상에 빠져 지냈다. 몽상은 그녀 안에서 작동하는 힘과 그녀에게 작동되는 힘들이 균형을 맞추는 일종의 다리 역할을 했다. 그런 상상을 계속한 덕분에 점점 더 쉽고 자연스럽게 해태의 세계에 접속할 수 있었다. 해태 무리와 같이 달리고, 그들 중 하나가 되는 것이 가장 큰 기쁨이자 탈출구가 되었다.

그렇게 해태들과 달리던 어느 날, 윈디는 해태들을 앞질러 달리는 존재가 있다는 것을 알아차렸다. 어떻게 된 영문인지 모르겠지만, 마치 윈디 무리가 그에게 이끌려 가는 것 같았다. 훤칠한 청년이 춤을 추고 날아오르며, 카우보이처럼 해태 무리를 자기 뜻대로 몰고 갈 수 있어서 신난 것처럼 보였다.

윈디는 짜증이 나 옆으로 방향을 틀었고, 그녀를 따라 해 태들도 목동이 되려 하는 자에게서 벗어났다. 이제는 그가 약이 올랐다. 그는 뒤로 재주넘기를 해 윈디의 어깨 위에 내려앉아 이마 한가운데 있는 강철 뿔을 세게 움켜쥐며 억지로 그녀를 반대 방향으로 끌고 가려 했다. 윈디가 야생마처럼 날뛰자 그는 로데오 선수처럼 그녀의 뿔을 잡고 등 위에서 버텼다. 그러자 윈디는 고인돌을 향해 돌진했고, 거대한 돌무더기가 산산이 부서지기 전에 그는 가까스로 그녀의 몸에서 뛰어내렸다.

그렇게 윈디는 해태의 세계에서 현실의 옥상 테라스로 돌아왔다. 좀 전에 만난 그 로데오 선수도 테라스 한쪽 구석에 몸을 세게 부딪치며 떨어졌다.

20대 중반이나 됐을까. 트레이닝복에 날개 모양의 로고가 새겨진 나이키 앤트펄 운동화를 신은 그가 씩 웃으며 자리에서 털고 일어났다.

"내 불멸의 인생 첫날에, 나는 형의 신성한 소를 훔쳤지. 그렇게 우주에서 상대할 자가 없는 완벽한 목동이자 도둑으로서의 내 이미지를 완벽하게 정립했는데 말이야. 그런데 너! 그리고 너의 그… 그들이 정확히 뭐였지?"

장난기 많아 보이는 잘생긴 얼굴에 미소가 스쳤다.

"해태."

"해태였군. 네가 나보다 한 수 앞서다니. 이 얼마나… 놀라운 일인지."

그는 불현듯 테라스 밑에 있는 도시의 반짝이는 불빛들을 보고 경이로워했다.

"바빌론이나 페르세폴리스도 이 도시와는 비교가 안 되겠구나. 여긴 지상 천국인가?"

"여긴 서울이야."

그 청년은 당황한 것처럼 보였다.

"대한민국이라고."

그는 여전히 무슨 뜻인지 이해하지 못한 듯했지만, 윈디는 개의치 않고 물었다.

"넌 뭐야?"

"헤르메스. 크로노스의 아들인 제우스와 님프인 마이아의 딸이고, 아폴로의 형제이자, 아르고스를 죽인 자이고, 올림포스에서 전령의 신을 맡고 있지. 헤르메스… LEE야."

그는 얼른 자신이 도착한 환경에 어울리는 성을 선택했다.

"머큐리란 말이야?"

"그런 실례되는 말을 하다니. 그건 비루한 로마식 호칭이잖아."

"그런데 여기서 뭐 하는 건데?"

해태들과의 산책에 방해를 받아 짜증이 난 윈디가 물었다.

"그게 다야? 날 보니까 막 경외감이 생기고. 그런 건 없어?"

"내가 좀 전에 널 우주 반대쪽으로 날려 버린 거 기억 안 나?"

"그건 그랬지. 나도 그 점은 인정해."

헤르메스가 대답했다.

"난 헤파이스토스의 대장간에 굴러다니던 기계 하나를 되찾으러 왔어."

"불카누스 말이야?"

"싸구려 이탈리아어로 부르지 말라고 내가 말했어, 안 했어?"

"미안."

"당연히 미안해야지. 타이탄이 그걸 넘겨준 사람이 바로 너잖아. 그가 유감스럽게도… 폭발하기 전에 말이지."

"그거 이젠 없어. 봉황이 훔쳐 갔어."

"뭐라고?"

"봉황이라고 큰 새가 있어. 한국 새지."

"어떻게 생겼는데?"

윈디는 휴대폰으로 황금색의 봉황 한 쌍이 마주 보는, 대한민국 대통령실 로고를 찾아내 그에게 들이밀었다.

"와, 저거 봐."

정작 그는 창밖으로 보이는 건물 전면의 거대한 LED 광고를 보고 경이로워했다.

"이거 볼 거야, 말 거야?"

윈디는 봉황 이미지를 띄운 핸드폰 화면을 들고 말했지만, 헤르메스의 주의는 다른 곳에 있었다.

"난 신기한 이 세계를 탐험해 봐야겠어!"

그는 지붕에서 뛰어내려 멀리 빛이 비치는 풍경 속으로 사라졌다.

할코는 광화문에 있는 원룸 오피스텔 하나를 빌렸다. 근처에 박물관도 있고, 궁전의 문을 지키는 커다란 해태 조각상에 가까이 있고 싶어서였다. 매일 아침 그는 해태 한 쌍에게 인사한 뒤 궁전을 한 바퀴 돌았는데, 매번 그 인간적인 규모에 감탄했다. 고대 중국이나 이집트의 궁전처럼 사람들을 위압하려는 의도가 전혀 없이 지어진 궁전이었다. 중국이나 이집트 왕들은 자신을 하늘의 아들이나 심지어 신으로 칭했지만, 한국의 왕들은 백성들에게 유교의 가르침에 따른 본보기가 되고자 했다. 할코는 여기에서 살고 싶어졌다.

어느 날 할코는 무작정 걷고 있었다. 그렇게 걷다가 밤이 됐고, 그의 발길이 세종대왕의 커다란 조각상이 한가운데 있는 곳에 다다랐다. 그는 사람들로 붐비는 대로 옆에 난, 두 사람이 나란히 걸어가기도 비좁은 골목길에 들어섰다. 놀랍게도 그곳에 아주 작은 식당들이 줄줄이 서 있었다.

이 길은 그가 항상 참고하는 온라인 지도 어디에도 나오지 않은 길이었다. 비가 내리기 시작해서 우산을 팔 만한 편의점을 찾아 주위 가게들을 둘러봤다. 하지만 금방 편의점이 나올 것 같지 않아 포기했다. 머리가 흠뻑 젖긴 했지만, 날씨는 춥지도 덥지도 않았고 피부에 닿는 빗방울이 기분 좋게 느껴졌다. 그는 계속 비를 맞으면서 지나가는 길에 있는 식당을 하나씩 다 들여다봤다. 안에 있는 사람들은 대개 주인 부부, 친구 하나나 둘 혹은 단골들이 같이 이야기를 나누며 밥을 먹고 있었다. 이곳은 대도시의 골목에 있는 일종의 마을 같아 보였고, 그가 서울에 이토록 강하게 끌리는 이유 중 하나라는 느낌이 들었다. 세계에서 가장 현대적이고 기술적으로 발달한 도시 중 하나 안에 이렇게 편안하고, 익숙한 지역적인 역학이 작동하고 있다는 점 말이다.

그가 민속학에 끌린 이유도 바로 이런 특성 때문이었다. 어떤 사람들은 자신보다 훨씬 큰 존재의 일부가 되고 싶은 욕구를 느끼지만, 할코는 그보다는 뭔가 작은 것의 일부가 되고 싶었다.

그가 태어난 핀란드에는 웅장한 이야기라면 차고 넘치게 있었다. 오래된 민간전승과 신화를 소재로 한 이야기들을 집대성해서 19세기에 만들어진 서사시 칼레발라는 세계에서 가장 원대한 이야기 중 하나다. 핀란드 국민의 기원을 다루는 이 이야기는 문화적 힘이 굉장히 강해서 실제로 러시아에서 핀란드 독립을 끌어내는 운동을 일으켰다.

하지만 종종 할코의 상상력을 건드리는 이야기들은 이야기라고 하기에도 민망한 정도의 작은 순간들과 이미지들이었다. 여러 세대에 걸쳐 전해 내려온 기이하고 이상하고 짧은 정보들, 그런 짧은 기록에 끌렸다.

핀란드의 저승사자인 흑조가 죽어 가는 엄마를 데리고 간 환영도 그의 연구 범위를 확대하는 데 일조했을 것이다. 물론 할코는 그 점을 인정하지 않겠지만. 만약 인정했다간, 그가 평생에 걸쳐 연구한 신화 세계의 방식에 따라 신화 속 인물들이 현실에 존재한다는 가설을 입증하려는 그의 시도가 그가 내세운 가설의 우수성과 유효성에 기반한 것이 아니라 아직도 엄마의 죽음을 슬퍼하며 엄마를 그리워하고 있는 그의 내면 속 아이의 고집이 되니까. 그 아이는 아직도 엄마가 어딘가에 존재하고, 아직도 그를 생각하며, 아직도 그를 사랑하고 있다고 필사적으로 믿으려 하고 있었다.

크고 건장한 체격의 잘생긴 남자가 맥주 몇 병과 위스키를 연거푸 마시고는 빈 잔과 병들을 바 위에 조심스레 내려놨다.

50대로 보이는 그 사내는 이런 강남의 힙합 클럽에 있기엔 너무 나이 들어 보였지만, 타고난 카리스마 덕분에 오늘 밤 사람들로 꽉 찬 이 클럽에서 놀랄 정도로 큰 인기를 끌었다. 그는 이미 클럽 곳곳에서 다양한 여자들에게 유혹을 받았고, 술을 마시고 있는 와중에도 그 유혹은 끝없이 이어지고 있었다.

모델처럼 보이는 멋진 여자가 장난스럽게 그의 앞에 놓인 빈 병들과 잔들을 세더니 자신을 따라오라고 손짓했다. 한 시간 전에도 이 클럽 가드의 여자 친구를 유혹하는 데 성공했던 사내는 그 기회를 놓칠 수 없어 뒤따라 나갔다. 하지만 클럽 뒷골목으로 나간 사내를 기다리는 것은 클럽 가드들이었다. 그들은 짤막한 도끼의 뭉툭한 날로 그 남자의 옆머리를 후려쳤고, 그의 두개골은 쩍 벌어졌다.

체격이 큰 그 사내는 방심하다 기습을 당했지만 어두운 밤거리로 비틀거리며 걸어갔다. 머리의 거대하게 벌어진 상처를 보면 병원 안치실이나 화장장으로 옮겨져야 할 것 같은데 말이다.

젊은 클럽 가드 둘이 그가 비틀거리며 걸어가는 모습에 놀라 쳐다보다가 값비싼 시계나 지갑처럼 아직 더 털어먹을 게 있는지 확인하러 따라가기로 했다.

골목을 세 개쯤 지나갔을 때, 그 남자가 마침내 쿵 소리를 내며 옆으로 쓰러져서 땅바닥에 데굴데굴 구르다 멈췄다.

바로 그 순간 그의 갈라진 두개골 속에서 뭔가가 움직였다. 그러더니 그의 머릿속에서 갓난아이가 기어 나왔다.

그 갓난아이는 남자의 반듯하게 누운 몸 위로 기어 올라갔다가 내려오더니 골목 맞은 편에 있는 쓰레기통을 향해 꿈틀꿈틀 기어갔다.

"저거 봤어?"

"나 토할 것 같아."

두 깡패는 무서웠지만 쓰러진 남자를 살펴보기로 했다.

"이건 현실이 아냐."

"가서 보자."

"현실일 리가 없어…."

"어서 가자니까."

그들은 쓰러진 거인에게 살금살금 다가갔다. 놀랍게도 그는 의식이 있었고 신음하고 있었다. 깡패들은 후다닥 시계와 현금을 챙긴 뒤, 덜덜 떨면서도 병적인 호기심을 이기지 못해 그 갓난아기가 기어간 쓰레기통으로 다가갔다.

아기 외에는 아무도 없을 줄 알았는데 어디서 나타났는지 모를 여자가 서 있어 두 깡패는 소스라치게 놀랐다. 여자는 삼십 대 중반 정도로 보이는 엄청난 미인으로 폭이 좁은 가죽 스커트에 메두사가 그려진 베르사체 블라우스를 입고 있었다. 하지만 웃음기라고는 하나도 없어 소름이 끼쳤다.

눈 깜짝할 사이, 그녀의 손에 아주 긴 창이 쥐어져 있었다. 그녀는 창을 휘둘러 한 방에 두 남자를 저쪽 벽으로 날려 버렸다. 그들은 일어나기는커녕 꼼짝도 하지 못했다.

"아버지."

여자가 쓰러진 사내를 향해 돌아섰지만, 이미 사라진 후였다.

잠시 그 자리에 서 있던 그녀 또한 연기처럼 사라져 버렸다.

머리에 큰 구멍이 생긴 그 덩치 큰 남자가 밤새 문을 여는 아주 작은 약국으로 들어갔다. 실내가 어찌나 좁은지 그가 문을 열고 들어서자 약국이 꽉 차게 느껴졌다.

"두통약으로 뭐가 있나요?"

그가 물었다.

"애드빌하고 타이레놀이 있어."

카운터 뒤에서 늙은 여자 약사가 대답했다.

"그렇군요."

약사는 고개를 들어 그의 머리에 있는 거대한 상처를 보더니 눈 하나 깜박하지 않은 채 카운터 너머로 애드빌과 타이레놀을 하나씩 내밀었다. 그 남자는 진통제 상자를 통째로 입 속에 쑤셔 넣고 삼켰다.

"돈이 없는데."

그 남자가 말했다.

노파가 장부와 펜을 건네며 어디에 이름을 쓸지 알려 줬다.

"외상으로 달아 놔. 여기 사인하고 다음에 와서 갚아."

남자가 자신의 이름을 적었다.

제우스 리.

"고마워요. 당신은 아주 친절하군요."

그가 말했다.

노파가 투덜거리며 손사래를 쳤다. 남자가 노파를 찬찬히 바라봤다.

"당신 손자가 이곳을 물려받겠군. 아주 번창할 거야."

노파가 웃었다.

"그 게으른 자식은 이 약국은 거들떠보지도 않아."

"생각이 변할 거야. 하지만 당신이 죽고 난 다음이야."

그는 충격적일 정도로 대놓고 말했지만, 노파는 신경 쓰지 않는 것 같았다.

"그거야 내 복이지."

"복하곤 상관없는 일이요. 운명의 세 자매가 자아내는 거야. 클로토가 실을 뽑고, 라케시스가 실의 길이를 재고, 아트로포스가 그 실을 자르지. 그걸 바꿀 길은 없어."

"당신은 대체 뭘 알고 있는 거지?"

"내가 모르는 게 뭘까?"

제우스 리는 지쳤지만 조금은 우수 어린 목소리로 대꾸하고는 약국을 나와 어둠 속으로 돌아갔다.

아프로디테 리가 제주도라는 작고 아름다운 섬의, 파도가 아름답게 부서지는 파도 거품에서 나타났을 때, 자전거를 타고 근처를 지나가던 관광객은 자신이 본 가장 아름다운 여자였기에 영화나 광고 촬영을 하나보다 생각했다.

해녀 방씨는 아프로디테를 보고 '용궁에서 올라온 거북이인가. 그러면 혹시 내 간을 때 가지 않게 조심해야겠다.'고 생각했다.

하지만 방 씨보다 한 달 늦게 태어난 사촌인 해녀 남 씨는 아프로디테를 보고 큰 소리로 말했다.

"20년 전에 잃어버린 내 딸이 돌아왔다!"

딸을 잃은 뒤 죽을 듯이 상심해 괴로운 날을 보내던 남 씨는 정말 딸이 돌아왔다 여겼다.

그날 물질이 그걸로 끝났다는 건 말할 필요도 없었다. 두 해녀는 작은 문어와 성게 약간, 한 무더기의 고둥과 각종 해초 등 그날 잡은 것을 챙겨 배를 타고 본섬으로 돌아갔다. 그리고 슈퍼 모델처럼 생긴 그리스 여신까지 함께.

남 씨는 아프로디테를 실제로 바다에 빠졌던 10살짜리 딸아이가 다시 돌아온 것처럼 대했다. 그래서 그동안 무슨 일이 있었는지 그녀에게 구구절절 이야기했다.

"네가 떠난 후 5년 후에 아버지가 돌아가셨지만, 난 재혼하지 않았어. 이 바다에는 물고기가 별로 없거든."

남 씨는 60이 넘은 선주와 뱃사람을 가리키며 농담을 했다. 둘 다 그녀의 동료였다. 남자들도 그녀와 함께 껄껄 웃었다. 그녀는 사촌인 방 씨를 가리켰다.

"네 이모랑 나는 계속 물질을 했어. 그런데 바다가 많이 변했어. 어느 때는 이게 많고 어느 때는 이게 많이 잡히는 법인데 요즘은 뭐든 다 줄었어. 빈손으로 돌아오는 날이 많단다."

방 씨는 돌처럼 굳은 표정을 짓고 새로 나타난 여자 쪽은 보려고도 하지 않았다.

"그동안 넌 뭘 하고 살았니?"

남 씨가 딸에게 하듯이 물었다.

"아, 이것저것 했어요."

여신은 밝게 웃으며 답했다.

"집에 남는 방이 없어."

방 씨가 불쑥 내뱉었다.

"얘는 나랑 자면 돼."

남 씨가 선박 난간에 걸어 둔 잠수복이 다 말랐는지 확인하러 간 사이 방 씨가 아프로디테에게 말했다.

"만약에 네가 내 사촌에게 상처를 준다면 나는 널 쥐도 새도 모르게 바다에 빠뜨려 죽여 버릴 거야."

"그건 불가능해요. 난 바다에서 태어난 불멸의 존재니까요."

그녀는 앙심을 품은 것도, 거만한 것도 아니었다. 그저 사실을 담담하게 말한 것 뿐이었다.

그녀의 미소는 매우 예뻐 방 씨는 제대로 볼 수조차 없었다. 선주도 그들을 바라보고 있었다. 하지만 그는 아름다운 여신을 보는 것이 아니었다. 그의 시선은 오로지 방 씨에게 못 박혀 있었고, 두 사람 사이의 묘한 기류를 아프로디테는 금세 눈치챘다. 남녀 사이의 감정이라면 아무리 작더라도, 아무리 억누르고 있더라도 사랑의 여신답게 다 알 수 있었다.

봉황으로 변해 윈디를 살렸던 지수는 윈디에게 뺏은 의문의 물체를 이리저리 살펴보고 있었다. 다양한 기어가 달린 바퀴들이 배구공만 한 금속 구체의 표면을 뒤덮은 모양새였다.

그녀는 바퀴를 움직여 보려고 했지만, 작동하는 것 같지 않았고 아무 반응도 없었다. 울화가 치민 지수는 공처럼 바닥에서 튕겨 보려 했지만 그것마저 안 됐다.

"그거 어디에 쓰는 건지 화학 교수인 내 육촌에게 물어볼까? 그걸 X선 기기에 넣거나 그 위에 산을 부어 보거나 뭐 여러 체크를 해 보면 저 안에 뭐가 있는지, 뭐로 만들어졌는지 알아낼 수 있을지도 모르잖아."

오토바이로 그녀를 구출했던 남자 친구가 말했다. 나쁜 제안은 아닌 것 같았지만, 그렇다고 지수는 인정하고 싶진 않았다.

할코와 만신 매화는 두 번째 만남 이후로 연인 관계로 발전했고, 매화는 그의 곁을 떠나지 않았다. 사랑의 힘일까. 할코는 강한 자석에 이끌리듯 모든 일을 매화의 뜻대로 하고 있었다.

그는 서울에서 조용히 행복하게 사는 새로운 인생을 즐기느라 여기에 온 이유마저 잊고 지내고 있었다. 매화는 할코가 해태의 실재 여부를 밝히러 왔다는 사실을 잊지 않도록 계속 살폈다.

어느 날 그녀가 뜬금없는 말을 했다.

"무당이 개입해야 해요."

"무슨 말이에요?"

그가 물었다.

"해태가 정말 현실에서 실제로 일어난 불을 끄고 있다면, 누군가 해태를 여기로 데려왔을 거예요. 해태가 그냥 자기 힘으로만 이곳에 나타날 순 없어요. 여기서 굿을 하거나, 강력한 힘을 가진 무당이 있어야 해요."

"당신이 부르는 영혼들이 그저 상대의 정신적 콤플렉스에 지나지 않는다고 믿으면서 어떻게 그런 생각을 할 수 있죠?"

"난 염력에 의해 그런 정신적 콤플렉스가 다른 세계로 투사될 수 있다는 생각엔 열려 있는 사람이에요."

"해태가 누군가의 염력에 의해 이 세상에 시각적으로 구현됐다는 거에요?"

"그런 생각도 한다는 거죠."

그는 그녀가 한 말을 잠시 생각했다.

"그들을 어떻게 찾지?"

"해태를 불러내는 무당?"

"응."

"공개 강연을 해 봐요. 혹시 알아요? 그들이 올지도 모르잖아요"

할코는 〈실제로 존재하는 해태. 신화 속 인물들과 상상의 세계〉라는 제목으로 강연을 하기로 일정을 잡았다. 강연을 알리기 위해 인터넷에 광고도 하고, 약혼자인 매화와 함께 서울 시내를 돌아다니며 전단을 붙였다. 무슨 수확을 거두리라 기대하진 않았지만 일말의 기대감이 있었다.

드디어 대학에서 강연하는 날, 윈디와 윤일서, 박 기사가 강당에 앉아 강연자를 기다리고 있었다. 그들은 마시어스 할코가 진실을 얼마나 알고 있는지, 모든 걸 알고 있다면 어떻게 해야 할지 생각하고 있었다.

지수와 그녀의 남자 친구는 오토바이를 타고 요란한 소리를 내며 대학을 향해 달렸다. 윈디에게서 빼앗은 정체 모를 그 물건은 지수가 메고 있는 배낭 안에 있었다.

주차장을 향해 빠르게 달려가고 있는데 갑자기 온몸이 탄탄한 근육질의 여자가 그들 앞에 나타났다. 두 사람을 식겁하게 만든 그 여자는 메두사 로고가 찍힌 베르사체 블라우스를 입고 3미터 높이의 창을 들고 있었는데, 그 창이 바로 오토바이를 겨냥하고 있었다.

창끝이 오토바이 앞바퀴의 바큇살을 찌르고 들어오더니 오토바이가 뒤로 확 젖혀졌다. 지수의 남자 친구는 그 바람에 공중으로 붕 날아올랐다가 땅바닥에 떨어졌는데 어찌나 세게 떨어졌는지 쓰고 있던 헬멧의 한가운데가 쩍 갈라졌다. 그는 땅바닥에 데굴데굴 굴러서 일어나더니 지수를 두고는 허겁지겁 도망쳐 버렸다.

지수는 도망치는 남자 친구를 보고 화가 나서 고함을 질렀다. 하지만 아스팔트에 몸이 닿기도 전에 재빨리 봉황으로 변신했고 격노한 그녀의 고함은 날카로운 새소리로 바뀌었다.

봉황이 그들을 공격한 여자에게 덤벼들어 부리로 그 긴 창을 잡았다. 긴 목을 회초리처럼 흔들어 그 여전사를 앞뒤로 흔들다가 마침내 부리를 벌려서 엄청난 힘으로 창끝을 물었다. 그 바람에 그 여전사는 무시무시한 속도로 캠퍼스 땅바닥에 처박히고 말았다. 그 와중에도 자신의 창을 놓치지 않으려 애를 썼지만, 경악한 표정이 역력했다.

전에 윈디가 거리에서 봉황을 추격하다가 해태로 변했을 때처럼, 이 격렬한 싸움을 목격한 사람은 하나도 없었다. 주위에 있는 사람들은 그저 공기가 살짝 흐릿해지고 등골이 오싹해지는 정도만 느꼈을 뿐이었다. 시각이 지극히 예리해서 불과 몇 초 동안이나마 그 광경을 본 사람들도 간혹 있었지만, 자신의 눈을 믿지 않았다. 그들은 잠이 부족할 정도로 지나치게 공부만 하다 보니 이런 환영을 봤다고 생각했다.

봉황이 공중에서 완벽하게 몸을 뒤집었다. 자신을 공격하는 여자의 허점을 찌르고, 순간적으로 노출된 그녀의 허벅지를 부리로 세게 쪼았다. 그 여전사는 고통과 격노로 포효했다.

"맙소사. 저거 보여?"

할코가 서둘러 밖으로 달려서 나왔고, 그 뒤를 매화가 어리둥절해서 따라왔다.

"아무것도 안 보이는데?"

"어떻게 못 볼 수가 있어? 바로 저기 있는데!"

그는 싸우고 있는 둘을 손으로 가리켰지만, 그녀의 눈에는 그저 잔디밭과 보도와 허공만 보였다.

"어디를 보라는 거야? 저기에 뭐가 있는데?"

"거대한 새가 있어! 검은색, 흰색, 붉은색, 노란색, 초록색 깃털이 있는 새! 그리고 목은 비단뱀처럼 길어! 베르사체 블라우스를 입은 여자랑 싸우고 있어!"

매화는 크게 한숨을 쉬었다.

"내 말을 못 믿는 거야?"

"아니, 당신이 뭔가 보고 있다고 생각하는 건 믿어. 그 점은 인정하고 존경해."

갑자기 그 여전사가 땅바닥에 내려와 어마어마한 힘으로 창을 힘껏 던지자 봉황이 거대한 몸을 뒤틀어 피하려 했지만, 완전히 피하진 못했다. 창이 날개를 관통했다.

새는 날개를 파닥거리며 땅으로 내려왔다. 땅바닥에 닿기 직전 봉황은 젊은 여자로 변신했다.

"나쁜 년!"

그녀는 다친 팔을 손으로 감싸 쥔 채 소리를 질렀다.

그 순간 윈디와 일서가 그녀를 잔디밭에서 일으켜 세워 서둘러 차로 달려갔다. 이미 박 기사가 리무진의 시동을 걸어 놓은 상태였다.

할코는 그들이 달려가는 모습을 지켜봤다. 그는 순간 망설였다. 그러다 매화의 손을 덥석 잡은 채 죽어라 달려서 리무진 뒷좌석에 멋대로 타 버렸다.

리무진이 벽력같은 소리를 내며 캠퍼스에서 빠져나와 거리로 나왔을 때, 지수가 자신을 구해 준 사람들에게 내려 달라 소리 질렀다.

하지만 그녀의 팔에서 피가 쏟아지고 있었기에 일서는 구급상자를 꺼내 다친 팔을 붕대로 묶고 있었다. 지수는 화가 났지만 저항하진 않았다.

"당신들은 여기서 뭐 하는 거예요?"

원디가 할코와 무당에게 물었다.

"이게 증거야! 내가 옳았다는 증거! 내가 맞았어! 그게 진짜였어! 진짜라고!"

그가 기뻐 외쳤다.

"뭐가 진짜죠?"

원디가 말했다.

"당신들! 당신들 전부 다!"

"빌어먹을."

지수가 중얼거렸다.

"할코 당신이 봤다고 생각하는 건 진짜가 아니야."

"당신 말이 틀렸다니까!"

할코가 흥분해서 말했다.

"그러니까 내 말은 중요하지 않단 말이야?"

매화는 화가 났다.

"아니지, 당연히 당신의 의견은 중요해. 하지만 그건 단지 데이터 하나일 뿐이고."

"그건 다 염력으로 한 거라니까."

매화가 지수를 가리키며 주장했다.

"이 여자가 봉황을 투사한 거야. 다른 누군가가 창을 든 여전사를 투사하고 있었고."

"아니, 틀렸다니까!"

할코가 고집을 피웠다. 그는 평생 해 온 자신의 연구가 마침내 옳았음을 봤으므로 절대 물러서려 하지 않았다.

"당신도 그걸 알잖아요!"

"전 내려야겠으니 차 좀 세워 주세요."

매화가 말했다.

"좋은 생각이에요. 지금 이 판국에 사랑싸움을 해요?"

윈디는 고개를 돌려서 박 기사에게 소리를 질렀다.

"차 세워요."

그리고 팔을 다친 지수에게 다시 고개를 돌렸다.

"내려요."

이어서 두 연인에게 말했다.

"당신들도. 모두 다 내려."

"너 기억난다! 네가 내 꼬리 깃털을 절반이나 물어뜯었잖아!"

지수가 소리를 질렀다.

"넌 내 물건을 훔쳐 갔잖아!"

맞서 대꾸하던 윈디는 지수가 가지고 있는 배낭에 눈길이 갔다.

"이게 그거지? 네가 나에게서 훔쳐 간 그거지?"

둘은 그 배낭을 가지고 싸우기 시작했다.

"대체 우리에 대해 어떻게 알아냈어?"

싸우는 중간에 윈디가 소리를 질렀다.

"너희한텐 망할 클럽 하우스가 있잖아. 그걸 알아내는 게 뭐 얼마나 어렵겠어?"

순간 긴 창 하나가 지붕을 뚫고 둘 사이를 무시무시한 힘으로 찔렀다. 모두 비명을 질렀다.

그 여전사였다. 그녀는 정신없이 달려가는 리무진 지붕 위에 서서 계속 창으로 지붕을 찔러 댔다.

리무진에 탄 사람들은 모두 본능적으로 창의 자루를 힘껏 붙잡아 여전사를 막으려고 했다. 하지만 소용없었다. 지붕에 있는 여자가 너무 강했다. 창이 계속 위아래로 움직이면서 리무진의 금속 지붕을 찔러 댈 때마다 안에서 지르는 비명이 점점 더 커지고 사람들의 움직임도 필사적으로 변해 갔다.

"이 차는 방탄차인 줄 알았는데!"

윈디가 소리 질렀다.

"방탄차 맞거든!"

박 기사가 같이 소리 질렀다.

"그런데 어떻게 이런 일이 일어날 수 있어?"

윈디가 계속 물었다.

"저건 아테나 여신이니까!"

할코가 외쳤다.

모두 믿을 수 없다는 표정으로 그를 봤다. 그런 와중에도 창은 부지런히 실내를 찔러 대고 있었다.

"뭐라고요?"

디가 소리쳤다.

"그렇군. 그 방패야."

일서가 말했다. 그는 메두사가 그려진 베르사체 블라우스를 떠올렸다. 메두사는 고대 그리스 여신인 아테네의 무적의 방패를 장식하고 있기도 하니까.

그러는 중에도 창이 차 안을 쑤셔 댔다. 이번에는 창끝이 일서의 바지를 찌르고 들어가 그의 살을 긁었다.

"여기서 나가야 해."

윈디가 소리를 지르며 문을 발로 차서 열고 달려가는 차에서 굴러떨어졌다.

"난 사실 그런 일은 한 번도 해 본 적이 없어요. 일이 아주 잘 풀려도 크게 다칠 수 있는 정말 바보 같은 행동이었죠. 기본적으로 그건 해태에 대한 도전이었어요. 참든가 아니면 닥치고 있든가, 둘 중 하나였죠. 지금 내게 와. 아니면 날 늑대들에게 던져 버려, 뭐 그런 거랄까. 해태 네가 결정하라고 도박을 한 셈이에요."

윈디는 아스팔트에 닿기 전에 해태로 변신했다.

해태는 길을 달리다가, 일어나서 입을 벌린 채 몸을 날려 리무진 지붕 위에 내려앉았다. 메두사 방패 옷을 입은 여자가 해태의 존재를 알아차리기도 전에 해태가 그녀의 창을 콱 물고 두 동강을 내 버렸다. 그 창은 신들의 대장장이인 헤파이스토스가 직접 만든 것으로, 그때까지 단 한 번도 깨진 적이 없었다.

여신 아테네는 충격을 받았지만, 두 동강이 난 창을 꼭 쥐고 해태를 피해 차에서 뛰어내려 필사적으로 도망쳤다.

리무진이 휙 지나가기 전에 아테네가 마지막으로 본 것은 그녀를 습격한 괴물의 미소였다. 좀 전까지 그녀와 격렬하게 싸웠는데도 그 미소는 아주 장난스럽고 다정해 보였다.

제주도에 있는 작은 집에서 아프로디테는 두 해녀의 일을 돕고 있었다. 그들은 잡아 온 해산물을 팔기 위해 손질하고 있었고, 문어는 집에서 요리해서 먹기로 했다.

남 씨는 끝없이 입을 놀렸다. 주로 누가 누구와 결혼했고, 누가 태어났고, 누가 죽었고, 누가 커서 물질을 포기하고 육지로 이주했는지에 대한 이야기였다. 그녀는 이야기를 멈추면 이 선물 같은 존재가 느닷없이 나타났을 때처럼 느닷없이 떠나 버려서 다시 사촌과 단둘만 남아 위로받을 수 없는 슬픔을 안고 살까 두려웠다.

어쩌면 시시하고 의미 없게 느껴질 이 여인의 이야기들이 아프로디테에게는 마치 향유와 향료가 그녀의 마음에 밀려오는 것 같았다. 게다가 그녀를 사랑해서 미소 짓는 해녀의 얼굴을 보니 자신도 계속 미소를 짓게 됐다.

227

방 씨는 방 반대편에서 문어를 잘라 튀기며 그 둘을 지켜봤다. 그녀는 저 아름다운 여인이 손질하고 있는 바다 우렁이를 유심히 보았다. 아무리 봐도 손질을 하는 것이 아니라 우렁이가 자발적으로 껍데기 밖으로 나오고 있는 것처럼 보였기 때문이다. 방 씨는 헛것이 보이는 것 보니 오늘은 평소보다 더 피곤한 것 같다는 생각이 들었다.

타이타니스의 부회장 임 씨는 사무실에서 바쁜 하루를 보내고 있었다. 컴퓨터 모니터와 종이 서류를 오가느라 눈이 벌겋게 충혈돼 있었다.

비서가 내선 전화를 걸었다.

"부회장님?"

어쩐지 망설이는 목소리였다.

"방해하지 말라고 했잖아."

부회장이 퉁명스럽게 말했다.

"손님이 오셨어요."

"아니, 오늘 올 손님은 없다니까."

부회장이 고집스럽게 말했다.

"하지만… 제가 어떻게 해야 할지 모르겠어요."

비서의 목소리가 떨렸다.

어리둥절해진 임 씨가 고개를 들었을 때, 마침 문짝이 날아가면서 폭이 좁은 가죽 스커트에 메두사 셔츠를 입은 여자가 마치 이 도시의 주인인 것처럼 위풍당당하게 들어왔다. 그 여자는 두 동강이 난 창 두 자루를 소파에 던지고 앉았다.

"누구…?"

임 씨가 말을 더듬었다.

"네가 어떻게 나를 모를 수 있지? 날 찬양하는 노래들을 그렇게 불러 대 놓고."

임 씨는 자신의 입에서 나오는 소리를 믿을 수 없었다.

"팔라스 아테네."

그 여신은 임 씨를 한동안 바라보더니 문짝을 가리켰다.

"너의 동료 시민들을 불편하게 했다. 미안하게 됐구나. 내가… 약속을 잡고 와야 했는데."

여신은 마치 약속을 잡고 와야 한다는 개념을 최근에 배워서 시험 삼아 말해 보는 사람 같았다.

"하지만 이제 이렇게 왔으니, 정보가 필요하다."

"네, 뭐든 말씀하세요. 원하시는 정보가 뭡니까?"

"내게 달려든 그 커다란 생물의 이름이 뭐냐? 거기다… 내 창을 부러뜨리기까지 하다니?"

여신은 믿을 수 없다는 듯이 물었다.

"그게 어떻게 생겼나요?"

아테네는 창가로 가서 밖을 내다봤다. 그러다 지나가는 차들을 가리켰다. 임 씨가 창가로 갔다. 그녀의 눈에 제일 먼저 들어온 것은 해태 로고가 붙어 있는 택시였다.

"해태요?"

임 씨가 웃었다.

"내가 전투에서 불운을 겪은 일이 너에겐 재미있느냐?"

"아테네 여신은 1대 1 싸움에선 지지 않는 분이시잖아요."

"그렇지. 하지만 내 적은 둘이었다. 하나가 아니라. 거기에 또 피닉스인지 아니면 페르시아에서 온 로크(아라비아신화에 나오는 거대한 새-옮긴이) 같은 새가 한 마리 있었다. 그리고 나는 절대 지지 않았다. 다만 적절한 때에 퇴각한 것이지."

"거대한 새라고요? 이런 거요?"

임 씨는 책상에 있는 신문을 집어서 손님에게 대통령이 연단에서 기자 회견을 하는 사진을 보여줬다. 연단에는 두 마리의 봉황이 마주 보는 장식이 붙어 있었다.

"그래, 바로 그거야. 거대한 새와 사자처럼 생긴 개인지 뭔지."

"왜 그들이 여신님을 공격했나요?"

"내가 그들을 공격했으니까."

"아."

임 씨는 지금 자신의 사무실에 여신이 있는 게 실제로 일어나는 일인지, 자신이 미친 건 아닌지 궁금해지기 시작했다. 내가 지금 정말로 이런 대화를 나누고 있는 걸까?

"나는 그 장치를 되찾으려 하고 있었다. 그건 프로메테우스가 헤파이스토스의 대장간에서 훔친 것이다."

임 씨가 갑자기 흥분했다.

"그렇습니까?"

"그래, 훔쳤어. 그런데 그것이 가져선 안 될 사람들 손에 들어갔다."

"그렇다면 원래는 누가 가져야 했습니까?"

임 씨는 그토록 듣고 싶은 대답을 듣게 될 거란 희망을 품고 물었다.

"물론 너지."

"아."

"네가 달라고 하지 않았느냐? 너와 너의 사라진 파트너 말이다."

"맞습니다. 우리가 청했습니다. 하지만 그 기계는 신들의 것이잖습니까."

부회장은 아테네의 동기를 궁금해하며 물었다.

아테네는 그 질문을 가볍게 무시해 버렸다.

"난 항상 발명품을 사랑하는 이들의 벗이었다."

"그 장치는…."

"…모든 발명품 중에서 가장 위대한 것 중 하나지."

임 씨는 기뻐서 큰 소리로 웃었다.

"제가… 이 위대한 과업의… 일부가 되는 행…."

"행운의 신을 부르지 마라. 헤르메스는 행운의 신이자 도둑과 나쁜 짓과 다른 많은 것들의 신이지. 지금 우리 일에 절대 헤르메스가 끼면 안 된다."

아테네 여신이 임 씨의 말을 끊으며 준엄하게 경고했다.

"우리 일이요?"

"그래. '우리'. 길고 고생스러운 여행을 떠났던 영리한 오디세우스를 내가 어여삐 여겼던 것처럼, 난 너의 편이다."

"제가 당신에 대한 시를 계속 읊어서인가요? 3천 년 전에 쓴 시를?"

"내가 너의 스타일을 좋아하기 때문이야. 신이 너를 사랑하는 이유를 너무 캐묻지 마라."

필멸의 인간인 부회장은 신이 명령한 대로 마음에 남아 있는 한 가닥의 의심을 눌렀다. 그리고 핵심에 집중했다.

"그건 어디 있나요?"

"그건 그 거대한 새의 손에, 아니 발톱에 있다. 내가 그 전장을 떠났기 때문이지."

아테네 여신이 답했다.

"흠, 그렇다면. 그걸 찾아내야겠군요."

임 씨는 차오르는 자신감으로 죽은 회장의 인사 파일을 열었다.

윈디 일행은 클럽 H에서 가장 안전한 곳인 지하 맨 밑바닥, 고대의 돌로 이뤄진 원 주위에 모여 신의 대장간에서 훔친 그 기계를 보고 있었다.

"그래서 이게 뭔데?"

윈디가 물었다.

"나도 모르지. 그걸 작동시켜 보려고 우리도 이것저것 다 해 봤어. 어쩌면 새 배터리가 필요할지도 몰라."

지수가 대답했다.

"'우리'가 누구지?"

일서가 물었다.

"나랑 내 남자 친구지. 아니, 이제는 전 남친. 창을 든 여자가 나타나자마자 냅다 도망쳤으니까."

"그건 삼포야. 일마리넨의 삼포지."

할코의 민족 기원 서사인 칼레발라의 도입부가 바로 삼포를 도둑맞은 이야기였다. 핀란드 신화에서 '삼포'는 대장장이의 신이 만든 '마법의 맷돌'로 빵을 만드는 밀가루 그리고 소금과 황금을 끊임없이 만들어 낼 수 있는 신비한 발명품이었다.

"하지만 이건 그리스 물건이잖아. 그렇지?"

윈디가 그 장치를 가리키며 말했다.

"이걸 훔친 게 프로메테우스라면 그렇지."

일서가 동의했다.

"밀가루, 소금, 심지어 황금까지도 비유적인 의미로 생각해야 해. 인류를 위한 뭔가를 무한히 생산해 낼 수 있다는 의미거든. 신화 용어에서 삼포는 사용자를 위해 끝없는 이익을 약속할 수 있는 발명품을 가리켜."

"그건 내 거야. 정정당당하게 내 손에 넣었어."

지수가 주장했다.

"나한테서 뺏어 갔잖아."

윈디가 말했다.

"네 목숨을 구해 준 대가야."

"고대 그리스 전설에서는, 프로메테우스는 어느 한 인간을 위해 불을 가져온 게 아니었어. 인류 전체에게 준 거지."

할코는 그들 앞에 있는 그 신비로운 장치를 가리켰다.

"삼포건 불이건, 다시 말하지만 다 비유야. 이건 인류가 진보할 수 있도록 해 주는 기술적 지식을 뜻하는 거지. 심지어 신들과 겨룰 수 있게 되는 그런 기술."

"이야기를 들어 보니 이건 우리 모두의 것 같군."

범준이 말했다.

"너희들이 그걸 계속 가지고 있을 수 있다면 말이지."

음악처럼 듣기 좋은 목소리가 울렸다. 옷을 잘 차려입은 어마어마하게 잘생긴 남자가 한 손에 작은 나뭇가지 하나를 들고 갑자기 그들 앞에 나타났다.

느닷없는 남자의 등장에 다들 당황하고 있을 때 할코가 물었다.

"당신이 들고 있는 나뭇가지가 월계수라면 당신은 분명 아폴로겠군요?"

"맞아."

그 남자가 빙긋 웃었다.

할코는 자신의 가설이 처음부터 맞았다는 것을 입증하는 이런 놀라운 만남 때문에 머리가 어질어질해졌다.

윈디는 올림포스에서 가장 똑똑한 신으로 여겨지는 아폴로에게 기계의 용도를 물어봤지만 아폴로도 잘 모른다고 솔직하게 대답했다. 그때 갑자기 일서가 쓰러졌다. 다들 그를 도우려고 허겁지겁 몰려들었다.

일서의 바지가 피에 흠뻑 젖은 걸 보니 아까 그 창에 제대로 찔린 게 분명했다.

양미는 지금까지 아픔을 참고 있던 일서에게 화가 났지만 서둘러 일서의 바지를 찢어 허벅지에 깊게 베인 상처를 확인했다.

민준이 붕대를 가져오겠다며 사다리를 타고 올라간 사이, 일서의 상처가 흉터 하나 없이 갑자기 완벽하게 나아 버렸다.

지켜보던 매화에게는 이 모든 상황이 믿기지 않았다.

"사람들은 가끔 나를 의사라고도 부르지."

아폴로가 우쭐하며 말했다.

"난 꿈을 꿨어. 우리 모두 어떤 도시에 있었어. 거대한 벽들로 둘러싸인 도시였지. 거기에는 당신도 있었어."

일서는 아폴로를 가리키며 말했다.

"하지만 거대한 벽으로는 부족했어. 그 어떤 것도 적을 막을 수 없었지."

의식을 찾은 일서가 말했다.

"그 도시는 트로이야."

아폴로가 조금 서글픈 목소리로 말했다.

"넌 트로이 꿈을 꾼 거야."

그는 아이러니한 미소를 지으며 말했다.

"그래, 아하. 이렇게 한 번 더 모였군."

그날 밤 클럽 H는 새로 온 사람들이 지낼 방을 준비했다. 지수에게는 꼭대기 층의 테라스 옆 침실이 제공됐다. 무리 지어 다니는 해태들과 다르게 봉황은 홀로 움직였고, 지수가 봉황을 받아들이는 장엄한 순간을 위해서는 테라스 옆방이 가장 적절했기 때문이다.

언젠가 지수는 우연히 구미호와 마주친 적이 있었다. 고인돌 주위를 돌아다니며 이런저런 정보를 캐고 다니던 구미호는 지수에게 봉황은 하나만 있는 게 아니니 특별하게 고고한 척하지 말라고 했었다. 멀리서 봉황들이 구름처럼 모여 있는 광경을 보니 마치 파리 떼를 보는 것 같았다고 봉황을 비하하기도 했었다. 하지만 구미호의 꼬리가 아홉 개나 되는 것은 하루에 아홉 개의 거짓말을 한다는 뜻이라고 생각한 지수는 그 말을 믿지 않았다. 그래도 정말로 자신이 유일무이한 존재인지는 궁금했다. 물론 그게 구미호가 의도한 바라는 건 알고 있었지만 말이다.

그날 밤 클럽 하우스에서 지수는 침실의 매트를 테라스에 옮겨 깔고 하늘을 보며 잠들었다. 이렇게 정신없는 집에서 잠을 청하려니 못마땅했지만, 악몽을 꾸거나 불길한 예감이 든다면 바로 날아갈 수 있다고 되뇌면서.

이 아름다운 섬은 아프로디테가 태어난 티키라섬과 아주 많이 닮아 있었다. 여신에게는 모든 바다가 소중했고 이 해녀들도 소중했다.

물질을 하러 나가는 길에, 아프로디테는 섬에서 유명한 돌하르방 중 하나를 발견했다. 원뿔 모양의 모자를 쓰고 가슴에 두 손을 대고 있는 할아버지처럼 생긴 석상이었다. 그녀는 석상에 다가가 앞에 서서 공손하게 머리를 숙였다.

"포세이돈 삼촌."

그녀가 빌었다.

"오늘은 바다가 잔잔하게 해 주세요. 우린 해야 할 일이 많아요."

"누가 알았겠어."

젊은 남자 하나가 놀리는 투로 말하며 다가왔다.

"나의 아름다운 누이가 조개를 팔러 다니면서 그 아름다운 미소로 동네 사람들의 기를 죽이는 천직을 발견했을 줄이야."

"누가 알았겠어. 나의 짜증 나는 남동생이 불쑥 나타나서 날 귀찮게 할 줄이야. 그것도 내가 가장 혼자 있고 싶은 순간에 말이지. 나야 사실 알고 있었지만."

헤르메스가 웃었다.

"누나가 원한다면 갈게. 이제부터 알려 주려던 일에 대해선 한마디도 하지 않을 거고."

"뭘 말하지 않는다는 거야?"

강한 호기심이 생겼긴 아프로디테가 물었다. 다른 이들의 사생활과 사건, 불행 등에서 재미를 찾는 일은 모든 올림포스 신들의 취미이기도 했다.

"아테네와 아폴로가 또 그러고 있어."

"뭘 그러고 있다는 거야?"

"서로 죽이지 못해 안달하고 있지. 둘이서 트로이 전쟁을 다시 시작할 작정인가 봐."

"당연히 그러시겠지. 둘이 그렇게 즐기는 꼴을 아무도 그냥 놔두지 않을 거고."

그녀는 주변의 소박한 환경을 손으로 가리키며 말했다.

"그래서 누나는 누구 편이야?"

헤르메스는 궁금했다.

"지난번에 무슨 일이 있었는지 잊었어? 내가 손을 다쳤잖아. 그 전투에서 말이야."

그녀는 순간 어느 쪽 손이었는지 헷갈렸지만 얼른 오른손을 들어 손목을 가리켰다.

"봐, 아직도 흉터가 있잖아."

헤르메스는 그녀의 손을 잡고 살펴봤다.

"아니. 없는데."

"물론 흉터야 없지. 내 말은, 그때 그 고통을 아직도 기억한다는 거야. 그리고 난 고통을 좋아하지 않아. 내 손 좀 그렇게 잡고 있지 말고."

"그럼 누나, 내 편이 되어 줘."

"대체 무슨 소리를 하는 거야?"

"아폴로와 아테네 둘은 일리움(고대 트로이의 라틴어–옮긴이)에서 10년간 말썽을 부렸어. 대리인까지 내세워서 싸웠다구. 그런데 내가 한 거라곤 심부름 몇 개 한 게 다야. 이번에는 둘이 1대 1로 붙어서 누가 최고인지 증명할 작정인 것 같아."

"둘이 그렇게 싸우라고 놔둬."

"하지만 최고는 나인걸."

아프로디테가 웃었다.

"어쩌면 가장 귀여울 수는 있겠지. 하지만 귀여운 것과 최고는 달라."

"내가 최고라니까. 입증할 거야."

"내가 뭘 해 주길 바라?"

"날 지지해 주거나 아니면 모른 척해. 하지만 그들 편은 절대 들지 마."

"내가 지금 여기서 뭐 하는지 안 보여?"

그녀가 물었다.

"무슨 소리를 하는 거야?"

"난 외면하고 있잖아."

그녀는 헤르메스를 보지 않으면서 말했다.

아프로디테는 그녀의 얼굴을 가까이서 보고 싶어 돈을 모아 전복을 사러 온 시끌시끌한 소년들에게 전복을 한 봉지 팔았다.

"얘들 참 사랑스럽지 않아?"

그녀가 헤르메스에게 말했다. 하지만 그는 이미 떠난 후였다.

한옥 스타일의 클럽 H 앞에 해태 두 마리가 서 있었다. 마치 경복궁 앞에 있는 해태처럼 경비를 서고 있는 것 같았다.

해태로 변해 있던 범준과 양미는 다시 인간 모습으로 돌아와 소곤거렸다.

"이런 상태로 음식을 배달시킬 수 있을까?"

양미가 물었다.

"해태가 불 말고 뭘 먹을까? 뭘 시키는 게 좋을까?"

"아주 바삭하게 구운 바비큐는 먹을지도 모르지."

"시도는 해 볼 수 있지 않을까?."

범준이 부추겼다.

"나 혼자 먹긴 싫어."

"창피를 당하면 어쩌지? 2천 년 전의 어떤 여신이 우리를 창으로 공격할 때 얼굴에 바비큐 소스 범벅인 채일지도 모르잖아"

"내가 그걸 신경 쓸 것 같아?"

"아니."

"좋았어."

그녀는 핸드폰을 들어서 배달 앱을 열었다.

옥상 테라스에서는 또 다른 해태가 왔다 갔다 하면서 보초를 서고 있었다. 윙 소리에 그 해태의 시선이 쏠렸다. 작은 테이블 위에 올려놓은 스마트폰이 진동하는 소리였다.

해태는 순식간에 사라졌고 숙주인 민준이 나타나 전화를 받았다.

양미였다.

"무슨 일이야?".

"우리 갈비 시킬 건데. 너도 먹을래?"

"어디서?"

"새 식당을 뚫었지."

"괜히 모험하기 싫은데."

"뭐가 문제야?"

"맛없으면 어떡해?"

"후기들이 다 좋아."

"먹어 봤는데 맛은 없고, 배는 여전히 고프면?"

"나보다 더 너의 고통에 절절하게 공감하는 사람도 없을 거야, 오케이?"

"알았어."

핸드폰을 내려놓은 그는 다시 해태로 변신해 하늘을 올려다봤다.

봉황이 마치 드론처럼 하늘에서 빙빙 돌고 있었다.

해태는 그 모습을 잠시 바라봤다. 두 생물은 비슷한 종류인가? 자연스러운 동맹일까? 천적일까? 어쨌든 한동안 둘은 같은 편일 것으로 보였다.

돌로 만든 원 안의 깊은 땅속에 프로메테우스의 장치가 있었다. 윈디 혼자 그걸 지켜보고 있었다. 호스트 중 가장 능력이 강한 윈디가 최후의 방어선이 되기로 한 것이다.

"이봐. 내 말을 못 듣는 척하지 마. 네가 모두 들뜨게 만든 거 알고 있지만, 난 널 안 믿어. 세상에 공짜는 없어. 원하는 게 뭐야?"

윈디는 마치 사람에게 말하는 것처럼 그 장치에 대고 말했다.

아무 대답도 없었다. 사실 대답을 기대한 건 아니었다.

배를 타고 작은 섬으로 돌아오는 길에, 아프로디테 여신을 자기 딸이라고 생각하는 해녀 남 씨는 선장을 비롯한 뱃사람들과 수다를 떨며 딸과 다시 만나게 돼서 얼마나 감사한지 모르겠다고 했다. 남자들은 그 해녀가 그렇게 믿도록 내버려 뒀다. 고통으로 가득 찬 이 세상에서 누군가 잠시 행복하게 있게 놔둔다고 해가 되는 일도 아니었으니까.

"난 무형 문화유산이야. 넌 대체 뭐야?"

그 해녀의 사촌인 방 씨가 아프로디테에게 물었다. 두 사람이 말없이 몇 분 동안 서로 노려본 끝에 나온 말이었다.

"그들이 날 처음 봤을 때, 불멸의 신들은 두 손을 들고 기도했지. 그들 모두 날 아내로 맞이할 수 있게 해 달라고 말이야. 나의 등장, 바이올렛 왕관을 쓴 내 얼굴에 눈이 부셔서 말이야."

방 씨는 그 말에 어떻게 대꾸해야 좋을지 알 수 없었다. 그래서 대신 배 옆에 대고 침을 뱉었다.

"넌 내 조카가 아니야. 어떻게 감히 거짓말을 할 수 있지?"

방 씨가 참고 있던 말을 내뱉었다.

아프로디테는 가만히 방 씨를 바라보았다.

"당신은 그저 사촌의 웃는 얼굴을 보고 싶지 않은 거야."

속내를 들킨 해녀의 얼굴이 벌겋게 달아올랐다.

두 해녀는 하던 대로 물질할 준비를 했다. 잠수복을 입고 부낭을 챙기고 잠수할 때 쓰는 줄을 잠수복 위의 벨트에 묶었다. 바다에 들어가기 직전에 해녀 남 씨가 아프로디테에게 말했다.

"넌 여기서 기다려. 나 없이 물속에 들어가지 마."

그리고 두 해녀는 헤엄을 쳐서 해변에서 멀어졌다.

아프로디테는 한동안 조수 웅덩이를 지켜보다가, 그녀를 위해 춤추는 것처럼 보이는 작은 게의 익살스러운 몸짓을 보고 웃음을 터트렸다.

두 해녀가 몇 시간 후 수확물을 가지고 다시 헤엄쳐 왔을 때, 그 젊은 여자는 어디에도 보이지 않았다.

"어디야? 어디에 있니? 그 아이를 또 잃어버리면, 난 죽어. 죽는다고."

방 씨는 사촌이 정말 죽기라도 할까 봐 바로 다시 바다로 들어갔다. 물이 깊어지는 곳에 이르러 다이빙한 그녀는 재빨리 주변을 둘러보았지만 아무것도 보이지 않아 더 깊이 들어갔다. 그러다 목격한 풍경은 믿을 수 없을 만큼 놀라워서, 아무래도 자신이 물속에 너무 오래 있었다고 생각하게 됐다. 아프로디테가 마치 해저의 옥좌 위에 앉아 있는 것처럼 둥둥 떠 있었는데, 손에 그물로 만든 자루를 하나 들고 있었다. 그런데 바다 우렁이와 게와 다양한 바다 생물들이 그저 그녀 옆에 있고 싶은 듯 자발적으로 그 안으로 기어들어 가고 있었다.

해녀는 이게 백일몽이건 아니건 상관없다고 생각하면서 그 젊은 여자의 손을 잡고 위로 끌고 올라갔다.

둘이 해변에 다다랐을 때 남 씨는 너무나 안도한 나머지 우는 것도 잊어버렸다. 아프로디테가 성게와 소라고둥과 바다 우렁이로 가득 찬 자루를 보여 주자 남 씨는 기뻐서 웃었다. 하지만 사촌은 웃지 않았다.

일서는 아폴로에게 클럽 하우스 서재를 보여 줬다. 둘은 다양한 고대의 기계에 관한 책들을 살펴보고 있었다. 윈디가 지금 지하에서 지켜보고 있는 그 장치의 기능을 알 수 있을 만한 단서를 찾기 위해서였다. 둘은 어느 고고학 책에서 고대 장치를 찍은 큼지막한 사진을 한 장 발견했다. 백 년도 훨씬 전, 안티키테라섬 인근에서 발견된 난파선에서 나온 그 기계는 그들이 지금 조사하는 장치와 몇 가지 면에서 닮아 있었다.

"이건 태양계군요."

일서가 말했다.

"한 번 보고 심지어 두 번 봐도 그렇게 보이지. 하지만 세 번 보면? 그럼 지금처럼 확신할 수 없어."

아폴로가 말했다.

"무슨 뜻이죠?"

"탁월한 장인들은 가끔 자신의 가장 위대한 발명품에 두 가지 기능을 넣어 위장하는 수법을 쓰지. 하나는 딱 보면 무슨 기능인지 금방 보이지만 다른 하나는 그렇지 않아."

그는 사진에 나온 그 장치를 가리켰다.

"이 기어들은 올림픽 대회의 정확한 타이밍을 측정하도록 움직이지. 심지어 날씨까지 예측할 수 있어. 하지만 여기엔 그보다 더 깊은 의미의 목적이 있을 수 있거든. 이 책을 쓴 작가도 생각하지 못한 중요한 쓰임새 말이야. 그런데 이제는 장인도, 작가도 없으니 알 수가 없네."

일서는 그 말을 한동안 생각했다. 그리고 다리를 죽 폈다.

"다친 데는 좀 어때?"

아폴로가 물었다.

"덕분에 한결 나아졌습니다."

아폴로는 말없이 고개를 끄덕였다.

"이보다 훨씬 더 심각한 증세도 치료할 수 있는지 궁금하군요."

"너의 핏속에 있는 고통 말인가?"

일서는 깜짝 놀랐다. 그는 암 진단을 받은 것을 누구에게도 알린 적이 없었는데 어떻게 알았을까.

"난 의사지만 나도 한계는 있어."

"알겠습니다."

"두렵나?"

"죽음이요? 누군들 두렵지 않겠습니까? 하지만 고통은 생각도 하고 싶지 않네요. 의사들이 고통이 심할 거라고 경고하더군요."

"독이 있잖아."

"그건 제 스타일이 아니라서."

일서는 멋쩍은 듯했지만, 이야기를 계속했다.

"당신의 황금 화살 이야기를 읽어 본 적이 있습니다. 아폴로는 절대 과녁을 놓치지 않는 명사수라죠. 오디세이를 보면, 병이 없는 행복한 섬에서 누군가 늙어 죽을 때가 되면 당신이 아주 부드러운 화살을 쏘아서 그 삶을 끝내 준다고 했어요. 그 화살은 보이지 않게 날아 조그만 자국 하나 남기지 않은 채 목표를 맞혀 고통 없는 죽음을 맞이하게 해 준다고요. 마치 잠이 드는 것처럼."

"넌 내가 널 위해 그렇게 해 줄지 궁금한가?"

"그런 부담을 드려서 죄송합니다."

아폴로는 말없이 그를 바라봤다.

"넌 나를 찬양하는 노래도 부르지 않았고, 내 이름을 소리 내어 부르며 기도하지도 않았고, 내 조각상 앞에 단 한 번도 서 본 적이 없다. 심지어 머리가 없고 깨진 조각상이라 해도 말이야. 그리고 나에 대한 경외감을 느껴서 나에 대한 시를 읊은 적도 없지. 원한다면 네 인생을 바꿔야 한다."

"그건 우상 숭배인데요."

일서가 조용히 답했다.

"당연히 숭배해야지."

"전 장로교 교인입니다. '나 말고 다른 신을 섬기지 말라.'가 제가 지켜야 할 교리 중 하나죠."

"흠, 그렇다면 난 도와줄 수 없겠군."

지식과 치유와 음악과 예언과 그리고 무엇보다도 그들이 지금 토론하고 있는 문제의 핵심인 궁술의 신인 아폴로가 대답했다.

그때 갑자기 밖에서 집의 토대를 흔드는 천둥 같은 큰 소리가 들렸다. 전쟁의 여신 아테네가 치는 전투용 북소리였다.

한강 변에 줄줄이 서 있는 작고 낡은 창고 중 하나에서 불법 도박장이 열리고 있었다. 헤르메스는 블랙잭이라는 카드 게임을 알게 됐는데, 룰을 파악하자마자 그가 참여한 모든 게임판을 휩쓸었다.

도박의 신이기도 한 그 매력적인 청년은 블랙잭 테이블을 평정한 뒤 좁은 도박장을 빽빽하게 채운 슬롯머신 중 하나의 레버를 잡아당겼다. 대박!

그는 쏟아지는 칩을 웃으며 주워 담았고 또 베팅했다. 그 판도 당연히 이겼다. 그의 웃음소리가 도박장 내에 울려 퍼졌다. 그 웃음은 도박장 내 사람들을 조소하는 웃음도 아니었고, 승리한 자의 웃음도 아니었다. 그저 정말로 즐거워서 웃는 소리였다. 돈을 잃은 다른 도박꾼들도 화가 나고 씁쓸했지만 웃을 수밖에 없었다. 그들도 이유는 알 수 없지만 즐거워졌다.

하지만 불법 도박장의 주인이자 한 조직의 두목인 강 씨는 그럴 기분이 아니었다. 청년이 전부 따 버린 돈은 그의 돈이었기에.

"당신은 어떻게 도무지 지질 않지?"

강 씨는 도박장에 있는 사람들이 다 듣도록 큰 소리로 말했다.

"속임수를 썼으니까."

헤르메스가 말했다.

"뭐라고?"

"난 행운의 신이지만, 아무리 행운이 따라다닌다고 해도 가끔은 도움이 필요하거든."

"넌 빚을 갚아야 해. 네가 '딴' 돈보다 훨씬 더 많이 갚아야 할 거야." 강 씨가 싸늘하게 말했다.

"빚 대신에 네게 줄 만한 아주 적당한 것이 있는데, 그걸 가져다줄게." 헤르메스가 대꾸하자 모두 웃었다.

"지금 장난하냐?"

느닷없이 헤르메스가 입을 벌리고 하품했다.

"미안. 난 지금 피곤하진 않아. 지루하지도 않고."

그러면서 다시 하품했다.

도박꾼 몇 명도 그를 따라 하품했다. 잠시 후 이곳에 있는 사람들 모두 하품을 참으려고 애를 썼지만 뜻대로 되지 않았다. 강 씨도 하품하며 주위를 둘러봤다. 의자에 앉아서 자는 사람도 있었고, 심지어 서서 잠든 사람들도 있었다.

"곧 다시 보자고."

헤르메스가 말했다.

강 씨는 고개를 끄덕이며 잠에 빠져들었다.

클럽 H 밖에는 아폴로가 서 있었고 그의 양옆에는 해태가 된 범준과 양미가 있었다. 거대한 해태들은 심하게 동요한 사자들처럼 쉬지 않고 위협적으로 움직였다.

아테네가 부러진 창을 양손에 하나씩 들고 아폴로 앞에 서 있었다.

"내가 원하는 게 너에게 있지?"

그녀가 말했다.

"그래."

"이 도시에 내가 아끼는 아이가 있는데, 걔가 그걸 좋은 데 쓸 거야."

"그 여자는 그러지 않을 것 같은데. 난 예언의 신이잖아."

"신탁은 오해의 소지가 있어. 그 장치는 나와 내가 선택한 인간에게 남아 있는 게 최선이라는 게 현명한 나의 판단이야. 그리고 나는 지혜의 여신이지."

"창이 부러졌군."

아폴로가 창을 보며 말했다.

"다 알면서 굳이 말하는 건 뭐지."

"그 점을 강조하고 있는 거야."

"이 도시, 인간과 다른… 거주자들이 있는."

아테네는 해태들과 머리 위에서 날카로운 소리를 지르며 빙글빙글 돌고 있는 봉황을 가리키며 말했다.

"이곳은 우리가 모르는 곳이니 예상치 못한 위험이 닥칠 수 있다. 그러니 부러진 창을 경고로 받아들이고, 아폴로 네가 시키는 대로 하라. 뭐 이런 말을 하는 거냐?"

"음, 꼭 그렇다고 하기는 뭐하지만."

아폴로가 인정했다.

"맞아. 우리는 이 세계를 잘 몰라. 하지만 난 내가 원하는 걸 할 거야."

갑자기 그들이 밟고 서 있는 땅에서 우르르 소리가 났고, 순식간에 클럽 하우스가 공중으로 12m 정도 떠올랐다. 두꺼운 벽도 모두 토대에서 위로 밀어 올려져 마치 성곽의 벽처럼 보였다. 그 광경은 아찔하고 꿈을 꾸는 것처럼 환상적이었지만, 아테네에게는 돌덩이처럼 단단한 현실이기도 했다.

"내가 트로이의 성벽을 지었어. 이 벽들도 버틸 거야."

아폴로가 말했다.

"너와 나 단둘이 바로 여기서 싸우자. 다른 곳으로 가도 되고. 창이 부러졌으니 내가 불리하지만."

여신은 무시무시하게 빠른 속도로 부서진 창끝을 들어 아폴로의 목구멍을 노렸다. 하지만 아폴로 역시 어느새 황금 화살을 그녀의 목에 겨냥하고 있었다. 무승부였다.

"가수치곤 실력이 나쁘지 않은데."

아테네가 말했다.

그때 요란하게 코 고는 소리가 두 사람 사이에 끼어들었다. 해태들이 잠들어 있었다. 옥상에서 봉황도 긴 목을 테라스 가장자리 너머로 대롱거리며 잠들어 있었다.

"헤르메스!"

놀란 두 신이 짜증을 내며 큰 소리로 동시에 외쳤다.

아폴로는 시야를 멀리까지 확장했다. 그는 마음의 눈으로 클럽 지하에 있는 방들을 돌아보고, 지하실로 내려갔다가 잠들어 있는 윈디를 봤다. 프로메테우스가 헤파이스토스의 대장간에서 훔쳐 온 그 장치는 어디에도 보이지 않았다.

"너무 늦었어. 그 장치는 사라졌어."

"어디로?"

아테네가 화를 내며 물었다.

"나도 몰라. 헤르메스가 구름 속에 숨어 버렸어."

작은 적운 하나가 서울 시내를 가로질러 도박장으로 흘러들어갔다. 그 구름이 자는 도박꾼들을 지나치는 순간 그들은 잠에서 깨어났다. 구름이 멈추자 안개는 사라지고 불멸의 장치를 든 헤르메스가 나타났다.

의식을 찾은 강 씨에게 헤르메스가 장치를 넘겨주며 말했다.

"이제 계산 끝난 거지?"

강 씨는 어쩔 수 없이 두 손으로 그걸 받았다. 그러자 그 금속의 표면이 희미하게 빛났다. 마치 그 안에 있는 힘이 깨어나고 있는 것 같았다.

강 씨는 갑자기 할머니가 말씀해 주셨던 구미호에 관한 이야기가 떠올랐다. 꼬리 아홉 개 달린 그 여우는 혀 밑에 구슬을 하나 가지고 다니는데, 사람이 만약 그 여우 구슬을 빼앗아 자기 입속에 넣고 하늘을 본다면 그는 하늘의 원리에 대해 전부 알게 된다. 그리고 제일 먼저 땅을 본다면 땅에 대해 알아야 할 모든 것을 알게 될 거란 이야기였다. 할머니께서는 말씀하셨다. 이 이야기의 교훈은 고개를 숙이지 말고 들어서 세상의 원리가 아닌 하늘의 원리를 따르라는 것이라고. 하지만 강 씨는 어린 나이에도 이렇게 생각했다. '하늘에서 일어나는 일에 누가 신경이나 쓴대? 내가 원하는 건 바로 눈앞에 있는데.' 어른이 되어도 그 생각은 변하지 않았다.

강 씨는 그의 사업장을 가득 채운 도박꾼들을 돌아봤다.

"다들 집에 가요. 오늘 영업은 끝났어."

손님들이 모두 나간 뒤, 몇 안 되는 그의 부하들과 오늘 밤 이곳을 뒤흔드는 활약을 한 매력적인 청년만 남았다. 이제 배구공 크기의 그 기이한 기계만 강 씨의 손에 들려 있었다.

"이건 뭐에 쓰는 거지?"

강 씨가 물었다.

"그건 당신에게 달린 것 같다는 느낌이 오는데."

헤르메스가 대답했다.

서울역에서 몇 블록 떨어진 곳에 작은 추어탕집이 하나 있었다. 오래되고 좁은 거리를 따라 늘어선 몇 안 되는 작은 가게들의 벽에는 '철거 예정'이라고 휘갈겨 쓰여 있었다. 제우스는 그중에서도 그 추어탕집이 마음에 쏙 들었다. 작은 미꾸라지를 갈아서 끓인 그 진하고 짭짤한 탕을 사람들은 정력 강화제로 여겼다. 물론 제우스는 그 방면에서 그야말로 정력적으로 활동하고 있으니 그런 강화제는 필요하지 않았다. 행동생물학적 관점에서 추어탕을 먹으면 우울감과 나쁜 기억과 아쉬움 같은 감정이 빠져나간다고 하는데, 불멸의 존재인 제우스에게는 아주 적절한 음식이었다.

안대를 한 늙은 남자 하나가 제우스의 맞은편에 앉아 이야기를 시작했다. 과거에 그의 아버지가 자기와 자기 형제들을 얼마나 모질게 대했는지에 대한 이야기였다. 그때는 전쟁이 막 끝났을 때라 먹을 것은 귀했고, 가족이 살아남아야 했기에 모두 닥치는 대로 일을 하던 시절이었다.

"그렇다고 그렇게 자식들을 두들겨 패도 되는 거야?"

그 노인은 딱히 대답을 기대하는 건 아닌 듯 혼잣말처럼 중얼거렸다. 우락부락하게 생긴 이목구비 위로 따뜻한 추어탕에서 나온 김이 피어올랐다.

"아직도 몸 여기저기에 흉터가 남아 있다니까."

"흉터라고?"

지팡이를 가지고 제우스 옆에 앉아 있던 또 다른 노인이 끼어들었다.

"난 아직도 뼈마디가 아파. 비가 올라 치면 우리 아버지에게 맞은 다리가 아직도 아프다고."

다른 손님들은 부담스러울 정도로 자세한 그 이야기를 들으며 각자만의 기억에 빠져들었다.

"우리 아버지는 내 형제자매들을 다 먹어 치웠어. 통째로 삼켰지. 내가 태어난 후 아버지가 나도 꿀꺽 삼키려고 했는데, 어머니가 내 배내옷 속에 돌덩이를 하나 숨겨 놨었지. 그래서 아버지는 내가 아닌 그 돌덩이를 삼킨 거야. 그 늙은 괴물이 말이지."

제우스가 말했다.

그는 거기서 이야기를 멈췄지만 다른 손님들은 더 듣고 싶어 했다.

"그래서 내가 다 컸을 때 아버지에게 독을 먹여서 내 형제자매들을 토해 내게 했어. 그 후에 우리는 아버지와 아버지의 패거리와 전쟁을 벌여서 마침내 다 물리쳤지. 긴 전쟁이었어."

그 이야기에 다들 뭐라 대꾸해야 할지 알 수 없었다. 제우스가 손님들을 찬찬히 둘러봤다.

"자네들이 내 편이었으면, 그 전쟁은 10분 만에 끝났을 텐데."

식당에 있는 사람들 모두 환호했다.

각각의 우주 사이에 있는 베일이 점점 얇아지고 있었다. 윈디는 해태 무리가 재미로 버스를 쫓아가는 모습을 봤고, 새로 온 봉황이 해태가 가는 곳마다 머리 위에서 날고 있는 모습도 볼 수 있었다. 그때쯤 윈디는 언제든 마음만 내키면 해태가 될 수 있었고, 해태도 윈디로 변할 수 있었다.

윈디와 지수는 클럽 하우스의 옥상 테라스에 있었다.

거대한 봉황은 생쥐를 찾는 독수리처럼 그들의 머리 위에서 천천히 맴돌고 있었다.

"내가 너의 그 큰 닭을 타고 한 바퀴 돌아봐도 돼?"

"걔는 내 것도 아니고, 자기를 닭이라고 부르면 엄청 화를 낼 거야."

"뭐 특별히 악감정이 있어서 그렇게 부른 건 아니야. 저건 어떻게 타야 해?"

"지붕 위에서 뛰어내려 봐. 봉황이 널 마음에 들어 하면 둘이 합쳐질 거야. 그렇지 않으면, 만나서 반가웠어. 뭐 그런 거지."

"농담이지?"

"진짜 봉황과 합쳐지고 싶어?"

"물론이지."

"내가 물어볼게."

"넌 해태가 되고 싶지 않아?"

"땅바닥에 딱 붙어서 기어 다니라고?"

"해태도 꽤 높이 점프할 수 있어. 사실 거의 나는 거나 마찬가지야."

"내 스타일은 아니야."

지수가 윈디의 마음을 전하자 봉황은 안 될 것 없지, 라고 대답했다.

봉황과 하나가 된 윈디는 마포 대교 위를 날면서 가슴이 탁 트이는 흥분을 느꼈다. 하지만 높은 곳에서 뛰어내리는 사람에 대한 연민도 동시에 느꼈다. 삶이 힘들어서, 혹은 다른 문제로 지금 이 순간에도 죽으려고 뛰어내리고 있을지도 모르니까.

윈디는 항상 자신에게 공감 능력이 부족하다 여겼기 때문에, 낯선 사람에 대한 이런 걱정이 지금 숙주가 된 봉황에게서 나오는 게 아닌가 싶었다. 해태로 변신했을 때는 옳고 그름을 판단할 수 있는 단호한 능력이 생긴 것처럼 느껴졌기 때문이다. 해태가 강직한 유교 철학을 지닌 판사라면, 봉황은 도량이 넓고 어진 왕과 같은 느낌이 들었다. 어쨌거나 지금 이 순간은 저 밑의 땅에 있는 존재들을 보호해야 한다는 책임감이 생겼다.

해태의 숙주가 됐을 때 느끼는 가족, 우정, 소속감 같은 감정이 윈디 자신이 아니라 해태가 느끼는 게 아닌가 싶었다. 그렇다면 그녀가 느끼는 모든 감정과 느낌 또한 그녀의 것이 아니라, 그녀의 몸에 잠깐 머물렀다 떠나는 신이나 영혼의 것이 아닐까 하는 생각마저 들었다.

봉황이 되어 아래를 살펴보던 윈디는 마포 대교 위에서 불행한 일은 생기지 않을 것 같아 몸을 돌려 한강 서쪽 강변을 따라 천천히 날았다. 그러다 그녀의 예리한 시야에 저 밑에 있는 물속에서 거대한 머리 여러 개가 불쑥 떠오른 모습이 들어왔다. 마치 한 무리의 하마가 강둑 근처의 얕은 물 속에서 놀고 있는 것 같은 모습이었다.

'저게 대체 뭐지?'

그녀는 널찍한 날개를 접고 좀 더 가까이서 보려고 밑으로 내려갔다.

해태들이었다. 그들은 다른 서울 시민들처럼 강에서 즐겁게 헤엄치며 놀고 있었다.

윈디는 빙긋 웃었다. 거대한 새의 얼굴은 웃는다기보다는 부리를 살짝 비트는 것처럼 보였지만. 걱정하지 마, 얘들아. 해태 무리를 보며 흐뭇해진 윈디가 생각했다. 봉황 놀이에 빠져 있기엔 너희들이 너무 그립거든.

그녀는 수직으로 낙하해 해태 무리의 선두에 있는 녀석에게 뛰어들었다.

그 순간 봉황에서 빠져나온 윈디는 해태 리더의 몸에 들어가 이제는 거대한 새가 아니라 해태의 눈으로 세상을 보게 됐다. 윈디는 그게 어찌나 쉽던지 충격을 받았다. 마치 하나의 디딤돌에서 그 앞에 있는 디딤돌로 폴짝 뛰어오르는 것처럼 봉황에서 해태로 몸을 옮기기가 정말 간단했기 때문이다.

손님들이 다 빠져나간 도박장에서 강 씨와 어쩌면 그의 공범이 돼 버린 듯한 헤르메스는 이 문제의 기계를 돌려 보고, 비틀어 보고, 튕겨 보고, 심지어 발로 차 보기까지 했다. 하지만 강 씨가 처음 그걸 손에 잡았을 때 낮게 윙 소리가 난 것 빼고는 아무 변화도 나타나지 않았다.

　"분명, 거의 다 됐을 거야."

　헤르메스가 두목을 격려했다.

　하지만 강 씨는 이 장치도 그렇고, 매력이 점점 떨어지는 이 청년에 대해서도 확신이 들지 않았다.

　"두목! 습격입니다!"

　한 남자가 머리에서 피를 흘리며 계단을 뛰어 올라왔다.

　도둑의 신이 가는 곳마다 추종자들을 끌어들이는 바람에, 불법 카지노를 아무리 잘 숨기고 경계를 철저히 했더라도 예외가 될 수 없었다.

　"내 잘못이야."

　헤르메스가 입을 열었다.

　하지만 그가 그 이유를 설명하기도 전에, 밑에서 싸우는 소리와 악을 쓰는 소리가 모든 걸 장악해 버렸다.

　"몇 놈이야?"

　강 씨가 물었다.

　"스물입니다!"

부하 중 하나가 외쳤다.

그들이 감당할 수 있는 숫자보다 한참 더 많았다. 이건 분명 최대한 풍파를 일으키지 않은 채 조용히 살아가려는 강 씨의 노력에도 불구하고 그를 가만히 놔두지 않는 라이벌 조직 두목 정 씨의 짓일 것이다.

"아… 총이 있었다면."

강 씨가 헤르메스에게 받은 기계장치를 테이블 위에 내려놓고 미국의 갱단들을 부러워하며 투덜거렸다. 그쪽은 모두 총으로 무장한다. 한국 조직들은 맨주먹과 야구 방망이로 싸워야 하고, 상황이 아주 심각할 때는 회칼을 들 수밖에 없다. 그래서 지금처럼 수적으로 심각하게 불리한 상황에서 단순히 힘만으로는 이길 수가 없는 것이다.

"우리에게 총이 있었더라면."

갑자기 테이블 위에 있는 장치에서 희미하게 빛이 나기 시작했다. 장치 주위를 둘러싼 빛은 저들끼리 모여서 어떤 형체를 이루었다. 빛이 한 겹, 한 겹 더해지면서 여러 개의 모양이 보이기 시작했다. 처음에는 투명했던 형상이 마침내 선명하고 단단하면서 형체를 알 수 있는 물건이 됐다. 그것은 9밀리 반자동 권총들이었다.

"오, 저것 좀 봐. 저게 뭐야?"

다른 사람들처럼 놀란 헤르메스가 외쳤다.

"장전돼 있어."

그들은 방금 본 광경이 믿기지 않았지만 급히 그 총으로 무장했다. 그중 하나는 지하철에서 윈디에게 한쪽 팔을 물어 뜯긴 파란 머리의 남자였다. 그 팔은 의수로 교체했지만 전사의 역할을 하기에는 아무 문제가 없었다. 그는 온전한 손으로 총 하나를 능숙하게 집었다.

"로켓 발사기는 어때?"

강 씨가 욕심을 냈다.

그 장치가 윙 소리를 내더니 주위를 둘러싼 광자들이 형태를 갖추기 시작했다. 강 씨는 시험 삼아 지금 만들어지고 있는 RPG-7 로켓 발사기 속으로 손을 쓱 넣어 봤다. 그러자 손은 점점 모여드는 빛의 입자를 그대로 통과해 버렸다.

"이건 시간이 좀 걸릴 것 같은데."

헤르메스가 말했다.

갑자기 권총이 생기긴 했지만, 창고에서 일어난 전투는 여전히 접전이었다. 강 씨의 부하들은 권총에 익숙지 않아서 효과적으로 싸우지 못했다. 적들과 붙어서 싸우다 총 세 자루를 뺏겨서 이제 다들 서로에게 총을 쏴 대는 바람에 아스팔트 위에 흩어져 있는 대형 선적 컨테이너에 몸을 숨겨야 할 형편이었다. 아주 요란하고 격렬했다.

그때 강 씨가 갓 제작된 로켓 발사기로 상대들의 옆에 있는 금속 컨테이너를 날려 버렸다. 가연성이 아주 높은 제초제가 가득 들어 있던 컨테이너는 강한 폭발음과 함께 부서지며 활활 타올랐다. 강 씨는 도망치는 적들을 만족스럽게 지켜보다 갑자기 제정신이 들었다. 폭발에서 생긴 불타는 잔해들이 사방에 내려앉아 타오르고 있었기 때문이다 대화재가 발생할지도 모른다는 걱정이 들기 시작했다.

타이탄의 폭발 사태는 여러 세계 사이의 장막을 약하게 만들었고, 덕분에 멤버들은 해태를 자유자재로 불러낼 수 있었다.

멤버들이 다 함께 식사를 하던 어느 날, 갑자기 민준의 눈이 흐릿해져 모두 긴장했다. 이번에는 민준이 큰불이 날 조짐을 알아차린 듯 보였다. 양미는 느닷없이 치고 들어온 이 새로운 사건에 꼭 참여해야 하는지 투덜댔지만, 둔주 상태인 민준과 함께 시내를 재빨리 가로질러 현장에 나타났다.

강 씨가 쏜 로켓 때문에 일어난 화재가 너무나도 컸기 때문에 윈디와 해태 무리는 서둘러 불을 제압했다.

소방차들이 재빨리 현장에 도착했지만, 언제나 그렇듯 이미 불은 꺼져 있었다. 함께 온 경찰들은 영역 전쟁을 벌인 양쪽 조직 폭력배들을 체포하려 동분서주했고, 강 두목을 발견하고 체포하려 했다. 하지만 헤르메스가 좀 더 빨랐다. 도주의 신인 그는 주변으로 구름을 던져서 강 씨를 숨긴 뒤 정신없는 난장판의 한가운데를 유유히 지나 가장 가까운 거리로 빠져나갔다.

화재 현장에서 윈디를 마주친 파란 머리 남자가 그녀를 바로 알아봤다. 그는 그녀를 향해 재빨리 다가가 권총을 겨눴다.

"괴물."

하지만 윈디는 그를 알아보지 못했다. 남자가 방아쇠를 당긴 순간 휠체어가 그를 들이받아 총알이 빗나갔다.

경찰들이 남자에게 모여들었고, 윈디는 아슬아슬하게 죽음을 모면했다. 종남이 휠체어를 바로 잡고 그녀를 살피러 다가갔다.

"괜찮아요?"

"제 목숨을 구해 주셨네요."

윈디가 대답했다.

"그럼 우리는 비긴 거네요."

그가 무슨 말을 하는지 윈디는 알 수 없었다.

대폿집에서 김종남 수사관이 고기를 굽고 있었다.

"오랜만이에요."

"몇 주밖에 안 지났잖아요."

윈디는 얼마 전 범준과 같이 조사받았던 때를 떠올렸다.

"사실, 25년도 넘었어요. 서촌 오피스텔의 불을 끈 건 당신이었죠. 당신은 그때 아마도 한 살 정도였을 거예요. 나는 당신을 구하러 가려고 했지만, 내가 있던 쪽 모퉁이가 무너졌어요. 알고 보니 건축업자들이 그 건물을 지을 때 자재를 충분히 쓰지 않았던 거죠. 난 그 날림으로 만든 건물 콘크리트 더미에 깔려 있었어요. 불길이 점점 나를 향해 다가오는 모습이 마치 살아 움직이는 것 같았어요. 당신도 알죠?"

"네."

윈디는 종남을 자세히 바라봤다.

"활활 타오르는 불 한복판에 있을 때 불이 나에게 말을 걸었어요. 그 불은 번개처럼 빠르게 끝도 없이 말했죠. 사실 입을 다물지 않았다는 표현이 어울릴지도 모르겠어요. 그 목소리가 앞으로 몇 분 동안 내가 얼마나 심하게 불에 탈 것인지 알려 줬죠. 그 순간 난 그 미래를 상상할 수밖에 없었어요. 너무 겁이 났고 그간 내가 받은 모든 훈련은 머릿속에서 날아가 버렸죠. 난 죽기만 기다리고 있었어요. 그때."

갑자기 테이블 밑에 있는 통에 든 숯이 펑펑 소리를 내며 꺼져 버렸다. 통기 분기관에서 연기가 새어 나왔고, 식당 종업원이 뛰어와 수습하면서 정신없이 사과했다.

"흠, 바로 이런 일이 벌어졌죠. 불이 그냥 꺼져 버린 거예요. 난 아직도 살아 있고."

그는 미소를 지으며 펑펑 소리가 나는 테이블의 그릴을 손가락으로 가리켰다.

긴 침묵이 흘렀다.

"고맙습니다. 그리고 미안해요."

윈디가 말했다.

"내가 휠체어에 앉은 신세가 돼서? 아닌데. 난 살아 있잖아요. 덕분에."

그릴의 숯에 다시 불이 붙었고, 종남은 다시 고기를 굽기 시작했다.

"내가 아니라 해태 덕분이죠."

"그렇게 말할 줄 알았어요."

"그래서 경찰서가 아니라 고깃집에서 질문하시는 건가요?"

"녹음기와 CCTV가 있는 곳보다는 여기서 훨씬 더 솔직하게 말할 것 같아서요."

"그렇군요."

한참 둘 다 아무 말 없이 고기만 먹다가, 불판을 한 번 갈았을 때쯤 윈디가 이야기를 시작했다.

"내 친구는 그 방화범이 한 말을 믿었어요. 인류의 진화과정에서 새로운 도약이 일어날 거고, 우리 옆에 있는 다른 우주와 접촉해서 프로메테우스라는 존재를 만날 수 있다는 이야기를요. 그를 풀어 주면 이전의 모든 기술을 압도할 아주… 화려한 기술을 보상으로 받게 될 거라고 했대요. 그리고 친구는 정말 그렇게 해 버렸어요. 하지만 아주 거대한 반작용도 생겼죠. 친구도 예상했었나 봐요. 그래서 내가, 아니 해태가 관여하게 됐어요. 그 모든 일이 끝났을 때, 일종의 마법 같은 장치가 내 손에 들어왔답니다."

긴 침묵이 흘렀다.

"그 거대한 새 이야기는 빼놓았네요."

"보셨어요?"

"뭔가 보긴 봤어요. 마치 꿈을 꾸는 것 같았어요. 하지만 그건 꿈이 아니었죠."

"맞아요. 봉황이 나타났어요. 그리스 신들도 한 무더기 나타났고. 그 사건 때문에 여러 우주 사이의 장막이 훨씬 더 넘나들기 쉬워졌죠. 사실 그 새는 원래부터 여기 있었어요. 그 여자애는 서울에 사니까. 하지만 그리스 신들은 새로 왔죠."

"방금 말한 그 친구는 당신이 사랑하는 사람인가요?"

"네."

원디는 허가 찔린 질문에 놀랐고, 자신의 대답에도 놀랐다.

"늘 있는 일이죠."

"나에겐 그렇지 않아요."

"그 사람은 잘 있나요?"

"사라졌어요. 아마 내가 끈 불에 휘말려 사라졌는지 모르고. 어쩌면 이미 죽었을지도 몰라요. 나도 모르겠어요."

"원한다면 그 사람을 찾는 걸 도울 수 있어요."

"그렇게 말씀해 주시다니 정말 친절하시군요. 하지만 찾을 수 없을 것 같아요. 이 세계에는 없는 것 같아요."

둘은 잠시 아무 말도 하지 않았다.

"이 일이 어떻게 끝날까요?"

"해태가 감당할 수 있는 일은 아닌 것 같아요."

윈디가 말했다.

올림포스 타워의 건설은 이 건물의 후원자이자 CEO의 수치스러운 죽음과 꼭대기 층에서 잠시 일어난 수상한 화재 때문에 중단됐다. 그러나 온갖 종류의 경계를 넘나드는 신인 헤르메스가 고작 출입 금지 경고 문구가 있는 얇은 플라스틱 테이프 따위에 물러설 리가 없었다. 사실 그는 의기양양하게 자신의 수많은 존칭 중에 '테이프를 뛰어넘는 신'도 추가했다.

그는 강 씨를 데리고 사방이 뻥 뚫려 현기증이 나는 공사용 엘리베이터를 타고 맨 위로 올라갔다. 그리고 나서 방금 막 그들이 내린 엘리베이터를 가리켰다.

"우리를 따라올 방법이 없으면 끝내주겠지."

"그러면 내려갈 방법이 없잖아."

강 씨가 말했다.

"맞아."

"그러지 뭐."

헤르메스는 옥상 여기저기에 방치된 공사 장비 중에 크고 묵직한 렌치를 집어 들고 엘리베이터로 향했다.

"그냥 마법의 지팡이 같은 걸 흔들 순 없는 거야?"

강 씨가 말했다.

"이게 그 마법의 지팡이야."

헤르메스는 렌치로 스위치를 부숴 버렸다.

"뭐 그 정도면 됐네."

둘은 자연스럽게 그들 밑에 있는 서울의 전경을 바라봤다. 헤르메스는 그 아름다움에 감탄하며, 강 씨는 이 도시를 손에 넣는다는 환상에 취했다.

"이제 시작해 보지."

헤르메스가 말했다.

강 씨는 어깨에 메고 있던 배낭을 열어 광자를 최첨단 무기로 전환하는 그 장치를 꺼냈다. 이제 그들은 그걸로 얼마나 대단한 무기를 만들어 낼 수 있는지 볼 것이다.

"어서 해 봐. 그게 널 좋아하는 것 같으니 말이야."

헤르메스가 말했다.

그의 말대로 장치는 이 깡패 말고는 다른 누구에게도 반응을 보이지 않았다. 마치 알에서 깨어나 그를 처음 본 새끼 오리처럼 그가 머릿속에 각인된 모양이었다. 새끼 오리가 무에서 로켓 발사기를 만들어 낼 수 있다면 말이다.

강 씨는 그것을 잠시 물끄러미 바라봤다.

"네가 만들어 낼 수 있는 가장 강력한 무기를 원해."

그 장치에서 윙 소리가 나며, 놀랍게도 말을 했다.

"무슨 색?"

제주로 돌아가는 배에서, 해녀 방 씨는 나직하게 하지만 단호하게 아프로디테에게 말했다.

"집으로 돌아가. 용궁으로 돌아가란 말이야. 우린 건드리지 말고. 난 네가 여기 있는 게 너무 싫어."

"내가 유일하게 싫어하는 건 사랑의 힘을 부인하는 인간들이야. 이유는 몰라도 자기가 잘났다고 생각하는 사람, 혹은 상대가 넘볼 수 없을 만큼 자기가 대단한 사람이라고 착각하는 사람들 말이지. 예를 들어 저기 있는 저 사람."

아프로디테는 선장을 가리켰다.

"저이는 그저 못생기고 늙은 바보일 뿐이야."

방 씨가 끼어들었다.

"저 사람은 너희 둘이 어릴 때부터 널 사랑했어."

"그때는 못생기고 젊은 바보였지."

"넌 저 사람의 짝이 되기엔 너무 잘났고."

"누구든 내 짝이 되기엔 부족했지."

"한때는 예뻤군. 그래, 그건 보이네."

"넌 아주 많은 게 보이는 척하는구나."

"하지만 저 사람이… 정말 네가 말하는 것만큼 그렇게 매력이 없는 거야? 저 탄탄한 팔 근육 좀 봐. 날씬한 허리며, 눈에 이글거리는 불꽃 하며."

그의 팔은 축 늘어졌고, 허리는 절대 날씬하지 않았다. 다만 아프로디테가 그 말을 할 때 선장이 고개를 돌려 오랫동안 짝사랑해 온 방 씨를 봤는데, 그 눈은 아직 반짝이는 것 같았다.

"저런 남자와 사랑에 빠지지 않는다니 믿을 수 없어."

사랑의 여신이 이렇게 결론을 내렸다.

"흠, 믿어 봐."

그날 밤, 방 씨는 새로 온 낯선 여자가 정말 모녀인 것처럼 사촌의 어깨에 머리를 기대어 자는 모습을 봤다. 그녀는 이게 가능한 일인지 궁금했다. 도통 잠을 잘 수 없었던 그녀는 가벼운 코트를 입고 산책을 나갔다. 잠시 후 그녀는 낮은 담벼락에 기대서서 담배를 피우며 별을 보고 있는 선장을 발견했다. 그는 방 씨를 보고 깜짝 놀랐다.

"당신은 왜 항상 여기 나와 있는 거야?"

그녀가 물었다.

"그걸 묻는 데 50년이나 걸렸단 말이야?"

"응."

"처음 여기 나와 있을 때는 나 혼자 별을 보며 뭘 하고 있었을까. 당신이 감동할 만한 아주 낭만적인 이유가 있었어."

"그게 뭐였는데?"

"기억 안 나."

"정말?"

"응. 원래는 내가 당신 생각에 잠 못 이루는 것처럼, 당신 도 내 생각에 잠 못 이뤄 산책 나오길 바랐지. 그리고 여기 있는 나를 보고 뭐 하냐고 물어보면 그때 네가 날 더 사랑하게 할 이야기를 들려줄 계획이었거든. 하지만 지난 50년 동안 네가 세상모르고 자는 바람에, 할 말을 다 잊어버렸어."

해녀는 깔깔 웃으면서 그의 옆에 앉았다.

"뭐든 지어내 봐."

"이젠 너무 늙었어."

"해 보라니까."

"시킨다고 할 수 있는 게 아니야. 며칠 밤을 생각해야 해."

"서두를 것 없어."

그녀가 갑자기 그의 어깨에 머리를 기댔다. 선장은 이 꿈 같은 상황을 믿을 수 없었다. 반세기가 지난 후 마침내 그의 꿈이 이뤄진 것이다.

"난 유성을 기다리고 있어. 그때 그렇게 말하려고 했어. 그러면 당신이 이렇게 대꾸해 주길 바랐지. '같이 기다리자.'"

그때 갑자기 유성이 떨어졌다. 둘 다 그 광경을 보고 즐거워하며 웃었다.

집에 있는 아프로디테도 잠을 자지 않고 유성을 보고 있었다. 그녀가 고개를 기울이자 하늘 저편에 또 다른 유성이 화답하듯 반짝였다.

아폴로는 클럽 하우스 서재에 앉아 깊은 생각에 잠겨 있었다. 아주 멀리까지 볼 수 있는 마음의 눈으로, 그는 서울의 스카이라인을 지나 이 도시의 표면과 땅속까지 들여다봤다. 서울의 대로, 골목길, 지하상가와 지하철, 터널. 모두 그 말썽꾸러기 동생의 소재를 알아낼 수 있는 단서를 찾기 위해서였다.

마침내 그는 목표에 '명중'했다는 느낌, 아니 적어도 목표에 점점 가까워지고 있다는 느낌을 받았다.

그는 서재를 나와 벽에 목재 패널을 댄 복도를 따라 미디어 룸으로 들어갔다.

"헤르메스가 숨어 있는 구름을 뚫었어. 부분적으로 말이야. 그 자식은 이 도시의 북쪽 사분면 안에 있어."

이 집 사람들 모두, 손님까지 다 모여 TV 뉴스를 보고 있었다. 화면에 종로 한복판에 서 있는 고대 그리스의 거대한 무장 보병이 나왔다.

뉴스 진행자가 자세한 소식을 전했다.

하룻밤 사이에 엄청난 변화가 생겼습니다. 위기에 처한 타이타니스 기업의 부회장 임 씨는 불과 어제만 해도 기자들이 던진 CEO 강 씨의 죽음이나 초고층 빌딩 올림포스 타워의 건설 상황에 관한 질문에 일체 답변을 거부했습니다. 하지만 오늘 그 건물이 사상 최대 크기의 홀로그램을 전시하고 있습니다. 600m나 되는 높이의 고대 그리스 전사가 샌들부터 헬멧에 이르기까지....

"당신이 특종을 놓친 것 같은데."

너무 놀라 그 자리에 돌처럼 굳어 버린 아폴로를 향해 범준이 말했다.

이거야말로 분명 타이타니스 기업이 건재하며 여전히 최첨단 기술 분야에서 경쟁력이 있다는 점을 온 세상에 알리기 위해 고안한 놀라운 홍보 전략입니다.

아폴로는 뉴스를 보면서도 눈을 의심했다.

"저건 '홍보 전략'이 아니야. 탈로스(그리스 신화에 나오는 청동 거인-옮긴이)가 만들어지고 있는 거야. 저게 완성되면, 너희들의 세계에서는 아무도 저걸 막을 수 없어."

임 씨와 같이 뉴스를 보고 있던 아테나도 아폴로와 같은 생각이었다.

"탈로스는 헤파이스토스가 발명한 거대한 로봇 같은 거야. 그걸 이아손(금빛 양털을 차지한 용사-옮긴이)과 메데이아(이아손이 금빛 양털을 손에 넣을 수 있게 도와준 여자 마법사-옮긴이)가 파괴했지. 저걸 보니 대장장이 신의 디자인이 아직 남아 있나 보군."

강 씨와 헤르메스는 거대한 전사 탈로스의 몸이 만들어지는 동안 밑을 내려다봤다. 높은 곳에서 보니 이것은 단순한 홀로그램이 아니었다.

초고층 빌딩의 꼭대기 층이 거대한 머릿속과 비슷해지기 시작했다. 프로메테우스가 훔친 그 정체불명의 장치가 실제로 거대한 3D 프린터처럼 단단한 황동색 놋쇠 전사를 만들고 있었다.

강 씨는 숨기기도 쉽고 간편하게 휴대할 수 있는 걸 바랐지 저런 거대한 괴물을 주문한 게 아니었다며 투덜댔다.

강 씨의 불평을 들은 헤르메스는 욕심만 많았지 모자란 그가 어이없었다.

"탈로스가 완성되면, 숨길 필요가 뭐가 있어? 지금 너의 작은 기계가 하나씩 겹겹이 쌓아 올려 만들고 있는 건 신들의 금속으로 만들어진 용사야. 그 어떤 것도 이걸 뚫고 들어갈 수 없어. 적어도 이 우주에선 그래."

"태권V처럼 생겼는데? 우주 최강이라고?"

"태권V? 그건 뭐야? 한국의 영웅이야?"

"그렇지."

설명하기 귀찮았던 강 씨는 적당히 고개를 끄덕였다.

"어쨌든 탈로스는 네가 조종하게 될 거야. 그 힘을 한 번만 보여 줘도 네 마음대로 이 세상을 주무를 수 있어."

헤르메스는 놋쇠 전사의 머릿속 한가운데 자리 잡은, 고대 대리석 옥좌처럼 생긴 조종석을 가리켰다.

"이게 완성되기도 전에 사람들이 우릴 추격할 거야."

"그래 봤자 소용없어. 이게 완성되기 전에 막을 수 있는 실력자들은 아폴로와 아테네 둘뿐이야. 제우스는 이 판에 끼지 않을 것 같으니까. 그리고 지금은 약해 보이지만, 완성만 되면 그 둘도 탈로스를 이길 수 없어."

"그 사람들이 누군데?"

헤르메스는 그 질문에 슬퍼졌다. 그의 가족뿐만 아니라 그도 지금 이 지구에선 무명인이었다.

"나의 이복형과 이복 누나와 아버지야."

"재미있는 가족이군."

"그런 셈이지."

"이 일에서 네가 얻는 이득은 뭔데?"

헤르메스는 강 씨가 마음에 안 들긴 했지만 솔직하게 대답하는 게 나쁘지 않을 것 같았다.

"내 세계에서 난 충분히 존경받고 있어. 하지만 단 한 번만이라도, 그 이상을 원해. 사람들이 날 존경하는 게 아니라 두려워하면 좋겠어. 경외심을 가지고 날 우러러보면 좋겠다고."

강 씨는 갑자기 이 낯선 청년에게 동질감을 느꼈다. 불쑥 나타나서 그의 인생을 바꾸라고 선동하는 이 청년을 지금까지 순순히 따라온 것은 자신에게 유리해 보여서였다. 하지만 이건 달랐다. 그는 이 청년의 욕망을 잘 알고 있었다. 그 역시 평생 같은 이유로 고통받아 왔기 때문이다.

"나도 그래. 나도."

그 말에 용기가 생긴 헤르메스는 동료 신들에게도 하지 못했던 말을 하루살이처럼 짧게 살다 가는 필멸의 인간에게 술술 풀어놨다.

"난 강력한 가문에서 태어났어. 모두 우리를 우러러봤지. 나는 우리 가족 중에서도 상냥한 편이거든? 다른 가족들은 상냥하고는 거리가 멀어. 그런데 사람들은 그걸 몰라. 내게는 경마에 베팅할 때 승리하는 팁 따위나 물어봐. 의지할 사람이 없을 때 도와달라고 내게 울부짖진 않아. 사랑에 빠졌지만 퇴짜맞았거나, 아기를 가지고 싶지만 그럴 수 없거나, 전쟁에 나가기 전 혹은 늙고 병들어서 죽음을 앞둔 순간같이 힘들고 중요한 때, 내게는 오지 않는다구. 내 아버지와 어머니와 형제자매들에게… 상냥하고는 거리가 먼, 그들에게 호소한단 말이야. 내가 아니라!"

헤르메스 말을 가만히 듣고 있던 강 씨는 그들 앞에 펼쳐진 상상의 풍경을 손으로 가리켰다.

"저기 저 두 블록 건너 있는 구덩이 보이지? 저기 있는 남산 보이지? 그건 네가 옮긴 거야."

헤르메스는 그때 신은 느끼지 않는 감정을 느꼈다. 고마움이었다.

아폴로와 아테네는 거대한 그리스 전사 탈로스의 발치에 섰다. 그가 신은 샌들마저도 그들 위로 우뚝 솟아 있었다.

아테네가 까마득히 위에 있는 거인의 흉갑 갑옷을 겨냥

해 창을 던졌다. 그 순간 그녀의 이복동생이 황금 화살을 연거푸 쐈다.

창과 화살은 그 거대한 가슴에 꽂혔다. 하지만 그들이 승리를 축하하기도 전에, 공격당한 부위에 신의 금속이 또 한 겹 생겨나면서 창과 황금 화살이 튕겨 나와 두 신이 서 있는 길바닥에 떨어졌다.

아테네가 다시 그 창을 움켜쥐고 몸을 날려서 거인 발을 콱 찔렀다. 하지만 자국 하나 남지 않았다.

"방패를 한 번 써 봐."

아폴로가 제안했다.

그 말이 그의 입에서 떨어지기도 전에, 아테네는 입고 있던 베르사체 티셔츠에 있는 메두사 그림을 톡톡 쳤다. 그러자 거기서 포효하는 소리가 들리더니, 그 소리가 점점 커지면서 두 신조차 귀를 막아야 할 정도가 되었다. 그러나 그 소리가 끝날 때까지도 탈로스는 그 둘에게 신경도 안 썼다.

"아버지가 벼락을 보관하는 상자 열쇠가 내게 있어."

아테네가 말했다.

"아버지 허락도 없이 그걸 써 보자고 할 정도로 난 대담하지 않아. 하지만 아버지와 연락이 안 되는 것 같으니…."

아테네는 반으로 부러진 창을 허리띠에 꽂더니 거리에 두 발로 힘주고 서서 눈을 감고 집중했다.

몇 초 후 아폴로는 갑자기 그들의 머리 위에 짙은 먹구름이 모이는 모습을 봤다.

제우스는 새로 사귄 두 친구와 같이 편의점 앞에 있는 플라스틱 의자에 앉아 있었다. 며칠 전 추어탕 집에서 만난 아저씨들이었다. 참치 통조림을 안주 삼아 소주를 함께 마시는 세 사람의 모습은 수십 년 동안 알고 지낸 사이 같았다.

그곳에서도 역시 거대한 탈로스의 형상이 만들어지는 모습을 볼 수 있었다. 마치 도시 위로 거대한 조각상이 올라가고 있는 것 같았다.

그때 갑자기 그 꼭대기에 뇌운이 모이더니 그 거대한 전사의 헬멧에 계속 번개가 쳤다. 사람들은 모두 홀로그램 영상이라 생각하며 감상하고 있었다.

제우스는 그 모습을 힐끗 보더니 한숨을 쉬었다. 심기가 언짢아진 것이다.

"무슨 문제 있어?"

지팡이를 짚고 다니는 노인이 말했다.

"내 딸에게 차 열쇠를 맡겼는데. 내 허락도 안 받고 차를 몰고 나가 버렸어."

제우스가 빗대어 말했다.

"애들이 다 그렇지 뭐."

안대를 한 노인이 말했다.

"부모가 뭘 할 수 있겠어?"

지팡이 노인도 동의했다.

"내가 그 차를 쓰고 싶다면?"

제우스가 말했다.

"내 말이 그 말이야."

안대 노인도 동의했다.

"당최 배려가 없어."

지팡이 노인이 맞장구쳤다.

"음. 내가 가서 상황을 확인해 보는 게 좋겠어."

제우스는 아쉬운 표정으로 자리에서 일어나며 말했다.

같이 있는 두 노인이 서로를 흘끗 보더니 다시 제우스를
봤다.

"그렇게 가게 둘 순 없지."

지팡이 노인이 말했다.

제우스는 의아해 그를 바라봤다.

"왜 안 돼?"

"자네와 노는 게 너무 재미있으니까." 안대 노인이 항상
자기 앞 테이블에 올려놓는 커다란 열쇠고리를 내밀며 말했
다. 그 열쇠고리에 이상하게 생긴 방망이 하나가 매달려 있
었다. 마치 오래전 원시인이 쓰던 방망이의 미니어처처럼 생
겼는데, 안대 노인이 그 작은 방망이를 앞뒤로 흔들자 제우
스는 최면에 걸린 것처럼 멍해졌다. 다시 일어나려 했지만

움직일 수 없었다.

그와 같이 놀던 두 노인은 도깨비였다.

올림포스에서야 제우스가 신들의 제왕일지 모르지만, 지금은 도깨비들의 홈그라운드에 있었다.

안대 노인이 다시 부드럽게 열쇠고리를 흔들자 마법의 힘이 풀리는 게 느껴졌다. 그는 대항할 길이 없음을 깨닫고 의자에 앉은 채 느긋하게 긴장을 풀었다.

"자식이 몇이나 돼?"

지팡이 노인은 방금 보여 준 놀라운 힘이 별거 아닌 것처럼 천연덕스럽게 대화를 이어 갔다.

"이백? 천? 솔직히 세어 본 지도 오래됐어."

제우스가 대답했다.

두 노인이 그 말의 진위 여부를 파악하려는 듯 그를 찬찬히 살펴봤다.

"이거 사실이잖아."

이내 지팡이 노인이 그렇게 외치며 껄껄 웃었다. 안대 노인이 애정 어린 눈으로 제우스를 보며 말했다.

"자네가 최고야."

제우스도 그들에게 웃어 보였지만, 머릿속에는 이들의 '우정'에서 어떻게 벗어날 수 있을지만 가득했다.

강 씨는 탈로스 머리 위의 뇌운을 지켜보고도 걱정하지 않았다.

"전에 내가 탄 비행기가 번개 맞은 적이 있었어. 별일 아니야."

헤르메스는 놀라 강 씨에게 설명했다.

"저건 번개가 아니야. 처음 청동기 문명에 나타났을 때 고대 그리스인들을 위해 번개처럼 보이게 만든 거야. 하지만 사실은 전혀 다른 물질로 구성돼 있어. 우주의 자원에서 끌어낸 에너지인데… 천하무적이야. 그런데 저 탈로스가 꿈쩍도 하지 않는군. 이거야말로 놀라운데."

번개가 탈로스를 계속 내리쳤지만, 그 거대한 전사는 꿈쩍도 하지 않았다. 결국 번개는 멈추었고. 먹구름도 몇 초 만에 사라졌다.

클럽 H에 있는 사람들 모두 그 광경을 지켜보고 있었다.

양미는 해태들을 다 불러 모아 저 거인의 발목을 물어뜯어 보자고 제안했지만, 아무도 동조하지 않았다.

"내게 저 유령을 물리칠 방법이 있을 것 같아. 이곳에 온 외국의 신들을 원래 왔던 곳으로 돌려보내고. 이 모든 일을 바로잡을 방법 말이야. 하지만 그 대가로 부탁하고 싶은 게 있어."

할코가 멤버들을 둘러봤다.

강 씨가 거대한 탈로스의 머리 한가운데서 만들어지고 있는 조종석을 가리켰다.

"내게 잘 맞나 한번 시험해 봐야겠어."

"그렇게 해 봐."

헤르메스가 부추겼다.

조종석에 앉자마자 강 씨는 청동으로 만든 인터페이스에 둘러싸였다. 대리석과 청동과 가죽과 석회석을 섞어서 만든 것처럼 보이는 접안경과 손으로 조종하는 조종간 그리고 다리로 통제하는 장치가 나타났다. 수정처럼 투명한 접안경으로 밖을 보자 서울 전경뿐만 아니라 한반도 너머의 풍경까지도 보였다.

"이거 나쁜 경치는 아닌데."

그는 평소처럼 별거 아니라는 듯 말했다.

"한쪽 팔을 들어 봐."

강 씨가 오른팔을 움직였다. 아무 반응이 없었다.

"아무 일도 안 일어나는데."

"손가락 하나만 움직여 봐."

강 씨가 가운뎃손가락을 천천히 폈다가 접었다. 갑자기 이 공간 전체가 살짝 떨렸다. 밑에 서 있던 아폴로와 아테네 그리고 하늘에 뜬 언론사의 헬리콥터 모두 25미터 길이의 가운뎃손가락이 위로 올라갔다 내려오는 모습을 봤다.

"작동하는군."

강 씨가 말했다.

"근사하다. 이런 속도면 하루 안에 탈로스는 완전한 기능을 갖추게 될 거야. 그때쯤이면…."

"이놈을 데리고 산책하러 가 봐야겠군. 시내를 건너, 국경을 넘어가서…물도 건널 수 있겠지?"

"강이든 바다든 상관없어. 이 세계에 있는 한계와 기회를 고려해서 적절한 기능을 갖추면 하늘을 날 수도 있을지 몰라. 그에 맞는 환경이 된다면 말이지."

강 씨는 헤르메스가 한 말에 대해 생각해 봤다. 그러다 계속 윙 소리를 내면서 무장한 거인 전사를 만들고 있는 장치를 가리켰다.

"난 무기를 달라고 요구했어. 하지만 다른 걸 달라고 할 수도 있었지. 뭐든. 예를 들어 온 세상 사람들을 다 먹일 수 있을 만큼 충분한 식량 같은 거. 그러면 저 기계는 그렇게 해 줬을 거야. 그렇지?"

헤르메스는 새 파트너에게 거짓말을 하고 싶지 않았다. 평소라면 남을 속이거나 나쁜 길로 인도할 기회를 기쁘게 잡았을 텐데 왠지 그러고 싶지 않은 자신에게 놀랐다.

"맞아."

"만약 내가 그런 걸 원하는 사람이었다면, 그건 내가 마지막으로 하는 생각이 아니라 제일 처음 한 생각이었겠지. 그래서 사람은 자기가 아닌 다른 존재가 될 수 없어."

강 씨의 결론을 들은 헤르메스는 이 범죄 파트너의 마음이 바뀔 수 있는지 궁금했다.

"반대로, 내 경험에 따르면 사람들은 종종 180도 변하기도 해. 그게 바로 인간의 끝없는 매력 중 하나지."

하지만 강 씨의 마음이 바뀌는 일은 일어나지 않았다.

"내 생각에 그 배는 이미 떠난 것 같아."

강 씨는 점점 구체적으로 형태를 갖추며 진화하는 전투 기계를 둘러보면서 말했다.

헤르메스는 빙긋 웃었다. 하지만 대꾸할 수 없었다. 그러고 싶었는데. 뭔가 잘못됐다는 것을 깨달았다. 강 씨의 눈에도 보였다. 헤르메스는 그대로 서서 얼어붙었다. 마치 영혼이 누군가에게 납치된 것처럼 보였다.

만신 매화는 클럽 H의 옥상 테라스에서 굿을 하고 있었고, 그녀가 부른 나이 많은 연주자들이 장단에 맞춰 악기를 연주하고 있었다.

원래 떡을 놓아야 할 자리에는 우조(아니스 열매로 담은 그리스 술-옮긴이)와 올리브유 그리고 속을 채운 포도 잎이 놓여 있었다. 이 의식을 위해 예술 작품이나 대중 매체에서 묘사된 그리스 신 헤르메스의 이미지들을 인터넷에서 다운받아 서재에 있는 프린터로 출력했다. 그리고 무당이 춤을 추면서 굿을 하는 중간중간 볼 수 있도록 테라스 사방 벽에 붙여 났다. 그것은 헤르메스 본인이 지적한 것처럼 신에게 와 달라고 청하는 것보다는 신을 납치하는 것에 가까웠다.

할코의 부탁은 핀란드 저승에 있는 자신의 어머니를 만날 수 있게 해 달라는 것이었다. 클럽 H 멤버들은 서울 한복판에서 점점 완성되는 파괴적인 힘을 막을 수 있다면 뭐든 해야 했다.

첫 단계는 안내자가 필요했다. 죽은 그리스인들을 하데스에게 안내하는 일에는 헤르메스가 안성맞춤이었다. 원래 그의 일이니까. 하지만 그는 강씨와 함께 세계를 정복하기 위한 준비로 바쁘니 부탁할 순 없었다. 납치만이 유일한 방법이었다. 그러려면 매화가 굿을 해서 헤르메스를 납치한 뒤 한동안 그녀의 머릿속에 붙잡고 있는 수밖에 없었다.

"너희들 지금 누구를 건드리고 있는지 알긴 알아? 내가 거부할 수 없을 정도로 매력적인 제안이어야 할 거야."

매화의 입에서 나온 매화의 목소리였지만, 헤르메스의 성격이 그대로 드러나는 말투였다.

헤르메스였다.

"알고 있어. 하지만 이건 당신에게 주는 기회이기도 해."

매화가 대답했다

윈디는 그때를 이렇게 회상했다.

"그래서 한국인 두 명과 핀란드인 한 명이 낯선 땅의 저승에 갔다 왔어.

핀란드 신화에서 저승을 의미하는 투오넬라는 들어가기가 굉장히 힘들다고 할코가 설명했지. 그곳은 아홉 개의 바다와 세 개의 숲과 검은 강에 둘러싸여 있고, 사신인 투오니의 딸이 노를 젓는 나룻배로만 들어갈 수 있거든. 무엇보다 죽은 사람이 아니라면 투오넬라에 들어가는 건 불가능하고.

검은 강에는 거대한 흑조 한 마리가 헤엄치고 있는데 그 흑조가 부르는 노래는 쓸쓸하면서도 달콤하고 향수가 어려 있었어. 최근에 죽은 사람들을 배웅하는 노래였지. 그렇지 않아도 자기가 죽었다는 사실을 받아들이느라 마음이 힘든 사람들에게 그런 노래를 불러 준단 말이지.

핀란드 설화에는 자신의 능력을 키우고 싶은 강력한 주술사가 마법을 찾아 투오넬라로 가려 한다는 내용이 많은데, 그들이 가장 먼저 해야 할 일은 바로 그 나룻배를 모는 여사공에게 자신이 정말 죽었다는 사실을 설득하는 거였어.

우리 셋은 죽은 척할 수 없었으니, 내가 봉황이 되어 할코와 매화를 등에 태우고 강을 건너가야 했지. 헤르메스는 무당의 머릿속에서 우리의 가이드가 되어 주고.

2천 년 전 헤르메스가 주로 하던 일 중 하나는 죽은 사람들을 그리스 신화에 나오는 저승으로 인도하는 것이었어. 그

래서 우리를 핀란드의 저승으로 몰래 들어갈 수 있게 해 주
는 도전을 냉큼 받아들였지. 그는 사기와 변장의 신이기도 하
니까, 우리가 강에 도착했을 때 그가 작은 지팡이를 휘두르자
내가 갑자기 거대한 흑조로 변했어. 우리는 진짜 흑조가 강의
굽이 너머로 사라질 때까지 기다린 후에, 내가 그들을 내 등
에 태우고 저승을 향해 강물 위를 날아갔지.

　사신의 딸이 우리를 보고 '아, 저기 내가 영겁의 세월 동
안 본 그 흑조가 날아오는구나'라고 생각하길 바라면서 말이
지. 나를 보고 그 딸이 정말 그런 생각을 하는지는 알 수 없지
만 말이야.

　나는 핀란드 노래는 고사하고 핀란드 말도 할 수 없었기
때문에 그냥 한국 노래인 '마법의 성'을 불렀어.

　'나의 꿈속에서 너는 마법에 빠진 공주란 걸. 이제 나의
손을 잡아 보아요. 우리의 몸이 떠오르는 것을 느끼죠. 자유
롭게 저 하늘을 날아가도 놀라지 말아요. 우리는 함께니까.'

　그건 내 목소리가 아니었어. 설사 내가 그러고 싶었더라도
말이야. 세상에, 봉황이 그렇게 달콤하고 부드러운 목소리로
노래를 잘할 줄 누가 알았겠어?

　그건 효과가 있었어. 지옥에 있다 하더라도 K팝은 도저히
거부할 수 없다니까. "

　윈디는 할코와 매화를 태우고 천천히 날았다. 그들 아래에
는 하얀 눈으로 덮인 평원이 넓게 펼쳐졌고, 저 멀리 작은 나

무집 한 채가 보였다.

"저기야."

봉황이자 흑조인 윈디는 날개를 천천히 접어 작은 집 바로 앞에 내려앉았다. 솔잎과 연어 수프 냄새가 났다.

집 앞에 도착하자 거대한 새는 사라지고 윈디와 할코, 매화만 서 있었다.

"여기가 죽은 자들이 가는 집인데… 이거 엄청 귀엽군." 매화가 헤르메스의 목소리로 말했다.

"저기요, 분위기 파악 좀 할 수 없어요?"

윈디가 말했다.

할코는 두 사람의 대화가 들리지 않았다. 그는 차마 발걸음을 뗄 수 없어, 작은 집의 문만 물끄러미 보며 서 있었다.

"마시어스"

그는 어머니의 낭랑한 목소리를 듣고 고개를 돌렸다. 어머니가 돌아가신 후로 30년 동안 들어 보지 못한 목소리였다. 세상을 떠났을 때와 달리 이제 어머니는 건강을 회복한 듯 눈은 반짝였고 혈색도 좋았다. 주위는 영원한 겨울 풍경인데 어머니는 머리에 봄꽃들을 꽂고 있었다.

"어머니…."

그는 그 말밖에 할 수 없었다.

"우리 꼬맹이."

할코는 아무 말도 하지 못한 채 흐느껴 울었다.

"날 사랑한단 말을 하려고 그 먼 곳에서 여기까지 온 거니?"

그는 고개를 끄덕이며 계속 울었다.

"내가 그걸 모를 거라 생각했어?"

이번에도 그는 고개만 끄덕였다. 어머니가 두 팔을 벌려 그를 꼭 안았다.

"나의 다정한 아들."

그 모습을 지켜보던 윈디의 눈에서도 저절로 눈물이 흘렀다.

"아가씨도 엄마가 그리워요?"

"네. 정말 보고 싶어요"

"난 항상 아들에게 좋은 건 나눠야 한다고 가르쳤답니다."

할코는 어머니의 말을 듣고 그녀의 품에서 나와 옆으로 물러섰다. 할코의 어머니가 계속 팔을 벌리고 있자 윈디가 달려가 그녀를 껴안았다. 자신은 결코 알 수 없었던 엄마의 품이라고 생각하며 눈물을 흘렸다.

"실례지만, 방금 트로이 목마의 두 배 정도 되는 크기의 말 한 마리가 이쪽으로 오고 있는 걸 봤어요."

매화를 통해 헤르메스가 말했다.

"어머니. 우린 가야 해요."

할코는 어머니의 손을 마지막으로 꼭 잡았다. 어머니가 그에게 미소를 지었다.

"슬퍼하지 말고 우리 매일 서로를 생각하자꾸나."

그는 고개를 끄덕였다.

떠날 때였다.

매화가 마치 헤르메스의 지팡이를 휘두르는 것처럼 집게 손가락을 흔들자, 그들 주위로 구름이 빙글빙글 모여들더니 모두 하늘로 떠올랐다. 윈디는 다시 거대한 흑조가 되어 날기 시작했다.

그 순간. 그들 밑에 있는 눈의 평원이 사라지고 그 밑을 흐르던 검은 강은 한강으로 변했다. 집으로 돌아온 것이다.

매화는 굿이 끝난 후 기진해서 쓰러졌고, 헤르메스는 곧바로 탈로스의 텅 빈 머릿속으로 돌아갔다.

"미안! 내가 잠깐 반대쪽 세계에 다녀오느라!"

조종석에 앉은 강 씨는 파트너가 다시 허풍을 떤다고 짐작하고 고개를 저었다.

"웬 호들갑이야. 네가 자리를 비운 지 1분도 안 됐어."

핀란드 저승에 다녀온 시간은 서울에 있는 사람에겐 몇 초밖에 안 되는 시간이었다.

"그보다, 이거 좀 봐."

강 두목이 인터페이스로 뭔가 움직이자, 조종실이 덜덜 떨렸다. 헤르메스는 탈로스가 한쪽 팔을 45도 각도로 든 뒤 주먹을 쥐는 모습을 봤다.

"멋지다!"

그 순간 둘 사이에는 전우애가 흘렀다.

"그런데 정말 어디를 다녀오긴 한 거야?"

"너에게 거짓말은 하지 않을게. 난 한 번도 들어 보지 못한 나라의 저승에 다녀왔어. '핀-란드'라고."

파트너가 끝없이 거짓말을 늘어놓는다고 생각한 강 씨는 좋았던 기분이 사라졌다. 아니면 미친놈의 환상인가?

"넌 네가 누구라고 생각해?"

강 씨가 물었다.

"생각하는 게 아니라 정확하게 알고 있어. 난 헤르메스야. 방법을 알려 주고, 행운을 불러오고, 문을 지키고, 정원을 통과하는 법을 안내하고, 인류에게 가장 친절하고, 경첩의 영웅이기도 하지. 하루 반나절 동안 내 모든 호칭을 읊어도 부족할 거야."

이자는 단순한 목동이 아니고, 여기는 날카로운 청동 무기로 적을 난도질하는 세상도 아니라고 헤르메스는 생각했다. 이자는 어느 정도 합리적인 수준의 정교함을 갖춘 기술적 세계에 살고 있다. 그러니 어느 정도는 신과 진정한 접촉도 할 수 있다. 신과 인간이 마음 대 마음, 가슴 대 가슴으로 소통할 수 있다고 생각한 것이다.

"나는 이 우주 옆에 있는 또 다른 우주에서 살고 있어. 3천 년 전, 소박한 아티카반도에 그리스인의 몸으로 나타나 그리스어로 말했지. 이제는 한국인의 몸에 한국어를 구사하는 존재로 나타난 거야. 너의 짧은 수명에 비하면 나는 영생을 사는 존재야. 알고 싶은 게 또 있나?"

"넌 참 웃겨."

강 씨는 헤르메스의 말을 한마디도 믿지 않았다. 이 순간 둘 사이의 거리는 가장 가까운 별들의 거리보다도 더 멀었다.

실망한 헤르메스의 얼굴에서 미소가 사라졌고 잠시 침묵이 흘렀다. 그러다 헤르메스가 웃었다.

"당연하지! 농담이야. 난 이런 농담 좋아한다니까."

신과 인간이 진심으로 연결될 수 있었던 순간은 그렇게 사라져 버렸다. 헤르메스는 평소처럼 자신의 역할을 연기했다.

"이 괴물이 또 뭘 할 수 있어?"

"봐 봐."

할코는 기진한 약혼녀가 기운을 회복할 수 있도록 토닥였고, 멤버들은 할코가 해법을 내놓길 기다렸다.

그때 하늘에서 천둥 같은 소리가 나면서 땅이 흔들렸다.

"서울에 지진은 흔하지 않은데."

일서가 말했다.

아니나 다를까, 그 지진 같은 느낌은 탈로스였다. 거대한

발 하나를 들었다가 내린 것이다. 그것으로 클럽 H 멤버들은 상황이 얼마나 절박해지고 있는지 더 절실하게 느꼈다.

할코가 자신의 분석을 내놨다.

"생각해 봐. 최소한 두 개의 상상의 세계와 우리의 물리적 현실 사이의 장벽들이 무너지는 바람에 고대 그리스 신들이 서울로 들어왔어. 그리고 너희들이 갑자기 한국 설화에 나오는 존재들로 아주 쉽게 변신할 수 있게 됐지. 이건 모두 일종의 카오스적 상태를 뜻하는 거야. 간단히 말하면, 세계의 중심이 버티지 못하는 거야. 이젠 중심이랄 게 사라져 버린 거지. 지금 필요한 건 질서 회복이야."

"더 큰 신이 와야겠군."

양미가 말했다.

"바로 그거야. 지금 우리가 하는 전투는 신화와 전설의 세계에서 펼쳐지고 있어. 내가 할 수 있는 건 계속해서 일어나면서 관찰할 수 있는 일을 토대로 우리가 어느 방향으로 나아가야 할지 제안하는 것뿐이야. 예를 들어 프로메테우스는 카프카스산에 있는 바위에 사슬로 묶여 있었어. 그는 물론 올림포스산에서 태어난 신과 같은 존재이고."

할코가 말했다.

"산신이야. 우리가 산신을 불러와야 해."

매화가 주장했다.

"어떤 산신 말이야?"

양미는 조금 짜증이 나서 물었다.

"그러게 말이야. 한국에는 산이 만 개나 있는데."

일서도 맞장구쳤다.

"그러니까 만 명의 신이 있다는 뜻이군."

범준이 마무리했다.

"백두산이야. 최초의 산이지."

매화가 설명했다. 평소에는 무당답게 어떤 일에도 흔들림이 없던 그녀의 목소리에서 두려움이 비쳤다.

"환웅의 고귀한 아들이 내려온 산, 한국 최초의 왕이자 최초의 한국인인 단군이 잉태된 백단유가 자라난 산 말이야."

"말도 안 되는 소리."

양미가 말했다.

"그거 조금 위험하지 않아요?"

윈디가 물었다.

"물론 누워서 떡 먹기처럼 쉽진 않겠지. 그보다는 바닷물을 양동이에 담으려고 하는 것에 가까울 거야. 혹은 우주를 손안에 넣으려고 하는 것과 같겠지. 하지만 할 수 있는 일이야. 적어도 이론적으론 그래."

매화가 말했다.

결론이 난 셈이었다. 문제는 누가 자원할 것인가뿐.

"그건 내가 해야 해."

윈디가 양미에게 말했다.

"네가 가장 잘나가니까?"

"내가 그걸 할 수 있으니까."

"나도 할 수 있어."

"해태는 너보다 나를 더 좋아해."

윈디가 반격했다.

"해태가 그렇게 말했어?"

"해태는 말을 하지 않아."

"나도 해태가 뭘 할 수 있고 할 수 없는지 알고 있어."

"그런 인상을 받았다는 말이야."

윈디가 시인했다.

"나쁜 자식들. 다시 만날 때까지 딱 기다려."

"너도 매화의 말을 들었잖아. 누가 이 일을 하건 살아남지 못할지도 모른다고."

"그건 우리 둘 다 마찬가지야."

"그냥 그들끼리 싸워서 결판을 내라고 하자."

윈디가 말했다.

"절대 안 돼."

"별로 오래 걸리지도 않을 것 같은데."

"그게 문제가 아니야. 옆에 있는 커플을 생각해봐."

양미가 말했다.

"매화와 할코 말이야?"

"그 둘이 내내 역겨울 정도로 합리적이고 맞는 말만 하면서, 서로에게 가구를 던지거나 우리 집을 망가뜨린다고 생각해 봐. 그런 상황에서 가만히 앉아서 그러라고 놔둘까? 그 둘이서 사랑싸움을 다 끝낼 때까지 두 손 놓고 기다려?"

"그건 아니겠지."

"우리가 그 둘을 쫓아내 버리겠지."

양미의 말이 맞았다.

3천 년 전 신들이 끼어들지 않았다면, 트로이와 그리스 사이에 일어날 수 있는 최악의 일은 올리브유와 페타 치즈에 물리는 수입 관세에 대한 의견 차이에 불과했을 것이다. 전쟁이 아니라.

신들은 그들이 다른 사람들의 세계에 있다는 사실을 신경 써야 했다. 우리의 신들과 괴물들, 우리의 역사와 전통이 있는 세계. 우리의 세계와 그 옆에 있는 세계를 보는 우리만의 방식에 대해 존중하는 태도를 보였어야 했다.

양미와 윈디는 서로 자기가 위험한 역할을 맡겠다고 실랑이를 했다.

"우리 클럽의 신입 회원 정도는 잃어도 돼. 하지만 널 잃으면 다들 무너질 거야."

윈디가 말했다.

"네가 네 입으로 말했잖아. 해태는 날 좋아하지 않는다고."

"그들은 널 두려워해. 그게 장기적으로는 더 건전한 관계를 위한 것이라고 생각해. 이곳을 지키는 사람은 너야."

윈디가 저택을 가리키며 말했다.아폴로는 제우스의 벼락조차 별 영향을 주지 못할 것 같다며 다른 방법을 찾아보자 했다.

"그건 일서가 하고 있어."

"일서는 그보다는 보트 뒤쪽에서 조종하는 사람에 가깝지."

"방향타를 잡은 사람?"

"그리고 너는 나머지 나무토막을 맡은 셈이고."

"배를 말하는 거지?"

"맞아."

"넌 정말 비유에는 소질이 없구나?"

"가위, 바위, 보로 정하자."

그래서 그렇게 했다. 삼세판 승부에서 윈디가 이겼다.

"다시 하자."

양미가 우겼다.

"안 돼."

"난 두려워요."

매화에게 윈디가 말했다.

"네가 하기로 했군."

"당신이 나서지 않았으니까."

"난 그 그리스 신 하나 감당하는 것만으로도 힘들었어. 그 일로 회복하는데도 몇 주는 걸릴 것 같아. 이번 일로… 넌 죽을지도 몰라."

"그게 지금 내게 도움이 되는 말이라고 생각해요?"

"춤과 음악은 신을 불러내기 위한 전주곡이자 신을 영접하고 의식하는 상태로 들어가는 수단이야. 동시에 체계를 잡아 주고 인간의 정신을 보호하는 기능도 제공하지. 너의 마음이 파괴되지 않도록 보호해 주는 거야."

"알아 두니 좋군요."

윈디는 매화의 말을 믿지 않았다.

"해태가 너의 시냅스 안에 길을 닦아 놨어. 네가 해태 무리와 달릴 수 있다면, 이 일도 할 수 있어."

만신 매화가 연주자들의 연주에 맞춰 춤을 췄고, 윈디는 매화의 발걸음을 따라 하려고 애쓰고 있었다. 그들이 춤추는 동안, 일서는 몇 개의 횃불에 불을 밝혔다. 불길이 뒤쪽 벽을 비추자 돌벽의 표면에 그려진 4천 년 된 그림들이 드러났다.

그들 위로 우뚝 솟아오른 삼각형 모양의 산 밑에 서 있는 인간들의 모습이 보였다. 그 산은 거기 있는 태양과 달과 별들보다도 더 높아 보였다. 백두산이었다.

아테네와 아폴로는 탈로스가 발을 구르며 땅을 뒤흔드는 모습을 충격에 빠져 지켜보았다.

"저 괴물은 피할 수 없을 것 같군."

아테네가 말했다.

"그런데 저걸 우리끼리 싸울 핑계로 쓰고 있었다니."

아폴로가 대꾸했다.

"내게 무슨 핑계가 필요하다고 그래? 난 언제든 널 가볍게 해치울 수 있는데."

"이 판국에 그런 말이 나와? 누나의 그 위대한 창이 두 동강이 난 마당에. 게다가 누나의 방패도 그 목소리를 다 써 버렸는데. 누나가 아버지에게 훔친 그 벼락 상자도."

아폴로가 피식 웃으며 말했다.

"빌린 거야."

"비어 버렸잖아."

"그래. 어쨌든 널 쓰러뜨리는 데는 아무 문제 없어."

대답과 동시에 아테네가 믿을 수 없이 빠른 속도로 그의 가슴을 향해 창끝을 내리쳤지만, 그는 황금 활로 막았다. 둘 다 동시에 훌쩍 뛰어올라서 서로에게 조금 떨어져 상대의 자세를 평가했다.

결투가 다시 시작됐다.

원디는 소용돌이 모양으로 빙글빙글 돌아가는 매화를 따라 하면서, 고대의 그림들이 벽에서 떨어져 나온 걸 느꼈다.

그리고 자신이 해태 무리와 함께 고인돌과 시냇물이 구불구불 흘러가는 고대의 신화 속 풍경에서 달리는 게 느껴졌다. 그녀는 무리의 리더로서 해태의 눈을 통해 세상을 바라봤다. 그러다 바로 위에 있는 공기가 흔들리는 게 느껴졌을 때, 해태의 몸에서 뛰쳐나와 하늘에서 급강하하는 봉황이 됐다. 원디가 힘차게 날개를 한 번 펄럭이자, 현실 세계의 비무장 지대를 순식간에 가로질렀다. 날갯짓을 두 번 더 하자 백두산이 눈앞에 보이면서 한 번만 더 몸을 움직이면 그곳에 도달할 수 있을 것 같았다.

하지만 가까이 갈수록 백두산은 점점 더 커지고, 넓어지고, 높아져서 점점 더 멀어지는 것처럼 보였다. 현실의 세계가 희미해지고 상상의 세계가 그 자리를 완전히 차지했다. 이 백두산은 끝없이 광대했고, 원디의 눈에 이 세상에 오직 이 산만이 존재하는 것처럼 보였다.

원디는 점점 더 높이 올라가서 보이지 않는 정상을 향해 날아갔다. 이제 그곳은 1만 광년은 떨어진 것처럼 보였다. 이렇게 고도가 높고 공기가 희박한 곳에 오르자 그녀의 날개와 신경이 더는 작동하지 않는 것 같았다. 몸이 더는 올라가지 않고 흔들렸다. 이러다 추락할 것 같다는 공포에 휩싸였을 때 뭔가 다른 게 느껴졌다. 밑에서 한 줄기 바람이 불어왔다.

그녀는 밑을 힐끗 내려다봤다가 셀 수도 없이 많은 봉황이 날고 있는 광경을 목격했다. 보는 각도에 따라 색깔이 변하는 검은색, 흰색, 붉은색, 노란색 그리고 초록색 깃털을 가진 봉황 무리가 하늘을 뒤덮은 채, 윈디를 떠받치고서 셀 수 없이 많은 날개를 움직여 그 높은 곳의 대기를 흔들어 놓고 있었다.

그 믿을 수 없는 광경에 윈디는 용기를 내서 가장자리까지 날아갔다.

거기서 그녀는 봉황 무리에서 뛰어내렸고 혼자 힘으로 보이지 않는 겹겹의 베일을 헤치며 위로 오르고 또 올라 천상계로 갔다. 그곳은 상상의 세계를 넘고 또 넘어서 존재했다. 그 베일을 통과할 때마다 백두산은 더 커졌다. 그렇게 가는 동안 윈디는 예전에 읽었던 책에 나오는 문장이 하나 떠올랐다.

"거북이들은 끝도 없이 내려가지."

그렇다면 봉황들은 끝도 없이 올라가는지도 모르겠다는 생각이 들었다. 그러다 갑자기 한 쌍의 눈이 그녀의 안으로 들어왔다. 눈동자 하나하나가 은하계 하나만큼 거대했다. 윈디는 마침내 백두산과 하나가 된 것이다. 한국인에게 우주의 전형과도 같은 백두산과.

"친구들. 난 정말 가 봐야겠어. 자식들이 날 그리워하고 있어."

안대 도깨비는 제우스의 말을 무시했다.

"자네 자식들은 배려할 줄 모른다며."

"내가 너무 투덜거린 거야. 부모가 다 그렇잖아."

"기다리라고 해. 자네도 재미를 볼 권리가 있어. 항상 자식들만 신경 쓸 순 없잖아."

지팡이 도깨비가 말했다.

"얼마나 더?"

"우린 불멸의 존재잖아."

안대 도깨비가 피식 웃으며 어깨를 으쓱했다.

저자세로 나가기는 싫었지만, 상황이 절박해지고 있었다.

"자네들이 정말 날 친구로 생각한다면, 제발. 친구로서 이렇게 부탁하네. 날 가게 해 줘."

두 도깨비가 서로를 흘끗 보더니 타협안을 내놓았다.

"나와 씨름해서 날 메다꽂을 수 있으면 마음대로 해."

제우스는 어쩔 수 없이 지팡이 노인의 제안을 받아들이면서 밑을 힐끗 보았다. 그 도깨비는 어쨌든 성한 다리가 하나밖에 없었다.

"함정은 없는 거지?"

"물론이지."

그가 일어나서 지팡이에 몸을 기댔다. 안대 도깨비도 일어났다.

편의점 앞 삼거리 한복판에 갑자기 모래로 뒤덮인 씨름판이 생겨났다. 거대한 돌무더기가 씨름판 한쪽 끝에 놓여 있었고, 반대쪽에는 신호등이 있었다. 평범하고 일상적인 이 거리에 마치 신화의 세계가 겹쳐진 것 같은 모습이었다. 지나가는 사람들은 아무도 눈치채지 못했다. 택시 한 대가 돌무더기를 곧바로 통과해서 달려갔다.

아저씨들의 모습은 온데간데없고 도깨비들이 원래 모습으로 나타났다. 이마 한가운데 눈이 하나 있는 안대 도깨비가 마치 심판처럼 한쪽에 섰다. 지팡이 도깨비의 상반신 밑에서 다리 하나가 쑥 불거져 나왔다. 불거져 나온 한 발로 우뚝 섰는데 그것 때문에 균형을 잡지 못한다거나 위태로워 보인다는 느낌은 전혀 없었다. 둘 다 험악한 이목구비에 튼튼한 팔다리가 극단적으로 힘이 세 보였다. 제우스는 머리가 백 개 달린 히드라부터 모든 괴물의 아버지인 티폰(어깨에는 100마리의 용이 뻗어 있고 무릎 아래로는 몸뚱이를 사린 독사가 있는 괴물-옮긴이)까지 무섭다고 할 만한 존재들은 다 봤기 때문에, 도깨비들의 외모는 놀랍지 않았다. 그보다는 눈에 보이지 않는 면이 더 걱정이었다. 상대의 숨겨진 능력이 상당하리라 짐작되었기 때문이었다.

역시 그의 걱정은 빗나가지 않았다.

"시작!"

심판을 보는 안대 도깨비가 외쳤다.

제우스가 제대로 자세를 잡기도 전에 지팡이 도깨비가 놀랄 만큼 빠른 속도로 뛰어왔다. 그가 순식간에 한쪽 다리로 제우스의 무릎을 걸어 모래 위에 자빠뜨렸다.

"승!"

심판이 승리를 알리기 위해 한 손을 옆으로 홱 들어 올리며 외쳤다.

제우스는 어쩔 수 없이 다시 상대를 마주 보고 설 수밖에 없었다.

"승!"

다시.

제우스는 이 시합을 영원히… 할 수도 있겠다는 불길한 예감이 들었다.

탈로스의 머리는 구름을 스쳤다. 안에 있는 조종석의 강씨는 마음만으로 자신의 의도를 표현했다. 갑자기 다양한 인터페이스들이 추가적으로 콘솔에서 뻗어 나와 그의 머리와 팔다리에 장착됐다. 그는 그 거인의 눈을 통해 세상을 보고, 자신의 움직임이 이 거대한 몸에 그대로 반영되는 것을 느꼈다.

"난 준비가 됐어. 느낄 수 있어."

"모든 여정은 하나의 발자국에서 시작되지."

헤르메스가 미소를 지었다.

그 진부한 말에 따라 강 씨는 자신의 발을 50미터 위로 들어 올렸다. 그리고 한 걸음을 내딛는 것만으로 주위 공사 현장에 방치돼 있던 덤프트럭 한 대를 으스러뜨리고, 울타리와 '출입 금지' 테이프를 찢고 나갔다.

아폴로는 아테네를 수세로 몰았다. 그는 신성한 거북이 껍질로 만든 리라의 현을 뜯었다. 신성한 양의 창자로 만든 가는 현들이 마치 소몰이 채찍처럼 악기에서 튕겨 나와 아테네가 입고 있는 갑옷의 가슴받이를 후려쳤지만 아무 효과가 없었다. 하지만 그러다 가끔 아테네의 손목과 발목을 낚아채 그녀를 쓰러뜨렸다.

탈로스가 경고도 없이 움직이자, 아테네는 얼른 그 거대한 다리 뒤에 숨어 아폴로의 공격을 피했다. 리라의 현이 다시 그녀를 찾아내려고 했을 때는 그걸 움켜쥐고 세게 잡아당겨서 그 거인의 발목을 빙빙 감았다. 그때 거인이 발을 다시 들어서 앞으로 갔다. 그 현은 아폴로의 손에서 힘껏 당겨졌고, 아테네가 그걸 자기 쪽으로 당겨 발을 내리려고 하는 탈로스의 샌들 밑으로 던져 버렸다. 그 바람에 아폴로의 신성한 악기가 거인의 발밑에서 박살 났다.

그때 갑자기 그들 위로 거대한 그림자가 지나가면서, 마치 일식처럼 어떤 초월적인 존재가 태양을 완전히 가렸다.

그들은 모두 고개를 들어 그 그림자의 정체를 보려 했지만, 눈에 들어오는 거라곤 그저 눈부시게 빛나던 정오의 태양을 가려 버린, 상상도 할 수 없는 거대한 크기의 어떤 형상 하나뿐이었다. 사방이 어둠에 휩싸였다.

그 의문의 형체가 태양의 한쪽 끝에서 반대쪽 끝까지를 세 번 가로지르는 사이에, 서울은 블랙홀로 변해 버렸다. 장대한 산의 기운이 우리 세계에 들어왔다 나가는 움직임에 맞춰 그런 변화가 일어난 것이다.

제우스는 이제 지긋지긋해졌다. 방금 100번째로 씨름판 저쪽으로 내동댕이쳐졌다.

"이만하면 충분해!"

제우스가 버럭 소리를 질렀다.

그의 분노가 마침내 폭발해 기상 변화를 일으켰고, 번개가 씨름판에 있는 모든 것을 날려 버렸다.

도깨비들은 제우스가 가할 수 있는 최악의 공격에도 아무해도 입지 않았다. 하지만 조금 속상해했다.

"우린 화가 난 건 아니야."

안대 도깨비가 말했다.

"그저 실망한 거지."

지팡이 도깨비가 동의했다.

그때 그림자 하나가 그들의 머리 위로 지나가면서 셋 다 아무것도 볼 수 없었다. 잠시 후 빛이 돌아왔을 때, 제우스는 그 자리에 없었다.

아프로디테는 해녀들과 처음으로 함께하는 물질을 준비하고 있었다. 그들은 여벌의 잠수복 하나와 모자, 마스크, 오리발, 무게 벨트 그리고 연체동물들을 떼어 내고 해초를 잘라 내는 도구들을 가져왔다.

하지만 그들이 막 조수 웅덩이에 도착해 그녀에게 잠수복을 입히려 했을 때, 해가 가려지면서 어마어마하게 거대한 그림자가 그들의 위를 지나갔다.

아프로디테는 자신의 손을 흘끗 내려다봤다. 순간 자신의 손을 통과해 발치에 있는 모래를 볼 수 있는 것처럼 느껴졌다. 그녀는 두 해녀를 쳐다봤고, 그들도 아프로디테를 봤다. 하지만 그들은 놀라지 않았다. 그동안 의심했던 사실을 확인했을 뿐이었다. 이 아름다운 젊은 여자는 이 세상 사람이 아니라는 것을.

"이제 가 봐야 할 것 같아."

아프로디테가 말했다.

"그런 말을 들으니 유감이네. 내 사촌을 생각해서 말이야."

방 씨는 그렇게 말하며 사촌이 아프로디테와 둘만 있을 수 있게 해 줬다.

"당신이 내 딸이 아니란 건 알고 있었어요. 내가 이런 눈부신 미인을 낳았을 리가 없잖아요."

"아이야."

여신은 그녀의 이마에 키스하며 말했다.

"넌 나의 아이야."

그 순간 남 씨의 20년에 걸친 슬픔은 나비처럼 날아가 버렸다.

아프로디테는 태양을 향해 돌아서서, 그 활활 타오르는 빛을 올려다봤다. 또 다른 거대한 그림자가 태양을 가리면서 온 섬을 휩쓸고 지나갔다.

태양이 지나간 후, 그녀는 어디에도 보이지 않았다.

탈로스는 앞을 향해 거대한 두 발을 하나씩 내디디며 두 개의 도시 블록을 지났다. 수많은 건물이 흔들리고, 아스팔트에 금이 갔다.

헤르메스는 탈로스의 눈구멍 뒤에서 그 광경을 지켜봤다.

"잘하고 있어. 계속 가. 강까지 가는 거야."

그때 위에서 정체를 알 수 없는 뭔가가 태양을 가렸다.

그는 직감적으로 시간이 얼마 안 남았다는 것을 알았다. 이 세계에서 그의 시간이 필연적으로 끝나게 될 것을 지켜보느냐 아니면 저항하느냐? 두 개의 선택만 남았다.

그림자가 바깥 세계에서 오는 모든 빛을 지워 버리면서 탈로스의 컨트롤 인터페이스에서 나오는 희미한 빛만 주위를 밝히고 있었다.

헤르메스가 날아갔다.

눈 깜박할 사이에, 그는 지구를 벗어나서 상상도 할 수 없이 거대한 산을 보고, 그 안에 있는 윈디의 존재를 느꼈다. 하지만 그녀의 존재감은 거대한 태양 앞에 힘없이 흔들리는 촛불처럼 희미했다. 그녀가 받아들인 그 비인간적 존재가 너무나도 압도적이고 거대했기 때문에, 그는 윈디에게 닿을 수 없었다. 그래서 그녀를 설득하려 했던 그의 책략, 속임수, 거짓말, 혹은 최후의 수단인 진심으로 하는 호소도 미치지 못했다. 거기엔 그가 윈디와 의사소통을 할 수 있는 기반 자체가 존재하지 않았다. 그가 우주처럼 거대한 산을 꼬드기고 회유할 수는 없는 노릇이니까. 아테네와 아폴로가 그의 편이 될 때까지, 제우스가 이 전쟁에 참전해서 번개 상자에 있는 번개를 다 쓸 때까지 버틴다 해도 말이다.

"동생아… 너 어디 있니?"

상상도 할 수 없을 정도로 먼 곳에서 목소리가 들렸다.

"동생아⋯."

"우리 목소리가 들리니?"

또 다른 목소리.

"아들아. 우린 지금 네가 필요하다."

헤르메스는 한숨을 쉬었다. 어떻게 그들을 거부할 수 있 겠는가?

그가 다시 눈을 깜박이자, 탈로스의 텅 빈 머릿속으로 돌 아왔다.

"밖에서 무슨 일이 일어나고 있는 거야?"

강 씨가 지나가는 그림자를 가리키며 물었다.

"난 행운 전달자이자 친구가 없는 자들의 친구이고, 도박 을 사랑하며, 도둑들의 친구지. 하지만 무엇보다 먼저 내 가 족의 안내자야. 그 역할 때문에 이만 작별 인사를 해야겠어."

"대체 무슨 소리를 하는 거야?"

"궁금해서 물어보는 건데. 아무도 날 믿지 않아. 그럴 만 한 이유도 있지. 하지만 넌 날 믿었어. 처음부터. 왜지?"

헤르메스가 물었다.

"네가 좋은 얼굴을 하고 있었거든."

"좋은 얼굴의 헤르메스라."

신이 새 호칭을 시험 삼아 불러 보며 말했다.

"마음에 드는데."

그때 그림자가 지나갔다. 잠시 후 강 씨는 땅바닥에 서 있고, 헤르메스는 흔적도 없이 사라졌다. 탈로스는 여전히 우뚝 솟아 있었지만, 절대 정복할 수 없는 금속으로 만들어진 그 거인은 이제 반투명한 상태였다. 햇빛이 그 거대한 몸통을 뚫고서 땅을 비추고 있었다. 강 씨가 손을 뻗어서 앞에 있는 거인의 샌들을 툭툭 쳤다. 그러자 탈로스는 솜사탕처럼 분해돼서 공기 중으로 사라져 버렸다. 먼지 한 톨 남지 않았다.

마법의 장치 역시 사라졌다. 하지만 그가 가지고 다니던 배낭이 주둥이가 벌어진 채 땅바닥에 남아 있었다. 안을 보니 현금으로 가득 차 있었다. 그의 파트너가 주는 작별 선물이었다. 도둑의 신이 사라지기 직전 찰나의 순간에 이곳저곳에서 훔친 돈이었다.

강 씨는 그 배낭을 들고 생각했다. 날씨가 아주 좋으니 시내를 가로질러 산책이나 해야겠다고.

일서는 손에 성경을 들고 서재에 앉아 있었다. 그의 '혈액 질환'에서 오는 통증은 지난 며칠 동안 여러 사건이 일어나면서 어마어마하게 커졌다. 그래서 그 고통에서 해방되고자 하는 그의 욕망도 그만큼 커졌다.

그는 성경을 아무 데나 펼쳐서 제일 처음 보는 구절이 그를 영적으로 인도하기 위해 선택된 문장이라고 생각하기로 했다. 하지만 그건 신의 말씀을 신탁으로 여기는 행위가 아닐까? 아니면 심지어 매직 8볼 같은 것으로? 그래서 대신 그가 아는 구절을 다시 읽어 보기로 했다.

"그래서 내가 너에게 말하노니, 너희가 말하는 대로 이루어진다고 믿으면, 그렇게 될 것이다."

그는 큰 소리로 기도했다.

"하느님, 제발 당신의 종인 아폴로가 마음을 바꾸게 해 주소서."

한때 그리스인의 얼굴로 지내면서 제우스, 아테네, 아폴로, 아프로디테로 알려진 존재들이 이제 고대 한반도를 걸어가고 있었다. 그들은 거대한 고인돌이 여기저기 흩어져 있고 가끔 작은 화산도 보이는 곳을 지났다. 다들 표정은 멍했고 방향 감각을 잃은 것처럼 보였지만, 그들의 안내자로 앞장선 헤르메스는 본능적으로 길을 아는 것 같았다. 이 길이 다른 가족은 감지할 수 없는 위험으로 가득 차 있다는 것도 알고 있었다. 이들을 몰래 쫓아오는 이마에 강철 뿔이 돋은 사자들뿐만 아니라, 계속 머리 위를 맴돌며 무서운 소리를 내는 색색의 깃털이 난 거대한 새도 위험해 보였다.

경계의 신이자 본인 자체가 경계에 선 자이기도 한 헤르메스는 반쯤만 보이는 존재들도 감지했다. 그들 역시 신들을 따라오고 있었고, 가끔은 안내자인 그의 자리를 빼앗으려 했다.

인간의 얼굴을 한 새, 날개가 달린 말 그리고 가장 종잡을 수 없는 존재인 꼬리가 여러 개 달린 백여우가 그랬다. 저 꼬리는 일곱 개인가, 여덟 개인가? 아니면 아홉 개인가? 여우의 움직임이 너무 빨라 제대로 셀 수는 없었지만, 그 여우가 자신만큼이나 교활하며, 정신을 집중하지 않으면 자신의 가족을 파멸로 이끌 수도 있다는 것을 헤르메스는 직감적으로 알고 있었다.

힘난한 길을 지난 끝에 드디어 골짜기 앞에 다다랐다.

골짜기 옆으로 길게 갈라진 틈이 있었다. 그 틈새로 전혀 다른 풍경이 언뜻 보였다. 고대 지중해의 신화 세계와 올림포스였다.

바로 그곳이 헤르메스가 이들을 인도하는 목적지였다. 그 곳에 가까워질수록 그들을 쫓아오며 방해하려 드는 존재들이 뒤로 물러나는 게 느껴졌다.

헤르메스가 앞장서서 그 틈을 넘어갔다. 그의 뒤를 따라 제우스가 아프로디테와 팔짱을 끼고 넘어갔고, 이어서 아테네가 부러진 창 두 쪽을 들고 따라갔다. 마지막이 아폴로였다.

돌연 아폴로가 돌아서서 두 손을 들었다. 그러자 황금 화살이 끼워진 활이 나타났다. 궁술의 신인 그가 힘껏 화살을 쐈다.

그 화살은 그들이 방금 왔던 길을 되돌아가, 거대한 고인돌 무더기를 지나, 주위의 돌들이 고층 건물들로 변한 서울로 돌아갔다. 그 화살은 언덕이나 벽이나 유리나 나무에 전혀 걸리지 않고 계속 날아갔다. 마치 실체가 없는 안개 같았다. 그 화살은 한 한옥의 난간과 벽의 패널을 뚫고 들어가 마침내 목표의 심장을 관통했다.

윤일서는 자신이 부드러운 죽음으로 빠져드는 걸 느꼈다. 그는 무릎에 놓은 성경을 덮었고, 두 번 다시 눈을 뜨지 않았다.

올림포스 왕국으로 가는 고대 그리스 신들이 혹시라도 그가 함께 가는 걸 반대할까 봐 멀찍이서 몰래 따라가던 해태가 있었다. 바로 범준이었다.

그는 떠나기 직전에 윈디와 나눴던 대화를 떠올렸다.

"내 생각에 그 애는 아직 거기 있는 것 같아."

범준이 말했다.

"동주 말이야?"

"그럼 누구겠어?"

"그러다 너까지 잃으라고?"

"동주 때문에 힘든 거 알아. 네가 다시는 그 녀석이 보고 싶지 않다면, 가는 걸 재고해 볼게."

윈디와 범준은 서로의 손을 잡았다.

"내게 돌아와. 너희 둘 다."

"약속할게."

그리스 신들이 계곡의 틈새를 통해 반대편 세계로 사라졌다.

범준은 그 틈 앞에 서서 자신의 세계를 마지막으로 둘러

보며 거석들을 기억에 새겼다. 지금 '그'라는 존재가 백일몽
이나 스쳐 지나가는 환상처럼 느껴지는 순간이 혹시 온다면,
저 고인돌들만이 그가 사랑하는 사람들과 서울에 매어 줄 닻
이 될 테니까.

범준도 틈새를 통해 올림포스의 세계로 들어갔다.

그가 들어가자마자 그 틈은 사라졌고, 두 세계 사이의 문
이 닫혔다.

그 후에 한 번의 결혼식과 한 번의 장례식이 있었다.

일서는 울창한 숲의 한 나무 밑에 잠들었다. 일서를 화장
하는 용광로에 불을 붙이느라 애를 먹는 바람에 평소보다 시
간이 몇 배나 더 걸렸다. 화장장에서는 클럽 H에 추가 시간
과 비용을 계산해 달라고 요구했다. 일서가 생전에 하던 일들
을 물려받은 양미는 법정에서 시시비비를 가려 보자고 했다.

천국과 지옥과 그 중간 세계에서 인연을 맺어 준 짝인 만
신 매화와 할코는 서울에 있는 전통 한옥에서 결혼식을 올리
고 제주도로 신혼여행을 갔다. 거기서 카페리를 타고 그림 같
은 작은 섬에 가서, 귤을 먹고, 돌하르방과 사진도 찍고, 해녀
들을 보며 감탄했다.

그리고 그 둘은 정말 행복하게 잘 살았다.

윈디는 등잔에 불을 붙였다. 이번에는 그녀가 옆에 있는데도 그 작은 불길이 저항하지 않고 그대로 살아 있었다.

그녀는 어디서든 잘 보이게 등잔을 창턱에 올려놨다.

"나는 이 불빛이 이 거리를 넘어, 서울을 넘어, 별들과 우리 옆에 있는 우주에까지 보이길 빌었어요. 창턱에 놓인 세상 모든 등잔처럼 이 등잔도 말했죠. 집으로 돌아와."

Fin

옛말 신선놀음에 도낏자루 썩는 줄 모른다는 말이 있다. 이 말을 요즘 번역으로 바꿔보자면 넷플릭스 보다가 도낏자루 썩는 줄 모른다, 정도가 아닐까. 넷플릭스를 비롯한 OTT 플랫폼에는 무엇이 있는가? 바로 이야기가 있다. 우리 인간은 이야기, 그것도 재미있는 이야기에 홀려 도낏자루 썩는 줄도 모르고 전 세계의 다양한 드라마를 정주행하며 섭렵하느라 황금 같은 주말 혹은 다음 날을 위해 휴식을 취해야 할 소중한 평일 밤을 몽땅 바쳐 재미있는 이야기를 따라가느라 시간 가는 줄 모른다.

이런 스릴 넘치고 흥미진진한 이야기를 만드는 장인 중 하나로 조 메노스키 작가를 빼놓을 수 없다. 조 메노스키가 누군가? 바로 SF 걸작인 스타 트렉의 대본을 쓴 성공한 헐리우드 작가다. 그런데 이 작가가 한국 문화에 매료돼 세종대왕을 소재로 한 〈킹 세종 더 그레이트〉를 써서 열렬한 반응을 끌어냈다는 사실을 아는가? 세종대왕과 한글 창제의 비밀을 외국인이 소설로 풀어냈다니 반갑고 놀라운 와중에 이번에는 그가 두 번째 이야기로 돌아왔다. 바로 불을 잡아먹는 영물 해태 이야기다.

번역자의 말

Translator's note

처음에 그가 해태를 소재로 소설을 썼다고 했을 때는 놀랍고 조금 부끄럽기도 했다. 외국인인 그가 해태를 주인공으로 한 소설을 쓸 때 정작 해태의 고향인 한국에서 태어난 나는 해태를 그저 신화 속의 귀여운 괴물쯤으로만 알고 있었다. 그러다 이 소설을 번역하면서 해태의 매력에 흠뻑 빠지고 말았다. 조 메노스키의 표현을 빌리자면 호랑이와 코뿔소를 반씩 섞은 듯한 얼굴에 해학적인 미소까지 머금고 있는 해태는 한 번 보면 반할 수밖에 없는 친근한 매력이 있는 존재다.

그런데 해태가 이 소설에서는 그가 선택한 인간들을 통해 불을 잡아먹는 능력을 마음껏 발휘한다. 소설 전반부에서 매력적인 한국 청년들이 해태와 함께 대형 화재 사건들을 해결하는 이야기는 무척이나 흥미진진해서 번역하면서도 어서어서 다음 장면이 나오길 기대했다.

게다가 조 메노스키는 헐리우드에서 갈고닦은 이야기 실력을 한껏 발휘해서 해태의 모험담에 이어 그리스 신화의 비극적인 존재이자 인류에게 최초로 불을 전한 프로메테우스를 등장시킨다. 작품 후반부에는 그리스의 신들이 한국으로 총출동해서 해태 군단과 함께 이 세계를 지키는 이야기가 나온

다. 그 거대한 상상력의 스케일에 나는 번역하면서 또 한 번 놀랐다. 일면 황당해 보이기도 하지만, 여러 개의 문화가 융합하면 어떻게 이런 독창적인 이야기가 나오는지 현장에서 직접 목격할 수 있어 무척 즐겁게 작업했다.

자, 독자 여러분은 궁금하지 않은가? 지극히 한국적인 영물인 해태가 불을 잡아먹어서 인류를 구하는 이야기에 이어 프로메테우스가 그리스 신들에게 빼앗은 궁극의 기계 장치를 찾으러 한국으로 찾아온 그리스 신들이 홍대, 종로, 강남, 제주도에서 어떤 활약을 벌일지. 나는 한국의 도깨비들과 한판 씨름을 벌이는 카리스마 넘치는 제우스 신과 제주도에서 딸을 잃은 아픔을 곱씹으며 오랫동안 외롭게 살아온 해녀 할머니를 달래주는 아프로디테 여신의 이야기가 가장 마음에 들었다. 좋은 이야기가 별 게 있겠나. 우리의 마음을 안아주고 따뜻이 품어주는 것이 어쩌면 가장 좋은 이야기일지도 모르겠다.

작가는 우리에게 익숙한 한국 신화를 새롭게 덧칠해 화려한 이미지의 블록버스터로 재조립한다. 신화 속 존재이자 마스코트로도 익숙한 해태가 현실에서 되살아나는 흥미진진한 과정을 독자들도 지켜보셨으면 한다.

- 김이환 (작가)

작가는 전작 〈킹 세종 더 그레이트〉에서 보인, 'K-월드' 픽션의 진수를 여기서도 유감없이 발휘한다. 해태라는 신화 소재를 기반으로, 한국의 무속과 정신분석학적 의식 가동의 기술을 교합한 워프 서사는 경탄을 자아낸다. 무속적 상징과 범위를 이용해서 일어나는 서울 도심의 불가사의한 화재, 그것을 막고자 하는 윈디와 해태팀의 이야기는 놀란의 영화 〈인셉션〉에 버금가는 조직감을 선사한다.

- 차무진 (작가)

추천의 말

Recommendation

영화를 보는 듯 생생한 이미지와 속도감, 고대 그리스 신화와 한국의 설화를 연금술로 빚어낸 판타지, 한국판 마블 시리즈의 탄생을 기대하게 만드는 불씨. 그리고 어두운 시대에 스타트렉 작가가 피워올린 희망의 불빛.

- 이명세 (영화감독)

공상과학 시나리오의 거장이 자신의 독특한 재능을 신화적 판타지로 승화시키는 것을 보는 것은 매우 즐거운 일이다. 작가는 글쓰기의 틀을 깨고 소설과 시나리오 방식을 혼합해 눈부신 스토리텔링 형식을 만들어 냈다. 한국 역사 속 신화의 중요한 아이콘을 매력적이고 재치 있게 재해석하고 극적으로 재창조하여 특별한 이야기로 구성했다. 처음부터 끝까지 독자를 사로잡는 이 이야기는 미래를 바라보며 과거를 기념할 수 있는 시의적절한 작품이라 할 수 있겠다.

- 다니엘 마틴 (카이스트 디지털인문사회과학부 영화학 부교수)

몇 년 전 '마블 코믹스'인 〈타이거 디비전〉이 세상에 알려지면서, 나는 드디어 한국 히어로가 등장했다고 열을 올렸었다. 그런 내게 소설 〈해태〉는 또 다른 의미로 다가왔다. 한국문화캐릭터, 엄밀히 말하자면 동아시아 문화캐릭터가 등장하는 이야기가 한국을 배경으로 펼쳐진다는 것은 어쩌면 익숙하게 느껴질 수도 있다. 하지만 〈해태〉는 새롭게 느껴졌다. 게다가 서양 신화와 동양 신화의 충돌이라니 시작부터 흥미진진하다.

'해태'는 항상 우리 곁에 있어 늘 보게 될 수밖에 없다, 그런데 보지 못한 것 같다. 정작 우리는 왜 이런 문화적 가치와 재미를 느끼지 못하고 늘 지나쳤을까. 역시나 가까이에 있으면 소중한 줄 모르는 법인가 보다. 작품을 읽어 내려가다 보면 판타지인 줄 알면서도 설득을 당하게 된다. 작가는 연민을 자아내는 주인공의 상황이 복잡하게 꼬여만 있도록 결코 내버려 두지 않는다. 그 솜씨와 방식을 보면 작가의 필력에 감탄하게 되고, 작품의 방대한 세계관을 짐작할 수 있다. 이제는 또 다른 느낌의 동아시아 캐릭터와 콘텐츠로 세계 엔터테인먼트 무대에서 〈해태〉의 화력과 흡입력을 시험해 볼 때다.

- 유지태 (배우·감독)

"한국적인 것이 가장 세계적인 것이다." 미국 SF 역사의 이정표를 세운 흥행 시리즈 〈스타트렉〉의 작가 조 메노스키가 이 말을 또 한 번 실감케 만든다. 이미 소설 〈킹 세종 더 그레이트〉를 집필해 세종대왕의 한글 창제사를 밀도 높게 그려낸 바 있는 그는, 신작 소설 〈해태〉를 통해 한국 설화 속 영물 '해태'를 글로벌 판타지의 세계로 데려가 뛰놀게 한다.

불을 관장하는 해태의 혈통을 지니고 태어난 능력자들과 필란드의 민속학 교수와 하늘에 제를 지내는 만신과 도깨비와 올림포스의 신들이 조우하는 신묘한 세계라니. 〈해태〉에는 우리에게 너무도 익숙한 서울의 풍경을 거대한 판타지의 세계로 확장시키는 조 메노스키의 대담한 상상력이 주는 쾌감이 가득하다.

특히 1960년대 미국에서 '갓'을 쓰고 동네를 활보하던 소년이 세계적인 SF 시리즈의 각본가로 성장해 다시 '갓'의 나라의 역사와 설화에 매료되었다는 작가의 말은 그저 '드라마틱한 비하인드 스토리'에 그치지 않는다. 주인공들이 누비는 현대 서울 곳곳은 반가우리만치 생생하고, 한국 전설과 설화의 세계에는 작가의 경외가 담뿍하다. 한국에 대한 작가의 애정과 경외 속에서 호랑이의 얼굴과 사자의 몸에 용의 비늘을 두르고 불을 먹는 영물 '해태'는 동서양의 신화를 하나로 꿰어낼 열쇠로 깨어났다. 〈해태〉의 마지막 장을 덮고 나면, 이 세계가 살아 움직이는 시리즈를 상상하게 될 것이다.

- 박혜은 (〈더 스크린〉 편집장)

스타트랙 작가가 우리의 전설을 토대로 새로운 이야기를 만들어냈다. 그가 창조해낸 세계가 너무 매혹적이라서 우리는 빨려 들어가기만 하면 될 거 같다. 아울러, 영상으로 어떻게 구현될지도 기대한다.

- 정명섭 (작가)